Justicia

ALFAGUARA

Justicia
D. R. © Gerardo Laveaga, 2012
De esta edición:
    D. R. © Santillana Ediciones Generales, S.A. de C.V., 2012
    Av. Río Mixcoac 274, Col. Acacias
    México, 03240, D.F. Teléfono 5420 7530
    www.alfaguara.com/mx

Primera edición: mayo de 2012

ISBN: 978-607-11-1960-5

D. R. © Cubierta: Allan Ramírez

Impreso en México

PRISA EDICIONES

Justicia

Gerardo Laveaga

Para José Ramón Cossío, Ángel Junquera
y Abraham Zabludovsky

Las leyes son como las telas de araña: aprisionan a los pequeños y a los débiles. Los ricos y poderosos, sin embargo, las rompen cuando quieren…

Anacarsis
(Siglo 6 a.C.)

Quien puede utilizar la fuerza, no tiene necesidad de acudir a litigios.

TUCIDÍDES,
Historia de la Guerra del Peloponeso, I:77

En las cuestiones humanas, las razones del Derecho intervienen cuando se parte de una igualdad de fuerzas. En caso contrario, los más fuertes determinan lo posible. Los débiles lo acatan.

TUCIDÍDES,
Historia de la Guerra del Peloponeso, V:77.

1

Quién había sido responsable de aquello, a esas alturas daba igual: el daño estaba hecho. El escándalo rebosaba las primeras páginas de los periódicos, a lo largo y ancho del país. Era el tema en noticiarios de radio y televisión... Nadie había podido prever aquél incidente que, en opinión del jefe de gobierno del Distrito Federal, había sido una celada, una trampa urdida para dar al traste con su carrera política, aunque él, el procurador de Justicia de la Ciudad de México, no pensaba lo mismo. Para él, era una coincidencia. Desafortunada; de consecuencias devastadoras, pero una coincidencia. Nada más. Ahora se esperaba que él, como encargado de llevar ante los tribunales a los responsables de un delito, resolviera el asunto. Si no lo conseguía, tendría que renunciar. Y, dado el historial que cargaba a sus espaldas, lo haría en circunstancias oprobiosas.

Sin que su escolta lo perdiera de vista, Federico Ballesteros deambuló por la Alameda de Santa María la Ribera, el parque más nostálgico de la ciudad. A diferencia de la Alameda Central, que conservaba rasgos de su perdida aristocracia, la de Santa María era sólo un amasijo de sombras de su antiguo esplendor. Pero era un esplendor que se intuía de modo inevitable. Mientras rodeaba el kiosco morisco y observaba la zona acordonada con cintas de plástico amarillas, repasó los hechos una vez más:

Tres días antes, mientras el jefe de gobierno del Distrito Federal rendía su informe de labores ante los consejeros ciudadanos, reunidos en aquella Alameda para romper la rutina que suponía el viejo palacio legislativo de Donceles, alguien había dado un alarido entre la multitud. Las miradas convergieron, entonces, en el cuerpo sin vida de una adolescente que vestía el uniforme de la Secundaria Ernestina Salinas. Camarógrafos y fotógrafos olvidaron al orador para enfocar y retratar el cadáver. Un rictus en su boca confería a su rostro un aspecto macabro, acentuado por los párpados abiertos, aunque los globos oculares aparecían en blanco. Sobre la pechera del uniforme, escrita con bilé morado, podía leerse la palabra *puta*. Los médicos forenses dictaminaron que se trataba de muerte por fractura por rotación atloaxoidea. Le habían torcido el cuello, quebrándole las vértebras cervicales y lesionando la médula espinal. La muerte debió producirse de manera rapidísima, apenas precedida por una leve convulsión. Quien lo hizo, tenía que haber aplicado una fuerza considerable.

Por otra parte, ¿cómo habían logrado colocar el cadáver de la niña en una banca de la Alameda, luego de que la policía había acordonado el área el día anterior? Eso era lo que el procurador Ballesteros tenía que descubrir. Desde su punto de vista, todo se trataba de la negligencia de los encargados de supervisar la seguridad. Se había aislado la zona sin cumplir con los protocolos elementales de protección y, en cualquier momento de la madrugada, alguien había depositado el cadáver, si es que éste no se encontraba ahí desde antes. Pero el jefe de gobierno del Distrito Federal no pensaba lo mismo. Aquello, insistía, era un complot.

Ballesteros se sentó, alicaído, en una de las bancas. Entre los fresnos centenarios y el chorro de las fuentes del parque, vislumbró la fachada del Museo de Geología de la Universidad: el edificio art nouveau, con sus ventanas emplomadas y su garbo parisino, atizaba la nostalgia. La gente iba y venía, sin que a nadie pareciera importarle lo que acababa de ocurrir. La mayoría, ni enterada. Algunos curiosos se aproximaban a las cintas amarillas, hacían algún comentario y daban media vuelta.

Cuando impartía la clase de Garantías Individuales en el Instituto Nacional de Ciencias Penales —el INACIPE, como se le conocía dentro de la comunidad jurídica—, Ballesteros estaba considerado la mayor autoridad de la teoría de los derechos humanos en México. No en balde había pasado estudiando diez años de su vida, primero en España y luego en Alemania, como alumno de Claus Roxin y otras lumbreras del penalismo occidental. Obtuvo un doble doctorado *summa cum laude* y sus libros se convirtieron en referencia obligada en todas las facultades de Derecho en el país. Su estudio *Antijuridicidad y abuso en la legítima defensa* causó impacto: "Si permitimos que los ciudadanos hagan justicia por su propia mano", declaró en las decenas de entrevistas que le hicieron, "acabaremos por socavar la razón de ser del Estado y las bases de la sociedad misma". Nadie había abordado el tema con tanta lucidez, según coincidieron la mayoría de los integrantes de la Academia Mexicana de Ciencias Penales. Pero aquellos logros eran producto de la fortuna, de la familia en la que él había nacido, de las oportunidades y de sus ansias de comerse el mundo.

Haber abandonado el ámbito académico, en que se había movido toda su vida, también lo fue. Durante su campaña, el jefe de gobierno del Distrito Federal había prometido sanear la justicia de la ciudad: "La haremos ágil y transparente", aseveró. Para enviar el mensaje que sus electores exigían, ofreció el cargo de procurador al adalid de los derechos humanos del país. Cuando Ballesteros accedió, aclaró que lo hacía para demostrar que una procuración de justicia eficaz no era incompatible con el respeto a los derechos humanos. Y creía lo que afirmaba. Su designación recibió aplauso unánime.

Apenas asumió el cargo, sin embargo, Ballesteros comprendió que se había internado en terrenos cenagosos. Primero, porque él no estaba acostumbrado al ritmo que se le impuso.

De pronto, ya tenía asignada una escolta. Un hombre con una cicatriz que le cruzaba la cara le anunció que él y sus muchachos serían los responsables de su seguridad. Lejos de que aquellos hombres le brindaran confianza, se sintió intimidado en su presencia. Le preocupaba que supieran dónde vivía y cuál era su agenda diaria, a qué escuela asistían sus hijas y adónde iba de compras su mujer.

Pero eso fue lo de menos. No tardó en descubrir que su cargo, más que el de un fiscal dedicado a formular acusaciones ante un tribunal, era el de un gestor que se dedicaba a mediar en los asuntos donde estaban involucradas personas relevantes de la comunidad. Y él no era un gestor. Le alarmó advertir que era el procurador quien facilitaba que los mejor relacionados de la ciudad no tuvieran la incordiante experiencia de pisar un tribunal y de que aquellos que los hubieran ofendido —una empleada doméstica o un obrero abusivo— fueran condenados a prisión. Eso sí, siempre en los adecuados términos procesales.

Pero ¿por qué le venían ahora a la cabeza aquellas imágenes del pasado? Las cintas amarillas que tenía frente a él debían ser una advertencia de que era en lo presente y lo futuro en lo que debía concentrarse: en la adolescente con la médula rota; en el clamor popular para que se aclarara el asunto; en las consecuencias que tendría para él y para su jefe un nuevo error... Claro: *un nuevo error*. Esto era lo que le obligaba a volver al pasado.

El primer caso que le tocó enfrentar como procurador tuvo que ver con aquello que él mismo había criticado como académico: el abogado de un asesino confeso señaló pequeños errores en el proceso —"escandalosas violaciones a los derechos humanos", denunció— y exigió la libertad de su cliente, aunque éste era responsable de cuanto se le acusaba. El juez lo exoneró. Y aunque no era lo mismo saberlo como académico que como procurador, Ballesteros entendía que los jueces penales se limitaban a revisar que las acusaciones que hacía la Procuraduría no tuvieran mácula, lo cual era imposible desde cualquier punto de vista dado que no existía un solo proceso sin error. A eso se dedicaban los abogados defensores: a localizarlos y tomarlos de pretexto para exigir la libertad de sus clientes. Los más hábiles lo conseguían; los menos hábiles —que conformaban la mayoría—, no. En una encuesta reciente se aseguraba que los defensores de oficio perdían noventa y nueve de cada cien casos. Así, si nadie advertía los errores —grandes o insignificantes— de la Procuraduría, el acusado iba a la cárcel; de otro modo, quedaba en libertad. Los juicios, por ende, no tenían que ver con la inocencia o la culpabilidad de una persona, sino con la calidad de la acusación y con la atención o desatención que pusiera un litigante para descalificarla.

Ballesteros, que había dedicado buena parte de su actividad profesional a fustigar la falta de pruebas en un proceso penal para incriminar a alguien, ahora era el encargado de obtenerlas y de evitar que los litigantes las invalidaran. Descubrió, desolado, que sus éxitos se reducían a encarcelar a los que no contaban con buenos abogados o a los que se sorprendía en flagrancia.

Ya no quedaba rastro del júbilo con que se le acogió en un principio. Ahora todo era demandas, insultos, reclamos para que renunciaran él y su jefe. Pero ¿no había sido así desde que cumplió una semana en el cargo? ¿Por qué, en esta ocasión, se sentía azogado? Las críticas eran las de siempre: ¿Qué hacía el procurador? ¿Por qué encubría a los facinerosos? ¿Qué esperaba para poner tras las rejas a asaltantes y homicidas que asolaban la ciudad? Mal que le pesara, Ballesteros ya estaba convencido de que no era lo mismo pontificar contra las inconsistencias en una averiguación previa mal redactada, que conseguir órdenes de aprehensión para raterillos y desvalijadores de automóviles. Pero, ahora, las pullas de los medios le mortificaban.

Si, como académico, se había llegado a pronunciar contra "el excesivo" período que concedía la Constitución para que una persona permaneciera en poder del Ministerio Público —cuarenta y ocho horas—, tuvo que admitir que éste no era suficiente, en muchos casos, para reunir las pruebas que confirmaran la culpabilidad de una persona ante un tribunal. Cuando uno de sus antiguos discípulos, un litigante sin escrúpulos, probó que la Procuraduría había detenido a un gandul durante cuarenta y nueve horas, tuvo que dejarlo ir, a pesar de que todo lo señalaba como un inveterado ladrón de casas.

Sus aliados de ayer comenzaron a volverse sus detractores. Al mismo tiempo, sus enemigos de antaño fueron convirtiéndose en aliados. Este fue el caso de Aarón Jasso, subprocurador de Averiguaciones Previas, un burócrata con perpetuo aliento alcohólico, que nunca vestía una camisa que no fuera negra y nunca se desprendía de su corbata gris perla. Ballesteros lo había señalado en el pasado de ser "el mayor pisoteador de la dignidad", pero, como procurador, lo ratificó en el cargo para que le guiara por aquellos campos minados sobre los que intentaba abrirse paso.

Jasso nunca se inmutaba. Aconsejaba paciencia. "Aquí sale un caso urgente", le dijo a su nuevo jefe con cinismo, "y luego, otro". Era lo que había dicho a los cuatro procuradores con los que había trabajado antes: "Lo que hay que hacer es fingir que ponemos toda la carne en el asador y esperar a que surja una nueva crisis. Entonces, hacemos lo mismo y, así, *ad infinitum…*". Pero aquella actitud no correspondía a las expectativas de Ballesteros. Y, aunque así hubiera sido, no dependía del procurador que surgiera un asunto que hiciera olvidar el anterior. Dependía, se dijo una vez más, de la fortuna. Las cintas amarillas parecían aproximarse a él hasta volverse amenazantes.

Poco después de que Ballesteros asumió el cargo, el jefe de la policía capitalina declaró que sus muchachos estaban desencantados. Por más que se esmeraban por cumplir con su obligación al detener a quienes infringían la ley, los agentes del Ministerio Público no hacían lo propio. Se negaban a consignar a los delincuentes ante un juez y los pillos quedaban sueltos.

"El procurador no está haciendo su chamba", remató. Aquella era una provocación. Una infamia, Así lo expresó Ballesteros ante el jefe del gobierno capitalino: cuando no consignaba era porque no existían elementos suficientes. No se trataba de fabricar culpables y hollar garantías individuales sin ton ni son, sino de procurar justicia. El jefe de gobierno citó a ambos colaboradores. Les sugirió que, en lugar de reñir entre sí, trabajaran en equipo. No era difícil, discurrió. El jefe de la policía bajó la cabeza y, con tono contrito, propuso iniciar operativos conjuntos para demostrar que sí era posible ese trabajo en equipo. Ballesteros aceptó.

No imaginó, entonces, que la propuesta del jefe de la policía iba a devenir catástrofe. El código penal del Distrito Federal consideraba un delito inducir al alcoholismo a los menores de edad. Era un código que, por moderno que presumiera ser, se limitaba a copiar definiciones de 1931. Era un código rancio. Propinar una nalgada en el Metro a una mujer podía castigarse con siete años de prisión, castigo idéntico al que podía hacerse acreedor quien le sacara un ojo a esa misma mujer. "*Dura lex, sed lex*", le refutó el jefe de la policía, cuando Ballesteros expresó sus dudas: a ellos no les tocaba redactar las leyes. Ese era tema de los legisladores. A ellos les correspondía aplicarlas. Si un mesero le servía una copa de tequila a un menor de diecisiete años, debía ser encarcelado. Punto. Eso iba, también, para los encargados de los bares que denunciaban aquel atropello. Cometían encubrimiento.

Aquella era una idiotez, consideraba Ballesteros, pero admitió que al procurador no le competía cuestionar la norma. Tampoco parecía buena idea publicar, a esas alturas, un artículo en una revista especializada o impartir una conferencia al respecto. En su afán por brindar resultados que le permitieran un respiro, accedió a llevar a cabo operativos en los bares de la ciudad. Pidió, eso sí, que en todos ellos participara un representante de las asociaciones civiles para velar por el respeto a los derechos humanos. El jefe de gobierno abrazó a sus colaboradores y les deseó éxito. Si alguien podía dar ejemplo de coordinación política, dijo simulando emoción, eran ellos. Palmeó la espalda de uno y del otro, suplicando que lo mantuvieran informado.

Los primeros operativos resultaron venturosos. Se decomisaron drogas de todos colores y texturas, así como armas de diversos calibres. Policías y agentes del Ministerio Público irrumpían en los bares de modo intempestivo, efectuando auténticas redadas. Medio mundo fue arrestado. Quienes pensaban que no tenían vela en el entierro —los adultos podían consumir alcohol libremente, alegaban— exigían que se les pusiera en libertad de inmediato, pero se les informaba que se les retendría en calidad de testigos. Decenas de meseros y cocineros fueron consignados. "Queremos una ciudad sana", declaró el jefe de gobierno capitalino cuando se le echó en cara la prepotencia con la que se conducían sus policías y agentes del Ministerio Público. No descartó que pudieran darse algunos abusos pero, puntualizó, estos serían castigados. Lo importante era que los ciudadanos supieran que los espacios públicos iban a ser rescatados de manos del hampa.

Lo que ocultó el jefe de gobierno fue que meseros y cocineros comenzaron a solicitar amparos. Todo aquel que denunciaba irregularidades en la acusación, los obtenía. Los presuntos delincuentes tardaban más en entrar que en salir, lo que preocupó a Ballesteros. Así lo expresó ante su colega y ante su jefe. Ni uno ni otro le prestaron atención. Los operativos en bares indignaban a muchos, pero complacían a los sectores más conservadores de la ciudad, a los que, en ese momento, había que complacer. Particularmente, a aquellos que criticaban al jefe de gobierno por olvidar la moral pública y que, eventualmente, podrían apoyarlo con recursos financieros para llevar a cabo sus proyectos políticos. Mientras la ciudadanía constatara con cuánto vigor se trabajaba para combatir el vicio, podrían pasarse por alto otras pifias. Eso daba la sensación de que policía y Procuraduría hacían lo que se esperaba de ellas. Entonces ocurrió lo del Romanova.

Ubicado en pleno centro de la ciudad, el *superantro*, como lo motejaban sus clientes, ofrecía todas las posibilidades de llevar a cabo un operativo impecable. No existía razón para que no fuera así. Policías, agentes del Ministerio Público y supervisores de las asociaciones civiles que presumían velar por los derechos humanos irrumpieron como de costumbre. Acordonaron la zona y se apostaron en la entrada. El encargado del operativo anunció, con megáfono en mano, que todos los clientes tendrían que subir a los camiones que esperaban afuera. Esto, naturalmente, después de ser revisados, uno a uno, para que los guardianes del orden se cercioraran de que no portaran armas o escondieran drogas. Se les conduciría a una de las fiscalías de la Procuraduría y sólo permanecerían en ella quienes resultaran inculpados.

Pero algo salió mal. En pleno cateo, en que los policías exigieron a hombres y mujeres que se quitaran camisetas y pantalones, algunos de los jóvenes que permanecían dentro del antro dieron con una suerte de pasadizo en el sótano y trataron de forzar una de las salidas de emergencia para escapar. Hubo quien advirtió que la puerta estaba abierta y, apenas se constató, tres policías corrieron para impedir que alguien fuera a escabullirse de la acción de la justicia. Nadie pudo explicar, más tarde, el momento en que se produjo la estampida. Una adolescente cayó al suelo y fue aplastada por la multitud, que corría ora para un lado, ora para el otro. Los policías comenzaron a repartir macanazos. Un joven se desplomó con la cabeza empapada de sangre y los agentes del Ministerio Público, que habían acudido a garantizar que la operación se realizara conforme a Derecho, se convirtieron en parte de la vorágine. Se escucharon protestas, gritos y, de repente, balazos. Dos jóvenes cayeron muertos. Al día siguiente —como ocurría ahora con la niña asesinada—, las imágenes ocuparon los noticiarios televisivos y las primeras planas de los periódicos del país.

No sucumbió el jefe del gobierno capitalino, como se esperaba, aunque sí el jefe de la policía. A Federico Ballesteros no se le aceptó su dimisión. El jurista conocía el motivo: se le mantenía como rehén. Tendría que dar una explicación convincente a la opinión pública y, si ésta no satisfacía, no sólo se le aceptaría su renuncia sino que se le abriría una investigación que lo conduciría, indefectiblemente, a la cárcel. Y, cuando se necesitaban chivos expiatorios, no había litigante que hallara deslices en la consignación. Eso lo sabía bien Ballesteros.

Para explicar lo que había sucedido en el Romanova, el procurador recurrió a la teoría del delito y a la dogmática penal, como solía hacerlo con sus alumnos. Citó a Ferrajoli, a Jackobs, a Hassemer... pero aquella no era la universidad. Sus conferencias de prensa acababan en bufidos y chillidos. Cuando lo citó la Comisión para el Distrito Federal del Senado de la República, él intentó una explicación teórica a partir de conceptos como *posición de garante*, *riesgo permitido* y *deber de cuidado*, los cuales descalificó el senador Damián de Angoitia, uno de los políticos más poderosos del país.

Ballesteros cometió, entonces, un error imperdonable: se enfrentó a De Angoitia, al que ya antes había criticado cuando era académico. "Con todo respeto, senador, usted no es penalista", le replicó el procurador, seguro de que podría hacer prevalecer los argumentos técnicos. Pero De Angoitia no se cocía al primer hervor: "Pues si ser penalista es organizar un operativo como el del Romanova, doctor Ballesteros, me congratulo de no serlo". Dos días después, se apostó una guardia fuera de la Procuraduría, integrada por algunos de los padres que habían perdido a sus hijos en el operativo. "¡Justicia! ¡Justicia!", comenzaban a gritar desde las nueve de la mañana. Por todas partes se exigía no sólo la renuncia del jefe de gobierno capitalino sino un juicio ejemplar para Ballesteros.

La advertencia del subprocurador Jasso, sin embargo, cobró sentido: vinieron otros casos y los muertos y heridos del Romanova pasaron a segundo plano. Durante algún tiempo, nadie volvió a referirse a los abusos cometidos en el *superantro*. Las balaceras en una colonia de postín y el arresto de un exmilitar, al que se acusó de dirigir una banda de sicarios, hicieron creer a Ballesteros que el peligro había pasado. Lo que Jasso no previó fue que el hallazgo de un cadáver en plena comparecencia política del jefe de gobierno capitalino iba a sacar a flote sus anteriores omisiones. El clamor de justicia, que empezó en la Alameda de Santa María la Ribera, adquirió ecos nacionales.

Ballesteros se incorporó y sacudió las piernas para evitar que el pantalón se le pegara a la piel. ¿Por dónde empezar?, se dijo mientras volvía a mirar la cinta amarilla, colocada alrededor de la banca en que había aparecido la adolescente asesinada. Sabía que se llamaba Lucero Reyes, tenía quince años, estudiaba en una secundaria de la colonia, tenía fama de ser alegre y bulliciosa y vivía con su madre en un cuartucho de la zona. A juzgar por las fotografías que se obtuvieron en la escuela, poseía una mirada achispada y una dentadura embrujadora. El padre las había abandonado, al parecer, para ir a buscar fortuna a Estados Unidos. No se sabía nada de él. Lucero no era virgen, según reveló la autopsia, pero en el cadáver no se halló ni semen ni muestra de forcejeo alguno que pudiera hacer suponer que el homicidio se debía a asuntos sexuales. Los interrogatorios que se hicieron a alumnas y profesores de la Secundaria Ernestina Salinas no condujeron a nada. Una compañera de Lucero se desmayó y otra entró en una crisis nerviosa… Nada más. El único novio más o menos constante que se le había conocido a Lucero, un adolescente de su edad, había terminado la relación hacía seis meses para irse a vivir a Campeche con un tío lejano. Al cotejarse la información, se confirmó que era cierta. La madre de Lucero desconocía las actividades de su hija y lo único que pidió fue que se hiciera justicia. En el cadáver no había sangre, ni saliva… Ballesteros se preguntaba cuánto tiempo tardaría en obtener nuevas pistas, cuando su Nextel comenzó a sonar. Era el subprocurador Jasso.

—Jefe, le tengo buenas noticias.

2

No necesitas acudir a un sicoanalista
para que te explique por qué actúas como actúas. Te conoces bien, Emilia. Si todas las jóvenes de veintitrés años se conocieran como tú,
los sicoanalistas quedarían sin empleo. ¿Qué
podría decirte uno a ti? ¿Que siempre fuiste una
princesa pero que sólo hasta hace unos años has
comenzado a vivir como tal? ¿Que estos nuevos
ritmos te causan un profundo desasosiego?
Como se lo dijiste a tu profesor de solfeo en el
Conservatorio, tus intereses parecen irreconci-
liables. Has perdido la esperanza de "hallar el
contrapunto".

La furia que se apoderó de tu abuelo
cuando se enteró de que su hija de dieciséis años
"había dado un mal paso" fue la que te envió a
aquella enorme casona de Xalapa, donde la hermana de tu abuelo, su cocinera y su jardinero
se hicieron cargo de ti. Te inculcaron los valores
de los que ahora te sientes ufana. Si tía Neti,
antigua maestra universitaria de literatura, mujer excesivamente liberal para el entorno en que
había crecido, te habló de Gilgamesh, Odiseo,
y El Cid, Matilde y Fermín te enseñaron a disfrutar la naturaleza, los animales, el campo...
Aprendiste a gozar atardeceres, lloviznas y llu-

vias torrenciales sobre tu piel. Pero, sobre todo, a apreciar a la gente más vulnerable del país. A identificarte con ella. Fue en Xalapa donde nació la aversión por tu abuelo y por todos los que eran como él. Con tía Neti también descubriste a Voltaire, a Ibsen y a Shaw. Aprendiste a aborrecer la hipocresía.

A pesar de que tu madre te visitaba una vez al mes para repetirte lo mucho que te quería, desarrollaste por ella una mezcla de compasión y desprecio. Decidiste que querías hacer algo para ayudar a todos aquellos que, como Matilde y Fermín, eran víctimas de quienes, en nombre de la decencia y la moral, los marginaban, aduciendo que todo lo hacían por su bien. Fue también en Xalapa donde te aproximaste a la música. Donde resolviste que querías llegar a ser una chelista respetable. Martes y jueves, primero y, seis días a la semana después, visitabas a los Woodworth, aquel matrimonio de músicos ingleses jubilados, amigos de tía Neti, que despertaron en ti el gusto por Bach, Beethoven y Shostakovich.

Mientras Mrs. Woodworth preparaba la tetera con *Darjeeling* y tocaba el piano, su marido, antiguo chelista de la Philharmonia Orchestra, te tomó por su cuenta. Te enseñó a untar las cuerdas del arco con brea, a colocar la espiga del instrumento en el suelo y a tocar "cuerdas sueltas", cuando aún no habías cumplido los ocho años. Te enseñó a hacerlo hablar. Más tarde, cuando decidió que habías conseguido un sonido adecuado, no descansó hasta que aprendiste a leer las notas en una partitura y a encontrar las posiciones correctas con tu mano izquierda, mientras deslizabas el arco con la derecha. "Imagina la nota en tu cabeza", subrayaba: "imagina la nota en tu cabeza y, hasta entonces, encuéntrala en el chelo". Y eso has hecho siempre, incluso contra tu voluntad: imaginar las notas en tu cabeza para cada experiencia agradable de tu vida.

Mr. Woodworth prometió obsequiarte uno de sus tres instrumentos cuando fueras capaz de interpretar la primera suite de Bach. Y cumplió. En el ínterin, te familiarizaste con los imprescindibles Pablo Casals y Mstislav Rostropovich con la la trágica Jacqueline Du Pré y el aristocrático Pierre Fournier, cuyas interpretaciones te conmueven más que las de ningún otro chelista. Escuchaste, boquiabierta, muchas escenas de la historia del matrimonio y gozaste el viaje que ellos emprendieron, cuando jóvenes, a Järvenpää, Finlandia, para conversar con Jean Sibelius, o la charla que tuvieron con Shostakovich acerca de su azaroso trato con Stalin. Deseaste haberlos acompañado cuando, ya adultos, atestiguaron la caída del muro de Berlín. A la muerte de tía Neti —la gran tragedia de tu vida— fueron ellos los que mejor te supieron confortar.

Ahora que también murió tu abuelo y tu madre te mandó traer a la Ciudad de México, quizás sea tu apego a ese mundo fascinante de literatura, música y naturaleza por lo que no acabas de encontrar la cuadratura al círculo. Es natural. El mejor sicoanalista no podría añadir algo nuevo. Hasta hace todavía cuatro años caminabas descalza por la hierba; de cuando en cuando, escapabas al puerto para observar las olas desde el malecón; nadabas en el mar sin que nada te afligiera. Te regocijabas segura de que tus únicas responsabilidades eran la escuela, tus clases de chelo y pasarla bien. Ya no. Ahora eres una alumna del Conservatorio Nacional —pasaste las pruebas con holgura— y de la Escuela Libre de Derecho, a la que tu madre se empeñó en inscribirte, aconsejada por su hermano, flamante ministro de la Suprema Corte de Justicia de la Nación.

Anhelas hacerte de instrumentos para cambiar tu entorno, para auxiliar a los más necesitados, para contribuir a que la justicia llegue a todos los rincones del país, pero tu carrera —cada día lo miras con mayor nitidez— tiene que ver poco con esto. El Derecho ha comenzado a parecerte farragoso, confuso, contradictorio. En la Libre de Derecho los profesores y los estudiantes están poseídos por una ridícula arrogancia que los hace creerse los mejores del mundo. Te repiten que la ley es la mejor herramienta para resolver los conflictos entre las personas o grupos que no logran hacerlo por sí mismos, pero tú tienes la sensación de que sólo es un entresijo para preservar el *establishment*: para que el mundo no cambie un ápice.

Eso lo empezaste a sospechar el día que tu profesor de Derecho Penal llevó al grupo a visitar el Reclusorio Varonil Norte. Advertiste que todos los reclusos —o su gran mayoría— eran personas pobres, sin la capacidad de pagar a un abogado que pudiera haberles evitado la cárcel. Intercambiaste unas breves palabras con tres de ellos. Uno te regaló una flor de papel, que ahora atesoras entre las páginas de uno de tus libros. Pero por ningún lado divisaste reclusos de buena condición económica, aunque un custodio comentó que "esos" estaban "en otra crujía". Saliste de ahí con el corazón oprimido. Te prometiste volver, así fuera para ayudar a algún inocente a salir de ese infierno y, a la fecha, no has hallado nada en las leyes que pueda ayudar a cambiar este escenario.

¿Por qué estudias Derecho?, te preguntas. Para contribuir a que los cuarenta millones de pobres que viven en México salgan de su pobreza, te decías en un principio. Pero has descubierto que el Derecho suele utilizarse para lo contrario. La sospecha se confirmó luego de la breve experiencia laboral que tuviste en el despacho de tu profesor de Derecho Procesal Civil. Era un trabajo anodino donde tú y otros pasantes, siempre bien vestidos, iban a los tribunales a llevar documentos y a preguntar cómo iban los asuntos. Eran recaderos de lujo. Saliste de ahí un poco por hartazgo y otro poco porque descubriste que el socio con el que solías hacer el amor sobre la enorme mesa de la sala de juntas, entre anuarios judiciales y diarios oficiales empastados en piel, era un hombre casado. La idea del engaño te repugnó.

Pero en aquel despacho discurriste, también, que mientras en los países desarrollados sólo puede apelarse un asunto cuando se dicta sentencia, en México puede ralentizarse con una apelación cuando te da la gana. Para eso existe una gama de dispositivos legales cuya existencia no creería un abogado de Francia o de Alemania: la apelación, la denegada apelación, la queja, la reposición, el amparo, el amparo en revisión... Aprendiste que, dentro de un juicio, un abogado diestro puede provocar muchos pequeños juicios y conseguir que el problema principal no se resuelva nunca, cuando así convenga a su cliente. El litigio puede ser un modo de enriquecerse a costa de clientes incautos. Tu actitud hacia el Derecho, sin embargo, varía según el día, tu estado de ánimo o tus recuerdos de Veracruz.

En Xalapa eras auténtica. Por más que tu madre se esmeró en brindarte una educación católica, sustentada en los mismos valores en los que ella se forjó; por más que te juró por Cristo Rey que algún día la ibas a comprender; por más esfuerzos que hizo para infundirte la devoción por Rafael Guízar y Valencia, entonces siervo de Dios y ahora uno de los santos más venerados de México, te volviste escéptica, desconfiada. La iglesia católica, que siempre ha jugado al lado de los ricos, de los poderosos, acabó provocándote animadversión. Sólo tu proximidad con la naturaleza, la literatura y la música pudo preservar tu confianza y alentar tus ganas de vivir. Nunca sentiste ese yugo que sientes aquí, en la ciudad capital. El viaje de seis meses por Europa al que te envió tu madre, ayudó a la transición. Cómo no iba a ayudar. Caminar por las barracas de Auschwitz, contemplar el *Guernica*, explorar la casa de Ana Frank y escuchar el ciclo completo de sinfonías de Schubert en el Royal Festival Hall de Londres, te inyectó bríos. Lo mismo ocurrió poco después, durante las tres semanas que visitaste Washington, Boston y Nueva York. Pero, ahora, como alumna de la Libre de Derecho, un continuo susurro te obliga a cuestionarte qué sigue, qué se espera de ti. Temes estar descuidando el chelo y practicar cada día menos. No quieres acabar siendo una "toca notas" como temía Mr. Woodworth que pudiera ocurrirte, ni tampoco una *mezzoforte*. Pero ¿cómo dedicarle suficiente tiempo al Derecho y a la música? Ambos son demandantes. "Sin práctica", te decía Mr. Woodworth, "dejamos de ser músicos cada día". También quisieras volver a deleitarte con las explicaciones que te daba Fermín sobre el sexo de los caracoles y a imaginar cómo hacer más intenso el sexo entre las personas.

A menudo evocas aquella cabeza totonaca del Museo de Antropología de Xalapa, que tanto te gustaba visitar. Te sientes identificada con ella. *La dualidad*, se llama. Representa un rostro humano dividido en dos. De un lado tiene un ojo, media nariz, media boca. Lo que podría ser un rostro. El otro es piedra. Piedra llana. Sin ojos, boca o nariz. ¿Le faltan estos rasgos para estar completa o, al contrario, son los rasgos del primer hemisferio los que sobran para que la escultura tenga sentido? Cuando te parabas frente a ella y te perdías contemplándola, más de una vez recordaste el cuento de Cortázar en el que un hombre intercambiaba de alma con el ajolote al que acudía a ver, todos los días, al acuario. A veces temes haber olvidado tu alma en el Museo de Xalapa. "¿De qué lado estoy yo?", te preguntas sin poder disimular tu angustia.

Pero así es la vida, te dices. La mayor parte de lo que haces, de lo que hacemos todos, está encaminado a complacer a los otros. Tu madre no tuvo más opción que ceder ante las órdenes de su padre. Por eso sientes lástima por ella. Te abandonó en Veracruz para no contrariar al anciano. Para darle gusto hasta su último día de vida. Una vez muerto —a pesar de que tú seguiste rogándole que te dejara en Xalapa—, te trajo a su lado para que sus amigos, primas y, particularmente, su vanidoso hermano, dejaran de hacer acibaradas críticas sobre su falta de madurez.

Es ahora el ministro don Jorge Miaja quien dicta a tu madre lo que puede hacer y lo que no. Esto, aunque no quieras, también te afecta a ti. Durante estos cuatro años le has demostrado a ambos que eres más inteligente que cualquiera de tus compañeros —así lo dice, al menos, la colección de "superiores" que has acumulado en casi todas las asignaturas—, pero confrontas un dilema semejante al que tu madre enfrentó en su momento: Complacer a unos significará defraudar a otros. ¿Con quién vas a quedar bien? ¿Con las leyes? ¿Con tu querido chelo y con la música? ¿Con quién vas a quedar mal? ¿Dónde estás parada? *La dualidad* aparece en tus sueños y en tus pensamientos con más frecuencia de lo que desearías.

Tu tío ha ofrecido encontrarte un trabajo en el Máximo Tribunal. No con él, por supuesto. Los ministros son escrupulosos a la hora de contratar a sus parientes. Piden a alguno de sus colegas que lo haga a cambio de que hagan lo mismo por ellos cuando llegue el momento. Pero tú te has negado una y otra vez. Ahora, no obstante, estás a punto de ceder. Tanto, que has pedido una cita con él. La verdad es que las alternativas son escasas. Aunque sabes que jamás volverás al litigio, en el fondo de tu corazón queda una esperanza: el Derecho *debe* ser algo más que denegadas apelaciones, amparos en revisión y demás chanchullos para alargar juicios. Si no es así, aún estás en edad de mandar todo al demonio y entregarte a la música; reivindicarte con tu chelo.

Por otra parte, tu apariencia te inquieta. Cuando miras en el espejo tu cuello, tus hombros, tu abdomen y tus piernas larguísimas, concluyes en que no has conocido nunca a una mujer tan esbelta como tú. Lo confirmas cuando escuchas por doquier que eres hermosa y *elegante*, el adjetivo que más te seduce. ¿Será porque este adjetivo es el que, con mayor frecuencia, se le adjudica al violonchelo? Más de una vez tú misma te has sorprendido de la gracia con la que te mueves. Unas clases te convertirían en una modelo bien cotizada. Por si tu figura no bastara, cuando miras tu rostro, en especial tus enormes ojos verdes, las cejas espesas y los labios que uno de tus compañeros de la Libre de Derecho describió "lanzando un beso a perpetuidad", y el abogado con quien te vinculaste en el despacho de tu profesor de Derecho Procesal Civil redujo a "la boquita mamadora más complaciente del mundo", sabes que si alguien es hermosa, esa eres tú. No acaba de convencerte la curva de tus senos —es algo que quisieras mejorar—. Pero eso sólo ocurre muy de cuando en cuando. De tus nalgas, en cambio, no tienes pero: son una obra de arte. A menudo recuerdas aquella sesión de fotografía en la que participaste y la oferta que te hicieron para otras, a cambio de una cantidad que nunca habrías soñado. Si te negaste, fue por temor a tu madre. Aunque no te interesa en lo absoluto, hoy sabes, no obstante, que más de una agencia de modas pagaría bien por usar tu imagen. Tu padre debió haber sido un italiano formidable.

Porque era un marino nacido en Genova. ¿O no es eso lo que te repite tu madre cada vez que intentas hacerla hablar al respecto y quedas frustrada cuando ella desvía su mirada y se niega a hablar de aquello de lo que debiera rendirte cuentas? Quizás la avergüence reconocer que ni siquiera preguntó su nombre a tu padre. Quizás fuiste resultado de una aventura inconfesable de la que ella ni siquiera guarda memoria. Lo cierto es que hay días que sientes que la aborreces por su silencio. Como para compensarlo, cargas a todas partes la fotografía de Pierre Fournier, abrazando su chelo, que bajaste de Internet. La has colocado en un marco de plata y la pusiste en el escritorio de tu cubículo cuando trabajabas en el despacho. Ahora, te empeñas en que esté en la sala de tu casa y, cuando alguien te pregunta quién es, respondes que tu padre. Tu madre no te desmiente, pero acaba prometiéndote, entre lágrimas, que un día te lo dirá todo. Tal vez no haya nada que decir, piensas tú. Aunque te descorazona su actitud, la entiendes. La entiendes y, de nuevo, la compadeces. Es una mujer débil, nacida para ser una víctima. Primero de su padre, ahora de su hermano y —lo intuyes— al final será la tuya: tu víctima, Emilia. A tu edad, ella ya tenía una hija de siete años. Tú, desde luego, jamás te habrías colocado en la situación en que ella se situó. Gozas el sexo cuanto puedes, aunque en ocasiones te espanta que éste constituya una de tus flaquezas. Pero sabes cuidarte. Si algo llegara a fallar, no arruinarías tu vida y la de una criatura para complacer a una sociedad cuya opinión desdeñas y a la que —otra paradoja de tu dualidad— quieres ayudar.

Finalmente, está Fernando. Fer, como tú le dices. Él es diez años mayor que tú y es hijo de una familia de abolengo. Tu madre se sentiría orgullosa si te casaras con él. Pero ¿lo harás? Es un abogado presuntuoso y aburrido al que enorgullece tanto lucir sus trajes de marca —todos azules— como el hecho de que le paguen miles de pesos por rellenar machotes. Conoce una veintena de artículos y nada más. Pero se las da de jurista. Sus éxitos consisten en convencer a los jueces de que hagan lo que él les pide. Así lo confesó desde el día que lo conociste, después de la conferencia que impartió en el ITAM sobre el Derecho Corporativo y a la que tú asististe, como sueles acudir a ese tipo de conferencias, en busca de tu vocación. Es posible que, antes de que cumpla treinta y cinco años, Fer sea socio de Russell & Libermann, el despacho donde trabaja. No es poca cosa. Pero ¿de qué conversarías con él? ¿Vas a soportar en tu cama, en tu casa, en tu vida, a un sujeto que no se estremece con una sonata de Mozart o una balada de Chopin bien interpretada?

Es cierto que te encanta su cuerpo, que él esculpe a diario en el gimnasio; que te trastoca la forma en que te hace el amor. Pero ¿eso basta? Cuando él estaciona su Mercedes en alguno de los recovecos de la ciudad, sin embargo, tu corazón empieza a latir con frenesí y tus dudas se desvanecen. Sabes lo que viene. Cuando le desabrochas la bragueta y le ayudas a insertar su miembro entre tus piernas, no necesitas más. Ya estás húmeda. Empapada. Te sorprende la capacidad que tiene para despertar en ti a la otra Emilia, a la masoquista incorregible a la que has aprendido a ocultar tras tu porte de princesa.

Pero no lo amas. De hecho, en el fondo, abominas la actividad a la que se dedica: evadir impuestos. "Eludir", aclara él. Se pavonea justificándose. El dinero de sus clientes no debe ir a parar a las arcas del gobierno, sostiene: "De que vaya a los bolsillos de un político corrupto, prefiero que acabe en un lote de autos nuevos para el despacho". "¿Y si, mejor, fuera a escuelas y hospitales públicos?", respondes. El contraataca con besos, con caricias que te obligan a desvariar. Cuando tú insistes él recurre a una palabra que nunca le ha fallado: *cállate*. La pronuncia suavemente, hasta con ternura, pero de modo irrefutable. Tú obedeces. Le tienes cariño, sí, pero éste no basta para compartir con él una aventura tan compleja como el matrimonio. ¿O sí?

El encuentro con tu tío va a significar una tregua. Un espacio para la reflexión. En la Suprema Corte se conocen personas interesantes. Ahí no sólo acuden los abogados litigantes más distinguidos del país sino sus clientes: los empresarios más importantes, los políticos más influyentes, los militares más temidos. Todos tienen algo que ir a solicitar al Máximo Tribunal, donde se dice la última palabra en los conflictos de carácter judicial. Quienes trabajan ahí, así sea de lejos, participan de modo contundente en la vida de México. ¿Por qué no te das una oportunidad? Sería parte de la búsqueda. Si el Derecho que se vive en la Corte no es lo que tú piensas que podría ser el Derecho, entonces ya no sentirás ningún remordimiento por abandonarlo. Pero debes estar segura. No te sentirías satisfecha contigo misma si te apartaras de él en un arranque de idealismo; si no das una oportunidad a la esperanza, por cursi que te parezca la idea.

Quizás, después de todo, Fer no sea una mala opción, pero también conviene asegurarse. Si no es así, podrás buscar una beca para seguir estudiando en alguna universidad de Estados Unidos o de Europa. Podrás viajar, conocer el mundo. La Corte ofrece ventajas, sí. Qué bueno que, al fin, hayas solicitado cita con tu tío. Irás a verlo el próximo viernes. No antes pues, como él mismo te contó por teléfono, los ministros están enfrascados en la resolución de problemas trascendentales, de los que te avergüenza no estar enterada: los límites precisos entre Jalisco y Colima; la conveniencia de atraer algunos casos del ámbito local al federal y la determinación de ciertos asuntos que no se sabe si corresponden al fuero civil o al militar.

3

Pinche tráfico de mierda. Pinche ciudad de mierda. Las almorranas me revientan el culo. Son las siete y media de la mañana y los carros apenas se mueven. El pasaje escasea. Con esta crisis de la chingada, nadie quiere tomar taxi. Ayer, sólo nueve pasajeros. Gracias a Dios, el dueño del taxi me prometió que, a partir del mes que entra, me va a dejar ruletear también en las tardes. Cómo chingados no voy a apoyarte, me dijo, cuando has sido otra víctima del jodido sistema. Sí, dije, una víctima más. Eso es lo que he sido. Por La Merced, las putas se levantan más temprano y se acuestan más tarde. Se quedan esperando clientes. Igual que yo. Pero ellas, por lo menos, pueden moverse, pararse, sentarse, platicar. Yo tengo que ir encerrado en esta chingadera hasta que alguien me haga el alto. Una mujer quiere que la lleve a un banco de la Delegación Álvaro Obregón. Es cajera y se le hizo tarde. Ese fue un buen viaje. Otra me pide que la lleve a la parroquia de María Auxiliadora para agradecerle a la virgencita que su hijo se haya aliviado de quién sabe qué madres. Regreso. Pasa una hora. Nadie me para. Me detengo a comer unos tamales y un atole, sobre Legaria. Ahora resulta que ya subieron de precio. Todo sube. Todo, menos el pinche pasaje. Dicen que van a aumentar las tarifas. Pero ¿de qué chingados sirve que aumenten las tarifas si no hay clientes? Algunos compañeros opinan que es mejor que no las aumenten. Quién sabe. Tres cholos me hacen la parada. Ni madres. Ya les conozco la pinta. Sigo de largo. Una vez me asaltaron unos como esos. No me vuelven a asaltar. Luego pienso que, a lo mejor, ni querían asaltarme. Si les hubiera dado el servicio, a lo mejor me gano una lana. Pero ¿para qué le arriesgo? Mejor no. De repente, ya ando por el Periférico y, en el embotellamiento, leo los anuncios. Siguen apareciendo unos que paga un pinche ruco al que le secuestraron a su esposa. Exige justicia. Castigos ejemplares. Que no mame. Leer esos anuncios me caga. Me hace pensar en lo que no quiero pensar. En lo que nunca más debo pensar. Veo el fuego, las llamas, el incendio... Nunca me asustaron los incendios pero, cuando me acuerdo de éste, veo a mi familia y luego a Jessica, me dan ganas de guacarear. Jessica, Jessica... Pinche puta de mierda. Después de que me costó tanto empezar otra vez, la cabrona estuvo a punto de arruinar mi vida. Pero no lo consiguió. Me desvío en la primera salida. Sin rumbo. Un tipo de traje agita su brazo al verme. Va a unas oficinas de Polanco. En el trayecto, saca su teléfono celular y habla acerca de un juicio. Miles de pesos. Hay que darle una propina al policía para que no declare, al agente del M. P., para que declare, y al juez, para que se haga pendejo. Lo miro por el espejo. Ni me pela. Me caga el güey. Lo dejo adonde me pidió. Doy una vuelta por Polanco. Me bajo a caminar por un parque para verle las nalgas a las viejas que pasan por ahí.

Me cagan los ricos. Me cagan la madre. Se hinchan de lana a nuestra costa. Tenía razón El Bufas cuando nos decía, en Reynosa, que la única forma de llegar a ser rico era ordeñando a los ricos. Me caga manejar por las zonas caras de esta pinche ciudad. Si lo hago es porque estoy jodido. Si hubiera seguido en Tamaulipas, ahora sería rico; sería... no: si me hubiera quedado en Tamaulipas, ahora estaría muerto. A lo mejor, con esta crisis de la chingada, los ricos serán los únicos que puedan viajar en taxi. No se vale. No se vale que estos cabrones lo tengan todo y uno tenga que quebrarse el lomo, que chingarse la vida para poder pagar agua, luz, teléfono y unas chelas.

De vuelta al taxi, dos cotorras hacen la parada. Van a la Roma. Hablan al mismo tiempo sobre el curso de quién sabe qué madres que están tomando. De historia o de una mamada de esas. Las dejo. Antes de que se hayan bajado, me aborda un tipo con cara de culero. Va de prisa a una oficina de Iztacalco. Se nota alterado. Me cuenta que a su jefe le acaban de rebotar un cheque en el banco. Si no arregla la bronca, lo corren a él. No sé cómo lo va a arreglar. Me sigue platicando de su vida, pero yo no le pongo atención. No soy sicólogo. Si quiere un sicólogo, que lo pague. El empleado me dice que me detenga. Llegamos. Me paga con un billete y le digo que no tengo cambio. Él me dice que me quede con el cambio. Por diez pesos no va a retrasarse, chilla.

Sigo manejando. Prendo el radio. Ya es mediodía. La locutora anuncia que en Acapulco aparecieron unos descabezados frente a quién sabe qué hotel de lujo. La noticia hace que, otra vez, me acuerde de lo que no quiero acordarme. Del fuego, de las llamas, del incendio. Jessica riéndose. Diciéndome que me ama, que me quiere con locura. Que hará lo que yo le pida que haga. Apago el radio. A los veinte minutos me hacen la parada un par de putos. Mientras no hagan sus mamadas y se porten bien, no me importa llevarlos. Pero los cabrones comienzan a manosearse en el asiento de atrás. Doy un enfrenón. Me estaciono. El taxi no es burdel, putos de mierda. Les digo que me paguen lo que marca el taxímetro y se bajen. Que se vayan derechito a la chingada. Uno se arregla el pantalón mientras me ve furibundo. Los dos salen del taxi. Desaparecen, corriendo por un callejón. Les grito que son unos putos. Unos pinches maricones de la chingada. Ladrones. No me oyen. Estoy a punto de darles una correteada para partirles la madre. A mi taxi no se suben los putos. Pero cuando decido partirles la madre, ya se fueron. No voy a perder un cliente por chingarme a unos putos. Una hora después, me arrepiento. Debí corretearlos. De nada sirvió echarlos y acabar manejando sin pasaje. Regreso por La Merced. Un güey me para. Lleva cuatro sacos llenos de quién sabe qué madres. Él y sus sacos huelen a mierda. Le advierto que si utiliza la cajuela le cobro treinta pesos más. Órale, dice. Nada más va a unas cuadras. Acabo de dejarlo cuando me detiene un policía. Me pide papeles. Ya sé que les va encontrar algo. Y si no les encuentra algo, lo inventa para quedarse con ellos. ¿Para qué me hace perder el tiempo? Le doy cien pesos. Él me hace un gesto para que me vaya. Como si me perdonara la vida. Jijo de su puta madre. Nada más porque tiene el uniforme y la pinche pistola que, seguro, no sabe ni manejar. Pero se ve jodido, como yo. Anda viendo de dónde completa el chivo. Si tiene, como yo tenía, una vieja exigente, lo entiendo. Si su vieja es como era la mía y le pide cada día más para pan, para leche, para útiles escolares, se la paso. Vuelvo a encender el radio, pero no en la estación de las noticias. Quiero oír música. Algo guapachoso. Las noticias siempre me han cagado.

Estaciono el taxi frente a un parque. Otro parque de ricos. Veo un BMW estacionado enfrente. ¿Cuánto costará esa madre? Saco de mi bolsillo las llaves de mi casa. Escojo la más larga. Sin que nadie me vea, me acerco al BMW y, desde la puerta de atrás hasta la de adelante, le hago un rayón largo, chingón. Conforme la llave arranca la pintura, experimento una sensación de bienestar. Que se chingue el dueño. Por culpa de los ricos estamos como estamos. Lo que me pudre es que no voy a ver la cara del cabrón cuando descubra el rayón en su máquina. Se va a zurrar. Regreso al taxi. Me siento más tranquilo, como un pinche boy scout que hizo su buena obra del día.

Veo el reloj. Es hora de devolver el taxi. En el camino vuelvo a encender el radio, no sé por qué. Puras malas noticias. Siguen matando gente en el norte. Un cabrón declara que las autoridades de Chihuahua no han sabido negociar con los criminales. Que los dejen cultivar la goma en sus terrenos y que ellos, a cambio, dejen en paz a la gente. Un político dice que ni madres. Con los delincuentes no se negocia. Otro político explica que la violencia significa que el gobierno va ganando la batalla a la delincuencia organizada. Que no mamen. Luego sale un anuncio diciendo que la Suprema Corte defiende a los mexicanos cuando les quieren violar sus garantías. A ver, que me defienda a mí, que ya no me alcanza la lana. A ver, que defienda al ruco ese al que le secuestraron a la esposa. Antes de entregar el taxi, paso a comprar mis frías. Lo que ahora tengo que hacer es empezar mi vida por segunda vez.

4

—Así que asesinaste a tu madre, cabrón…

El reo lo miró con desprecio. ¿Quién era aquel sujeto de camisa negra y corbata gris que de repente lo mandaba sacar de su celda y lo interpelaba con insolencia? Hacía diez meses que él había respondido lo que tenía que responder. El juez le había impuesto una pena de cuarenta años de prisión. Nadie tenía por qué ir a molestarlo ahora hasta el sitio donde purgaba su culpa. Cumpliría la sentencia. Su única preocupación iba a consistir en mantener una conducta irreprochable para obtener los beneficios de la ley y conseguir la reducción de su condena. En ese esfuerzo, nadie tenía derecho de amedrentarlo. Había contestado cuanto se le preguntó en su momento, por lo que no estaba dispuesto a repetirlo. Sí, había eutanizado a su madre, pero lo había hecho como un acto de piedad, no sin consultarlo con la anciana, que le rogó que lo hiciera tan pronto fuera posible, y con su hermana, que vivía en Querétaro sin ocuparse de su progenitora. Eric Duarte era enfermero. Eric Duarte no podía ver sufrir a las personas sin hacer algo, cualquier cosa, para mitigar su dolor. Y la madre de Eric Duarte sufría intensamente. Ya no bastaba la morfina que él sustraía, miércoles a miércoles, del hospital Adolfo López Mateos y le administraba con indefectible amor filial para hacer su cáncer más llevadero. Era cierto, como lo adujo el agente del Ministerio Público, que el homicidio le permitió contar con algún dinero, el cual pretendía destinar para ir a vivir una temporada a Los Ángeles con la bailarina más exquisita que había conocido en su vida. Pero huir con aquella mujer, que empezó por extorsionarlo y acabó por delatarlo, nunca fue el motivo de la decisión de privar a su madre de la vida. Eso lo había repetido ante el juez, el agente del Ministerio Público, el inútil defensor de oficio que le asignaron y dos o tres funcionarios del reclusorio, quienes se referían a él como *parricida*.

No lo hizo así, en cambio, ante sus compañeros de celda. El defensor de oficio le recomendó contar una historia distinta. Entre algunos reclusos, le advirtió, la imagen de la madre era sagrada. Su delito podría meterlo en aprietos. Lo que dijo Eric, entonces, fue que estaba ahí porque había matado al agresor de su mamacita y el pendejo defensor de oficio no había sabido hacer valer la defensa legítima. Eso provocó que el agente del Ministerio Público le imputara otros cargos y que, en lugar de veinte, le impusieran cuarenta años de prisión. La historia funcionó. Lo convirtió en héroe dentro del reclusorio.

—Si yo hubiera estado en tu caso —le dijo un sujeto que llevaba una cobra tatuada en el brazo—, habría hecho lo mismo.

Eric sabía que sólo había ahorrado un dolor atroz a la anciana y no tenía remordimiento alguno. Pero sí, en efecto, la había privado de la vida. Según la ley, merecía el castigo.

—Si hubieras tenido dinero —le dijo el del brazo tatuado—, seguro que un buen abogado te saca de esto.

Por ello a Eric le desconcertó que, de repente, apareciera un sujeto que parecía dispuesto a jugar con su secreto más preciado.

—Vamos a hacer un trato —dijo el intruso después de otro silencio—: conseguiré que te rebajen la condena a la mitad si nos ayudas.

En el húmedo cuartucho en que se encontraban —un separo del Reclusorio Sur en la Ciudad de México—, en medio de cuatro paredes tachonadas de salitre, una mesa de lámina oxidada y un par de sillas de tijera, en aquellas palabras hubo algo tétrico.

Desde que Eric había ingresado al reclusorio tenía la sensación de que respirar costaba más trabajo. Acaso era el hacinamiento provocado por la convivencia de diez mil personas entre celdas, regaderas, retretes y patios diseñados para tres mil. Acaso era el rencor que le guardaba a la bailarina que lo había delatado. Pero en aquel cuchitril, donde debía poder respirar más a gusto, la presencia de aquel bravucón le provocaba una insufrible sensación de asfixia.

—Nunca había matado a nadie y nunca volveré a hacerlo —repuso al fin.

—Vaya —suspiró el otro poniéndose de pie—. Pensé que te habían comido la lengua los ratones.

—Tampoco testificaré contra nadie, así sea un narcotraficante o un secuestrador, para que lo vayan a refundir en este sitio —añadió.

El misterioso personaje caminó por la estancia. Su boca configuró un gesto de satisfacción.

—Ni yo te lo pediría, Eric. Lo que queremos de ti es más simple. Mucho más simple. A cambio, repito, lograremos que te reduzcan la pena a la mitad. ¿Cuántos años tienes? ¿Treinta y seis? Si bien te va, saldrás de este sitio en dos años y, luego, te enviarán Santa Martha Acatitla, la penitenciaría, donde las cosas serán mil veces peor. Ahí pasarás, por lo menos, veinte años. Eso, claro, si convences a las autoridades de tu buena conducta, lo cual es más difícil de lo que uno cree al principio. A tus casi sesenta años, va a costarte comenzar una nueva vida. ¿O has pensado dónde vas a trabajar? ¿Quién va a contratarte? ¿Dónde vas a vivir? Si, en cambio, aceptas mi oferta, los veinte años se convertirán en diez. O en cinco si las cosas salen bien. A los cuarenta y seis, o quizás antes, estarás libre. Libre para trabajar, tomar, coger y hasta vengarte de la hija de la chingada que te metió en este lugar.

Eric no lograba entender cómo podía saber tanto sobre él aquel sujeto cuya barba de dos días y aliento alcohólico le conferían un aire rufianesco. Aun así, mantuvo su mirada de incredulidad. Si no había que asesinar a nadie, si no había que testificar contra nadie, como le contó el de la cobra tatuada que solía ocurrir, ¿qué quería aquel hombre que ni siquiera se había presentado? Se fijó en su traje lampareado. Debía ser un funcionario de medio pelo. No era un juez, desde luego. ¿Por qué, entonces, echaba mano de aquel tono de omnipotencia? El defensor de oficio le había asegurado que sólo otros jueces distintos al que lo había condenado —los magistrados— podrían modificar la sentencia. Pero esa oportunidad ya se había perdido también, cuando el tribunal colegiado confirmó los cuarenta años. ¿Quién era, entonces, el sujeto de la camisa negra? ¿Otro magistrado? La idea de vengarse de la bailarina lo atraía, pero la de salir de ahí le resultaba irresistible.

—¿Qué quiere usted que haga? —preguntó después de un rato.

El otro sonrió complacido.

—Te lo diré. Por supuesto, no podrás revelar a nadie nada de lo que voy a decir. Si lo haces, lo negaré y te darán otros cinco años por falsear declaraciones.

—¿Qué quiere usted que haga? —repitió Eric.

—Hace cuatro días —el extraño visitante adoptó un tono casi fúnebre— apareció el cadáver de una jovencita en la Alameda de Santa María. Se llamaba Lucero. Lucero Reyes.

—¿Y eso qué tiene que ver conmigo?

El funcionario —o lo que fuera— se rascó la nuca, como para encontrar las palabras que hacían falta para explicarse.

—Le voltearon la cabeza de un jalón y, con eso, le rompieron los huesos del cuello. Luego, abandonaron el cadáver en una banca.

—Algo vi en la tele —admitió Eric—, pero no sé qué tiene que ver conmigo...

—El asesino —siguió el hombre de la corbata gris— escribió la palabra *puta* en su uniforme. No debió haber sido tal, pues la autopsia reveló que la jovencita no había tenido relaciones sexuales, cuando menos durante la última semana.

—¿Qué tiene que ver esto conmigo? —repitió Eric.

—Tendrá que ver contigo, si tú lo decides. Ella no pertenecía a ninguna familia acaudalada, pero resulta que su cadáver apareció en pleno informe del jefe de gobierno de la Ciudad de México y ahora el país entero exige que se encuentre al responsable.

—Pues que lo encuentren —se impacientó Eric.

—Ya lo encontramos —dijo el funcionario.

—¿Quién es?

—Tú. Tú, si aceptas nuestra oferta. Nos encargaremos de que el juez te imponga veinte años.

—Esa es pura mierda —protestó Eric.

—Lo que hiciste con tu madre fue peor. Pero quedará en el olvido si aceptas mi propuesta. Eso sí, deberás aparecer en la televisión hoy mismo. Explicar por qué mataste a Lucero.

—Yo no asesiné a esa muchacha, yo soy...

—Eres un matricida, cabrón. Pero la gente no tiene por qué saberlo. Se dirá que la policía hizo bien su trabajo, que la Procuraduría consignó oportunamente y que el juez hizo justicia. Luego ingresas al reclusorio, como si fuera la primera vez.

—Y cuando me envíen a la penitenciaría...

—Voy a ampliar mi oferta: no te enviarán a la penitenciaría.

Eric bajó la mirada y tomó aire. Meneó la cabeza pero balbuceó un "¿por qué no?". Luego enfrentó a su interlocutor.

—Supongo que alguien tendrá que darme los detalles del caso.

El funcionario movió afirmativamente la cabeza.

—Yo mismo lo haré.

—Pero antes tiene que aclararme algo —lo contuvo Eric—. Algo se aprende cuando uno viene a dar a un lugar como este: ¿cómo sé que el juez va a darme veinte años y no cincuenta?

El hombre de la camisa negra no vaciló:

—Tenemos al juez que te condenará. Es un novato. Tiene apenas unos días en su chamba. ¿Tú crees que un juez primerizo va a comenzar desdeñando una llamada del procurador? Ni en sueños.

—¿Y si el juez que me impuso los cuarenta años me reconoce y denuncia la trampa?

—¿Recuerdas al juez que te puso los cuarenta años?

—Nunca lo vi.

—Es un burócrata decrépito que sólo está pensando en su jubilación. No va a meterse en broncas.

—¿Y los magistrados?

—Ninguno de los tres tiene ni puta idea de quién eres. En cuanto a los expedientes de la Procuraduría, del Tribunal Superior de Justicia y del reclusorio, se destruirán. No hay nada que temer, Eric. Si algo saliera mal, a mí me joden.

—Muy bien —asintió el reo, intuyendo que no tenía nada que perder—. Acepto.

De pronto ya no le sorprendió la oferta. Quizás era *pura madre* pensó de repente, pero ¿qué más daba? Si aquellos corruptos se salían con la suya, qué le importaba eso a él. Lo que, en cambio, lo desconcertó fue que lo dejaran salir del reclusorio con tanta facilidad. Pidió que, al menos, le permitieran volver a su celda por sus pertenencias, pero el funcionario se lo impidió: "Tendrás otras", aseguró. Luego, escoltado por los mismos custodios que apenas en la mañana se habían estado carcajeando a sus expensas, salió a la calle, acompañado del inesperado visitante. Ahí, la escolta cambió. Tres policías con chamarras que ostentaban el emblema de la Procuraduría capitalina los condujeron a una patrulla y, ya en el interior, el funcionario le contó una historia sobrecogedora: la historia de "su crimen", con lujo de detalle. Hablaba de ella como si se refiriera a otro sujeto, como si quisiera evitar que los policías que los escoltaban no entendieran una sola palabra. Varias veces quiso interrumpirlo, pero el funcionario no le permitió abrir la boca.

De repente ya estaban frente al edificio de la Procuraduría capitalina, en la colonia Doctores. Eric no daba crédito a lo que ocurría. Esa mañana, mientras devoraba el inmundo potaje de avena que le daban para desayunar todos los días, había pensado en lo irónica que era la existencia: cuando pasaba frente a aquel edificio solía preguntarse qué habría dentro, quiénes trabajaban ahí, en qué consistiría su trabajo, hasta que un día, el trabajo de esas personas fue enviarlo a la cárcel y lograr que un juez lo condenara. Y ahí estaba, ahora, entrando por una rampa hasta un estacionamiento subterráneo que olía a humedad y subiendo por un elevador que les condujo al quinto piso.

Siguió al funcionario hasta una puerta de vidrios esmerilados, frente a la cual se detuvo. El funcionario desapareció, dejándolo en compañía de los policías, que permanecieron impávidos. Regresó al cabo de un rato para ordenarle que lo siguiera por un angosto pasillo. Los policías retrocedieron cuando el funcionario abrió una puerta y lo invitó a pasar a una sala de juntas. Era una sala con una mesa larguísima, flanqueada por sillones desiguales. Las paredes estaban cubiertas por retratos de antiguos procuradores. Al menos eso fue lo que supuso, pues en la parte superior del recinto se leía "Salón Procuradores". Un mesero uniformado apareció para preguntar si los señores deseaban tomar algo.

—Café —dijo el funcionario.

El mesero miró a Eric, a quien le hizo gracia escucharse decir: "Lo mismo".

—¿Y ahora? —quiso saber.

—El procurador va a hablar contigo.

Debieron esperar cerca de media hora y otros dos cafés antes de que apareciera el procurador. Eric lo imaginó como un hombre gordo y calvo, con lentes oscuros. En cuanto éste apareció, no obstante, recordó su aspecto. Lo había visto decenas de veces en la televisión. Particularmente, a raíz del escándalo del operativo policiaco que se llevó a cabo en la discoteca Romanova, que dio como resultado muertos y heridos. El procurador no era otro sino el que salía a explicar, todos los días, que las cosas se iban a aclarar; que los responsables iban a ser castigados. Era él, por supuesto. Su escaso cabello gris, peinado hacia atrás, contrastaba con el bigote negro. Parecía un hombre bondadoso, a diferencia del sujeto de la corbata gris que lo había conducido hasta ahí. Sólo le faltaban la bata y el estetoscopio para parecerse a uno de aquellos médicos supervisores del Seguro Social. A Eric no le extrañó que el funcionario lo presentara como *el doctor* Federico Ballesteros.

—Así que fuiste tú quien asesinó a Lucero Reyes —lo saludó el procurador.

Eric miró al funcionario sin saber qué decir. Ante la indiferencia de éste, encaró a Ballesteros.

—Sí.

—¿Sabes que por eso pueden darte veinte años de prisión?

Bajó la cabeza. No podía confesar un crimen de esa magnitud sin mostrar cierta vergüenza. Le agradó, no obstante, que el procurador hablara en los mismos términos que su colaborador.

—Sí.

—¿Por qué lo hiciste?

—Lucero andaba con otro tipo…

—Ese era asunto de ella.

—Yo la quería —musitó Eric, desconcentrado ante lo verosímil que sonó su explicación—. Por eso no la violé.

—No —suspiró el procurador—, nadie te está acusando de violación… Pero la mataste. Y vas a tener que responder por ese homicidio.

—Yo la quería —repitió Eric cuando se hizo un silencio e imaginó que debía decir algo. Lo que fuera.

—¿Cómo la asesinaste?

—Ya lo sabe: la recogí en la escuela para decirle que sabía que me engañaba. Luego nos fuimos caminando hasta la Alameda. Platicamos como dos horas, hasta que me encabroné.

—¿Por qué te encabronaste?

—Porque me engañaba, ¿no se lo he dicho? Porque negó su infidelidad y yo conocía su mentira... Me coloqué detrás de ella, sujeté su cabeza y, cuando menos lo esperaba, la giré hacía mí con todas mis fuerzas…

—¿Nadie te vio hacerlo?

—Había gente, sí, pero, nadie se dio cuenta. Fue algo rápido. Muy rápido.

—¿Y después? —insistió Ballesteros, aflojándose el nudo de la corbata.

—Como no pude soportarlo…

—¿Soportar qué?

—Que ya no fuera mía. ¿No le digo que por eso la maté? Entonces, en cuanto me cercioré de que estuviera muerta, saqué el bilé que ella me había dado a guardar y escribí *puta* en la pechera de su uniforme, para que todos supieran que me había engañado.

—¿Y luego?

—¿Luego? Regresé a mi casa.

—¿Qué hiciste con el bilé? —quiso saber el procurador.

—¿Con el bilé? —trastabilló Eric.

—Lo arrojó a la vía pública —aclaró el funcionario.

—Eso —confirmó Eric—. Lo tiré por ahí. No me acuerdo dónde. Pero por la calle, sí.

—¿Era necesario escribir esa palabra tan ofensiva sobre el cadáver de tu víctima?

—Ya le dije que me engañaba —se impacientó Eric.

—¿Era necesario asesinarla? —insistió Ballesteros con gesto atribulado.

—La verdad —resopló Eric, asustado de sonar tan convincente— es que fue una forma de decirle que nunca más me iba a volver a engañar. Pero, también, de hacerle saber a su galán que ella era mía y que no se la iba a coger nadie más.

Ballesteros meneó la cabeza.

—Es increíble —suspiró.

—Lo que aún queda por aclarar —intervino el de la corbata gris— es por qué descubrieron a Lucero hasta el día siguiente.

—Por pendejos —dijo Eric.

—Eso parece —coincidió el funcionario.

—Aunque la verdad —apuntó Eric—, Lucero parecía dormida. A las seis y media que la dejé ahí, cualquiera había pensado que dormía...

—Si te lo pidiéramos, ¿podrías volver a hacer el recorrido?

Eric asintió.

—Pues vamos a hacerlo ahora mismo —anunció el funcionario.

Por la cabeza de Eric se sucedieron, entonces, una serie de dudas: ¿El procurador estaba enterado de la farsa? Tenía que estarlo. ¿Y si su colaborador intentaba sorprenderlo? ¿El trato que acababa de hacer con aquel sujeto del traje lampareado era del conocimiento de su jefe? ¿Qué tal si, además del parricidio, ahora le imputaban ese homicidio? ¿Qué tal si, en lugar de disminuir su pena, se la aumentaban? Claro que a él siempre le quedaría el recurso de denunciar aquella faramalla, pero ¿le creerían en caso de que algún día fuera necesario hacer aclaraciones? Comenzó a sudar frío. La apuesta valía la pena, se repitió, pues entre cuarenta y ochenta años de prisión no había diferencia. Entre cuarenta y diez, toda la del mundo. Pero ¿y si perdía? Quiso estar seguro, preguntar. Y lo habría hecho si, en ese momento, no hubiera entrado un asistente con una tarjeta, que entregó a Ballesteros. Éste la leyó y abrió los ojos desmesuradamente.

—El senador Damián de Angoitia está en la línea —musitó Ballesteros, mirando a su colaborador.

Antes de que Eric pudiera abrir la boca, el procurador salió sin disimular su inquietud.

5

El beodo se estrella contra ti y, en un acto reflejo, coloca cada una de las manos sobre tus senos. Tú te apartas, asqueada. "Perdón", farfulla. Pero no es eso lo que te molesta. Tampoco que Fer se la pase tan bien en aquellas fiestas donde treintones y cuarentones se comportan como adolescentes. Al fondo del salón, vislumbras a dos mujeres que hace tiempo dejaron atrás su juventud, ataviadas con medias caladas y minifaldas. Una de ellas ostenta un escote que muestra bastante de sus pechos operados, lo que en nada contribuye a atenuar su aire marchito. Ambas libran una lucha contra la edad que saben perdida. Las dos, maquilladas como las prostitutas de las que tú te has mofado en aquellas películas que recrean el siglo XVIII en Inglaterra, discuten sobre las *mergers & acquisitions* que han logrado en su consultoría jurídica.

A unos metros, un individuo calvo se contonea histérico, al tiempo que su pareja, una matrona de expresión becerril, le pide que guarde compostura. Algo dice de un secretario de juzgado que está a punto de hacer perder a su despacho varios millones de dólares. "Pero esto no se va a quedar así", amenaza: "vamos a hacer que a ese malandrín le hagan morder el polvo".

Ella insiste: "El error fue que se empleó el machote equivocado. Hay que sustituirlo por el que denuncia la falta de equidad y proporcionalidad". "Es un malandrín", repite el otro.

La música es estridente. Resultaría imposible trabar conversación con alguien. Pero no, tampoco es eso lo que te irrita. "Ya vámonos", vuelves a decir a Fer. Él no te escucha. Lleva varios tequilas encima. Por un instante, se te ocurre quitarle las llaves del coche, salir huyendo, aunque desechas la posibilidad de inmediato. No puedes abandonarlo. Los olores se mezclan en el aire: sudor, alcohol, tabaco. ¿Lo que te saca de quicio es, entonces, la falta de voluntad de tu novio, la obsesión que tiene por pertenecer a ese mundillo de enquistada fatuidad? "Si supieras cuánta gente querría estar aquí…", te ha repetido las veces que le has rogado marcharse. "Ni te imaginas lo que otros darían por ser invitados". No, no es eso tampoco.

Para despejarte, en el momento en que Fer traba conversación con un colega para hablar de las fabulosas cantidades que van a ganar sus socios con una *quiebra* reciente, sales a una terraza. Estás sofocada, mareada. No puedes más. Distingues a un joven de pelo rizo y lentes cuadrados que ha terminado de fumar un cigarro. Se dispone a encender otro. Quizás sea un compañero de aturdimiento, piensas. Te aproximas cordial y, al reconocerlo —has visto su fotografía un sinfín de veces y acabas de verlo en televisión esta mañana— le preguntas si es Josafat. No porque lo dudes, sino para entablar conversación. Él deja escapar una columna de humo antes de mirarte; luego gira la cabeza, te examina de pies a cabeza y responde algo así como "El licenciado Peláez, para servirte". En ese instante te das cuenta del error que has cometido al abordarlo. Su respuesta es más de lo que puedes soportar. Te dispones a volver a la fiesta cuando él lanza, a su vez, una pregunta: "Eres la novia de Fer, ¿verdad?". Por tu mente pasa la respuesta correcta ("la señorita Miaja, sí"). Sabes, sin embargo, que esa respuesta no va contigo. Te equivocaste al iniciar la conversación y debes asumir las consecuencias. Asientes.

Él comienza a decir una sandez tras otra: "Sabes quién soy, ¿verdad? Sabes que todos los abogados de México tienen que quedar bien conmigo, ¿verdad?". Te preguntas cuántos años puede tener aquel petulante y resuelves que se comporta como un imbécil. Como un crío insolente. ¿Cómo consiguió llegar a donde llegó? A tus veintitrés años, te sientes más madura, más sensata que ese fatuo que —ahora recuerdas haberlo leído— no tiene ninguna experiencia. Antes de ocupar el cargo que ahora ocupa, tenía un despacho de mala muerte. Y nada tendría eso de malo, te dices, si él tuviera la imaginación para instrumentar reformas legales o políticas públicas que ayudaran, en algo, a paliar la crisis que padece México. Pero no, el licenciado Peláez no tiene nada de eso.

La imagen de tus amigos de Veracruz, angustiados hasta las lágrimas porque no juntan la cantidad que se necesita para sacar del hospital a la madre de uno de ellos, se estrella contra la desfachatez de este sujeto con quien, según él, todos los abogados de México tienen que quedar bien. "¿Me viste el otro día durante mi comparecencia ante el Senado?", te pregunta. "Salí en todos los noticieros". Quisieras responderle que sí, lo viste, y te pareció desastrosa la manera en que eludía las preguntas, su insistencia al afirmar que todo lo que él hacía era correcto y que las críticas de la oposición eran un hatajo de mentiras. Cada vez que le formulaban una nueva pregunta, se rascaba la cabeza, sonreía y contestaba lo mismo. Pero mientes: "No, *licenciado*, no lo vi". Él sigue observándote con descaro. "Fer anda pedo, ¿verdad? ¿Por qué no nos vamos a tomar una copa tú y yo a otro lado?".

Lo miras con desdén. Te percatas de que lo que te disgusta de él y de todo aquel convivio es el hecho de que algunos bellacos como Peláez tengan en sus manos tanta responsabilidad. Te repugna que la "clase jurídica" del país, una clase a la que tú te dispones a incorporarte, sea tan banal. ¿Dónde estás? En eso pensabas cuando Fer encontró al colega de la quiebra y saliste a la terraza.

Resuelto a conquistarte, tu nuevo amigo insiste. Te pregunta si alguna vez has salido a tomar una copa con un hombre tan importante. "Es tu oportunidad", subraya. Por tu cabeza pasa un sinfín de respuestas adecuadas, pero las desechas una a una. "No muerdo", sonríe con el mismo gesto bobalicón con el que enfrentó a los senadores. Titubeas. No porque estés considerando la posibilidad de aceptar su invitación sino porque no se te ocurre cómo hacerle saber que lo abominas, sin que ello pueda lastimar su relación con Fer. Finalmente, decides tu respuesta, llevando todo al campo donde te sientes segura: "Aceptaré su invitación el día que usted responda lo que le pregunten los senadores y no los evada como los evadió".

Tu respuesta ha sido burda, pero no tenías alternativa. Ante su cara de sorpresa, das la media vuelta y sales ufana. Adivinas que él se ha quedado mirando tus nalgas. Se lo merecía, reflexionas. Ahora, sin embargo, ya no puedes permanecer en aquella fiesta. Debes salir. Se te ocurre tomar un taxi, pero has escuchado tanto sobre asaltos en la Ciudad de México, sobre taxistas coludidos con delincuentes que de repente abordan el vehículo y roban a los pasajeros, que prefieres pedir uno al sitio. No. ¿Cómo dejar a Fer ahora, cuando se le han pasado las copas? Quizás, en esta ocasión, debas ser tú quien maneje y lo lleve a casa.

Mientras resuelves qué hacer, sales del salón y cruzas por el interminable jardín de la mansión donde se lleva a cabo "el convivio del despacho", como lo llama Fer. Atraviesas una alberca iluminada que, según te contó, diseñó el propio dueño de la casa, un consultor que ha logrado que sus clientes no paguen un peso al fisco. Te aproximas a un corrillo donde se comenta que las reformas que hizo el Congreso a la Ley Federal de Competencia Económica sólo van a generar más trámites. Además, dice uno de los integrantes del grupo, sé de buena fuente que se ha promovido una acción de inconstitucionalidad contra esas reformas. La Suprema Corte no las dejará pasar. Un hombrecillo te ensarta una mirada aciaga, como para hacerte entender que no eres bienvenida. Te retiras. Entonces te aborda un sujeto de rostro macilento y un diente de oro. Te pregunta si eres tú quien va a conectarlo con el juez García. Cuando se da cuenta de que se equivocó de persona, da la vuelta despavorido.

Ya a punto de salir, una mujer con aspecto de matrona te detiene. Quiere cerciorarse de que la llavecita de tu collar es de Tiffany. Asientes amable, pero ella se esmera en mantener la plática contigo. La acompañan otras dos mujeres que se le parecen. La de mayor jerarquía se esmera en hacerte su cómplice. Para ello, hace una confidencia a sus amigas: antes de que termine el año, dice, ella quiere ir a Tiffany y comprarse muchas de esas llaves.

Entonces, cuando menos lo esperas, tu novio se planta frente a ti, a cierta distancia. Te convoca a su lado con una seña. Te disculpas con las tres funcionarias y te aproximas a Fer. Está ebrio. Completamente ebrio. Le cuesta, incluso, mantenerse en pie. "Necesito que me digas que sí", dice. "Lo que tengo que decirte es que ya no puedes seguir tomando", respondes. Él parece no darse por enterado: "Un amigo me propone hacer una apuesta… y quiero que me digas que sí". "Fer", lo tomas del brazo con cariño, "creo que ya debemos irnos". Él agita la cabeza indignado: "La apuesta la ganaría yo, por supuesto… Pero tú tienes que estar de acuerdo". Ahora lo sujetas con fuerza y lo conduces hacia el estacionamiento. Él entiesa las piernas para que no te salgas con la tuya: "Si yo gano, él nos paga un viaje a Las Vegas… Si pierdo, tú le mamas la verga frente a mí… Pero yo voy a ganar. No tendrás que hacerlo. Lo único que él me pide es que tú estés de acuerdo. ¿Qué opinas?". No sabes si indignarte o reírte, pero la idea te excita: "Que tu amigo es un depravado". Adivinas, sin embargo, que si Fer estuviera sobrio y se empeñara en la canallada, tú acabarías accediendo si eso lo hiciera feliz. Pero no en esas circunstancias. "Necesito que me acompañes con mi amigo y digas que sí, Emilia". ¿Por qué la idea te resulta tan diabólicamente seductora? "Vámonos", insistes. "Sólo dile que estás de acuerdo…"

6

Empieza el día a toda madre. Una pareja de gringos me pide que los lleve al Centro Comercial de Santa Fe. Hablan en inglés. No entiendo una chingada. Los dejo frente a Sanborns. Él me da dos billetes de veinte dólares. ¿Está bien?, pregunta en español. Cuarenta dólares son más de quinientos varos. Claro que está bien. Pinches gringos jijos de su chingada madre. Se pudren en lana los cabrones y le compran droga a México a un precio ridículo. Bajo de regreso. La carretera está hecha un lío del carajo. Chingada madre. A vuelta de rueda. A vuelta de rueda. Seguro hubo un choque. Seguro se volcó uno de los tráilers que vienen de Toluca. Seguro algunos manifestantes están bloqueando un carril. Jijos de su reputa madre. Cuando, después de una hora, llego a Constituyentes, me doy cuenta de que no hay accidentes, ni tráilers sin ruedas ni manifestaciones. A la entrada del deprimido de Observatorio, una patrulla está estacionada, cerrando el paso. Adentro, dos polis de tránsito parecen burlarse de mí. De mí y de todos los automovilistas que ven obstruida la principal vía de acceso. ¡Culeros!, les grito. En Constituyentes, de todos modos, el tráfico está pinchísimo. Un güey, al que ya antes he visto, se acerca a mi taxi y chorrea el parabrisas con agua pringosa, dizque para limpiarlo. Como está puesto el alto, abro la portezuela. Le grito que no mame. Nada más me empuerca la máquina. El güey no me hace caso. Le avienta el chorro de agua al que viene atrás. Que chingue a su madre. Como se pone la luz verde, ya no puedo partírsela. Un hombre gordo y calvo me hace la parada. Parece merolico porque, aunque yo ni le dirijo la palabra, él empieza a hablar hasta por los codos. Dice que me ve tenso, preocupado. Igual es uno de esos putos charlatanes de la iglesia No Sufras Más o una de esas chingaderas. Le digo que los limpiavidrios me tienen hasta la madre. Que acabo de estar a punto de rompérsela a uno. El hace el bizco. Me dice que si fuera a Haití, vería lo que era bueno. Me cuenta que él trabajó en una misión de quién sabe qué mierda ahí y que era frecuente que salieran de la nada pandillas de negros por la calle. Que no te arrojaban agua sino piedras. A veces, te madreaban. Negros putos, pienso. Me está contando su experiencia, cuando una combi se me cierra. Por poquito y me chinga la nave. La alcanzo mientras el calvo me dice que no me sulfure. Que no es para tanto. ¿No es para tanto, pendejo? ¿Tú que chingados sabes? Me le enfilo a la combi. Estoy a punto de cerrármele para que el chofer se detenga y se baje, cuando el cabrón se pasa el alto y a mí se me vienen encima todos los carros de la otra calle. Chinguen a su madre. El calvo debe ser diplomático o una chingadera de esas, porque me pide que lo deje en la colonia Cuauhtémoc, frente a una casa con la bandera de otro país. Ahí, casi en el acto, me hace la parada una vieja buenísima. Por el escote, se ve que es una buscona. Pero una buscona cara. Comienza a hablar, a despotricar, a mentar madres. Me dice que es de Cuba. Que era de Cuba. Se casó con un mexicano y se divorció. Pero ya es mexicana. Ahora gana un chingo. Dice que allá también era puta, pero no por gusto. Allá no puedes ganar nada dentro de la ley, dice. México, en cambio, es el paraíso. Allá sólo tienes tu cuerpo para ganar una lana. Los que la pasan menos mal son los que venden lo único que tienen; lo único que les dejan tener: su cuerpo. Aquí puedes hacerte rico de mil modos, dice. Se baja unas cuadras adelante y me deja un billete de doscientos varos. Para tus chicles, papito. Me caga que una extranjera venga a hacerse rica y luego se las dé de generosa. Pero la lana nunca sobra. La cubana que ya no es cubana me trajo mala vibra. Después de que la dejé, nada de pasaje. Chingada madre. Doy vueltas y vueltas. Nada. Me bajo a echarme una torta. De regreso al taxi, me acuerdo de lo que dijo la suripanta. Tiene razón. Tiene razón, pero no conoce México. Entonces se me vuelve a aparecer la cara de Jessica. Me dice que quiere largarse conmigo al fin del mundo. Puta de mierda. Esa era más puta que ninguna. Mientras sigo en busca de pasaje, lo que dijo la cabrona hace que me acuerde que yo vine a la Ciudad de México porque en Reynosa no se ganaba nada. Los ricos te dicen que seas honesto. Que no robes. Pero te pagan tres varos. Así, ¿adónde llegas? Trabajas duro y te pagan tres varos. Te chingan porque te chingan con sus tres varos. Y tú, de pendejo, trabajándoles para que ellos se hinchen de lana. Cabrones. Mi jefe era honesto y murió sin un pinche peso, igual que mi abuelo. Por eso comencé con la banda. Yo tenía dieciocho y era el más viejo. Me cae de madres. Comencé tarde. Pero ganaba más que nunca. Sólo tenía que ir con otros dos a cobrarle a los dueños de las tiendas que estaban bajo nuestra protección. Luego hice méritos y me asignaron dos casinos. Era justo. Ellos habían tenido permisos, licencias y prerrogativas. Nosotros, no. El Charal tenía catorce años el cabrón. Y era bueno. Fuimos los primeros integrantes de la banda Los Artistas del Fuego. Si los ricos pagaban la cuota, los protegíamos. Si no, les quemábamos el local. Nadie los prendía mejor que nosotros. Por eso, digo, los incendios nunca me han espantado. Sólo cuando veo a mi familia y la cara de Jessica burlándose de mí. Llegamos a ser quince. Pero para pertenecer a Los Artistas del Fuego había que ser eso: un artista. Luego llegó otra banda y quería cobrarle protección a los mismos que nosotros. Jijos de su chingada. El Charal se echó a dos y luego, cuando los otros secuestraron a uno que no quería pagar porque ya nos pagaba a nosotros, nos ordenaron intervenir. El casino que incendiamos era de un pariente del gobernador y la policía embistió.

Agarraron al Charal porque uno de los dueños de los negocios les dio santo y seña. Pero a ese soplón lo cogimos y lo asfixiamos. Dejamos su cadáver con una nota: Esto le pasa a los que rajan. Yo dije que habría sido mejor quemarlo, pero no me hicieron caso. En el cadáver del asfixiado hallaron pistas y le dieron una lana a los polis para que nos mataran. Se echaron a cuatro de nosotros. Yo me asusté. Sé que iban por mí, pero me dio tiempo de chingarme la lana que teníamos y de venirme a la Ciudad de México. ¿Qué más podía hacer? Al principio creí que iban a joderme, pero todos estaban muertos o en el tambo. Me vine a vivir con mi primo Manolo. El cabrón ya se iba a la pizca del tomate en Estados Unidos y me dejó su departamento. Nunca volvió. Eso fue hace ya más de veinte años. Puta mierda, qué rápido se va el tiempo. Pero la cubana que no es cubana tiene razón. ¿Qué haces si por las buenas no te dejan ganar más? ¿Qué haces si unos cuantos se lo chingan todo y te dicen que te resignes a estar jodido, que Dios te lo va a premiar? Ahora Reynosa está peor que nunca. De la chingada. Todos quieren sacar tajada. La pinche cabrona tiene razón. Lo bueno fue que aquí encontré a una vieja y senté cabeza, como decía mi madrecita, que Dios tenga en su gloria. Entonces oigo otra vez la risa de Jessica y hasta siento en los huesos el calor de la lumbre. Doy un enfrenón. ¿Por qué esa puta no me deja en paz?

7

No durmió en toda la noche. Tenía miedo. Un miedo cerril. Un miedo que nunca había experimentado en sus catorce años de vida. Los últimos días había estado tensa. Pero tensas habían estado todas las alumnas de la Secundaria Ernestina Salinas, después de que una de sus compañeras había sido asesinada. Era natural. La tensión comenzó a disminuir, paulatinamente, a partir de que se supo que se había arrestado al homicida. Alumnas, maestras y hasta conserjes llevaban periódicos y revistas donde figuraba la cara del asesino: "La ahorqué por infiel", se leía en uno. "Estrangula a su novia, a la que llevaba más de veinte años de edad", informaba otro. Una revista de nota roja destacaba: "Enfermero desquiciado". Otra intentaba una burla: "No la violé; sólo la maté". Algunas incluían fotografías del inculpado y otras del cadáver, en cuya muñeca se veía una cinta con la leyenda *Para papá*.

Pero Rosario sabía que ese hombre no era autor del crimen que se le atribuía. Por eso seguía asustada, aterrada: estaban responsabilizando a un inocente. No lo podía permitir. No por el sujeto, al que ni conocía, sino por su amiga. Lucero no podía convertirse en pretexto para que un tipo que ni la debía ni la temía fuera a dar con sus huesos a la cárcel, mientras el verdadero asesino seguía libre. Rosario sabía quién había asesinado a Lucero y, quizás, el asesino sospechaba que ella estaba enterada. Pero ¿a quién acudir? ¿Por dónde empezar?

Cuando los agentes de la Procuraduría fueron a la escuela e interrogaron, una por una, a las compañeras de la asesinada, Rosario decidió guardar silencio. Aquellos hombres malencarados no le inspiraban confianza. La directora de la escuela había rogado a alumnas y profesoras que dijeran lo que supieran acerca de Lucero. Se los pidió, incluso, a las de otros grupos. Pero ella prefirió cerrar la boca. Ahora, sin embargo, ante la injusticia que se estaba cometiendo, debía hablar. ¿Pero ante quién? ¿Ante los pelafustanes que habían hecho llorar a algunas de sus compañeras, insinuando que ellas eran las asesinas? No. En un principio decidió recurrir a su madre. Pero ¿qué podría hacer aquella pobre lavandera, que vivía más asustada que ella, rogando a Dios que su marido no regresara a casa, alcoholizado y le diera una golpiza? Cuando Rosario levantó el brazo, sospechaba que aquel no era el camino. Pero tenía que intentarlo.

—¿Qué ocurriría si el hombre que dice que mató a Lucero en realidad no la mató?

La profesora de Geografía clavó su mirada en la más combativa de sus alumnas. Ya estaba acostumbrada a aquellos ojillos inquisidores que la miraban detrás de unos lentes de fondo de botella, siempre dispuestos a poner en tela de juicio los conocimientos que ella intentaba transmitir. Explicaba la conformación de las diversas capas de la tierra, cuando Rosario Sánchez —una vez más Rosario Sánchez— salió con algo que nada tenía que ver con el tema. Pero, en esta ocasión, la profesora no se disgustó. Era comprensible. Hasta la directora, siempre estricta, había rogado al cuerpo docente que tuviera paciencia, que se pusiera en lugar de las niñas y respondiera a cuanto ellas quisieran averiguar acerca del lamentable suceso.

—Fue él quien la mató —respondió la profesora—. La policía lo ha descubierto. No tengas dudas, Rosario.

—¿Y si no fue así, maestra? ¿Qué se tendría que hacer?

La profesora alzó las cejas. Miró la lámina que acababa de colocar frente al pizarrón, donde se veía un corte longitudinal del planeta, que destacaba su núcleo redondo y amarillo, dibujado con la precisión que sólo podría lograr un dibujante que nunca lo hubiera visto frente a frente, y suspiró.

—Ir a la Procuraduría, supongo, aunque ellos ya estuvieron aquí. Además, el culpable ha sido arrestado.

Otra alumna intervino para apoyar a la maestra.

—Mi papá trabaja en el Ministerio Público. ¿Por qué no le preguntamos?

Rosario tenía la clave: había que acercarse a Gloria para que ella la condujera con su padre y se delatara al auténtico culpable. Pero ¿qué no el Ministerio Público y la Procuraduría eran lo mismo?

—Bueno —concluyó la profesora—: entonces habría que acudir al M. P. Ya oíste. Pero no creo que haya mucho que hacer.

La mujer tragó saliva ruidosamente, miró al grupo como para averiguar si podía continuar su lección y, como no hubo más intervenciones, prosiguió describiendo las temperaturas cataclísmicas con las que se enfrentarían sus alumnas en caso de que decidieran hacer un viaje al interior del planeta.

En cuanto terminó la clase, Rosario se aproximó a Gloria. La relación entre ellas no era buena —nunca lo había sido—, pero en esta ocasión Rosario no podía ir con miramientos: necesitaba a su compañera. No importaba que esta fuera engreída y mirara al resto del grupo por encima del hombro. Contra lo que imaginó, Gloria se mostró afable. Ofreció presentarle a su padre saliendo de la escuela. Tenía horarios de "veinticuatro por cuarenta y ocho", explicó, lo que significaba que el funcionario trabajaba de las siete de la mañana de un día hasta las siete de la mañana del siguiente, a cambio de un descanso de dos. Esa tarde, precisamente, comería en casa. ¿Por qué no la acompañaba? Si quería contarle algo, aquella era la oportunidad. Rosario no podía desaprovecharla. Se comunicó con su madre desde su teléfono celular para informarle que iba a llegar tarde a comer y siguió a Gloria. Ataviadas con sus faldas a cuadros y el suéter verde de la secundaria, las dos adolescentes caminaban balanceando sus morrales con libros y cuadernos. Atravesaron por la calle de Sor Juana, mirando las torterías, gimnasios, tiendas de aguas frescas y el hospital de aquella colonia que, con sus aires de barrio, daba colorido a la clase media urbana que se expandía por la Ciudad. Llegaron a Insurgentes, pasaron el edificio delegacional y se introdujeron por algunas callejuelas desbanquetadas. Rosario presintió un vago lazo de solidaridad con Gloria, quien era más alta y cuya piel era menos morena que la de ella. Además, su vida entera parecía más rica en términos de prosperidad económica, unidad familiar y hasta de éxito con los muchachos. A Rosario le alagó caminar a su lado. Fue un sentimiento que, de algún modo, evocó el orgullo que le ocasionaba hacerlo al lado de Lucero.

Gloria se detuvo frente a una puerta de lámina, sacó un manojo de llaves de su morral e introdujo una de ellas por la cerradura. Mientras la giraba, el corazón de Rosario latió con fuerza. No sabía a qué se iba a enfrentar. No sabía qué iba a decir, no sabía cómo lo iba a decir. Apenas entró, tres perros que daban vueltas alrededor de un patio con ropa tendida en cordones de plástico se aproximaron para olisquearla.

—No hacen nada —anunció Gloria sin prestar atención.

A Rosario le disgustaban los perros. Especialmente, si eran grandes y sucios, como aquellos. Pero dejaría que esos y otros tantos la olfatearan con tal de que alguien escuchara lo que tenía que denunciar. Empujándola con el pie, Gloria abrió otra puerta de lámina que daba a la casa, donde estaban comiendo sus padres. Sin que pudiera evitarlo, Rosario recordó la primera vez que Lucero la acompañó a su casa. Parecía que había sido apenas ayer, pero desde entonces habían ocurrido muchas cosas. Muchísimas. Para entonces, Lucero estaba muerta.

—Papá —Gloria se dirigió a un hombre de bigote desbarajustado que engullía un caldo espeso con una cuchara de peltre—, mi amiga Rosario quiere hablar contigo...

Había dicho "mi amiga" y eso aduló a Rosario. Sin dejar de sumergir la cuchara en la sopa y llevársela a los labios, sin dejar de salpicar su bigote con menudencias, el hombre miró a Rosario de reojo. Llevaba puesta una camiseta sin mangas y en su brazo lucía una cicatriz.

—¿Qué quiere? —preguntó contrariado, sin apenas mirar a las jóvenes.

—Te lo acabo de decir: hablar contigo.

Durante los segundos que siguieron, Rosario miró un cartel de la virgen de Guadalupe, fijado con tachuelas en la pared del comedor, colocado ahí para cubrir una mancha de salitre que asomaba por los bordes. "Ayúdame", murmuró. Rosario dirigiéndose a la virgen. El padre de Gloria se limpió el bigote con una servilleta de papel y ablandó el gesto.

—¿Qué pasó? —dijo.

La madre de Gloria hizo a Rosario un ademán para que tomara asiento y, sin preguntar nada, colocó frente a la joven un plato hondo. En cuanto ella y su hija estuvieron sentadas, sirvió el caldo grasoso que quedaba en una cacerola.

—No vine a comer —se excusó Rosario—. Gracias…

—Come —respondió la mujer sin prestarle atención.

—¿Qué pasó? —repitió el padre de Gloria.

—Quiero saber qué se tiene que hacer si una sabe quién mató a nuestra compañera Lucero Reyes.

—¿Qué se tiene que hacer o qué se hizo? A ese cuate ya lo agarramos. ¿No has visto la tele? Se va a pudrir en la cárcel.

—Él no fue el asesino.

Las miradas de Gloria y de sus padres se clavaron sobre ella.

—¿Cómo que no fue el asesino? —preguntó el empleado de la Procuraduría sin dar crédito a lo que oía—. ¿No has oído las noticias? Es un sicópata.

—Él no fue el asesino —repitió Rosario.

—¿Entonces quién fue?

Rosario sintió que la saliva se convertía en una sustancia pastosa dentro de la boca. Era una sustancia que le impedía mover la lengua. ¿Qué iba a decir? ¿Le creería aquel hombre? Y si lo hacía, ¿cómo le iba a ayudar? No le inspiraba confianza. Ninguna confianza. Además, no parecía que pudiera hacer nada. Si ella revelaba lo que sabía, iba a prevenir al asesino y podría originar un caos.

—¿Quién fue? —la animó Gloria al advertir que "su amiga" se había quedado sin habla.

—No sé —masculló Rosario de pronto—. No sé...

Entonces comenzó a temblar de pies a cabeza. Se acomodó los pesados lentes sobre la nariz y, haciendo un esfuerzo sobrehumano para que las piernas le respondieran, se levantó, caminó hasta la puerta y salió. Los tres perros del patio volvieron a olisquearla. Gloria la alcanzó, desconcertada.

—¿Estás loca? ¿No dijiste que...?

—Sí, sí, estoy loca. Perdóname.

No supo cómo logró cruzar el umbral y caminar por las calles desbanquetadas de regreso. Llegó a Insurgentes y de ahí siguió hasta Flores Magón. Llegó a su edificio, situado en una calle por donde, años atrás, solía pasar un tren. Aún quedaban las vías y, a sus lados, habían ido armando casas de lámina y cartón. Entró fatigada, sin lograr ordenar sus pensamientos. Subió los dos pisos por la escalera y se dio cuenta de que hacía tiempo que no la barrían. Había latas vacías y hasta una cáscara de plátano. En cuanto entró a su departamento, la presencia de su padre la volvió a la realidad. No eran ni las seis de la tarde, pero él estaba ahí, derrengado en el sillón, viendo la televisión. Transmitían uno de aquellos concursos donde la persona que lograra comerse más galletas en el menor tiempo posible podía ganarse un viaje a la Riviera Maya. Esa tarde no estaba borracho. Atrás de él, sobre la mesa del comedor, cuatro o cinco pilas de ropa lucían listas para ser entregadas. Su madre había concluido la faena del día.

—Buenas tardes —saludó Rosario.

Su padre no se molestó en responder. Ella se introdujo hasta la cocina, donde su madre limpiaba con frenesí la mesa de formaica.

—Ya llegó tu papá —anunció ella nerviosa.

—Ya lo vi —respondió Rosario, al tiempo que descubría que aquella presencia la obligaba a comportarse, a hacerse cargo de su propia vida.

—¿Por qué llegas tan tarde?

—Te avisé por teléfono: me quedé a hacer un trabajo de Química con las compañeras del equipo.

—Ya comiste, ¿verdad?

Hasta ese momento Rosario reparó en que su hermano, al que llevaba un par de años, estaba sentado en un banco, mordiendo una pluma de plástico. Tenía la mirada ida y la cara sucia. También se acordó de que ella no probaba bocado desde las siete de la mañana.

—No —respondió—. Pero no tengo hambre.

—En el refrigerador, abajo del cajón de los tomates, guardé un poco de queso y tortillas —informó su madre—. Si yo fuera tú, me los comía antes de que tu papá los encuentre.

Rosario se sentó al lado de su madre y durante unos momentos guardó silencio.

—¿Qué vamos a hacer? —preguntó al fin.

—¿Qué vamos a hacer con qué? —quiso saber la lavandera.

Sin poder decir palabra, Rosario se abrazó de ella y comenzó a llorar.

8

Por fin llegó el día. Hoy vas a saber si esto del Derecho es lo tuyo o si, mejor, de una buena vez, decides dedicarte de lleno al chelo. Aunque no pasa un día sin que lo practiques, has suspendido las clases en el Conservatorio y cada día sientes tus dedos más torpes. Te preguntas si el sacrificio valdrá la pena. A veces piensas que no. Otras, cuando se te ocurre que sólo el conocimiento de la ley te permitirá ayudar a construir instituciones más eficaces, crees que vale ofrendarlo todo en aras del Derecho. Incluso, la música.

Tu tío te citó en su oficina a las dos de la tarde. Fue, quizás, este entusiasmo el que te impulsó a ser más combativa que otras veces en tus clases de la Escuela Libre de Derecho. Primero, desafiaste a tu profesor para que te explicara a quién diablos podían importarle, en pleno siglo XXI, las formas de liberar esclavos que se utilizaban en el imperio romano. El anciano no podía creer que alguien se hubiera atrevido a semejante impertinencia. Antes de responder, sacudió la caspa de su saco, se quitó los lentes, los limpió cuidadosamente con un lienzo y movió la cabeza. Luego bisbiseó algunas frases ininteligibles y concluyó su exposi-

ción: "La *manumissio* testamentaria se expresaba
con la siguiente fórmula: *Stichus liber esto, liber
sit; Stichum liberum esse iubeo.** Es una sentencia que recomiendo aprender de memoria".

A la siguiente hora, tu profesora despo-
tricó contra el nuevo sistema acusatorio, que
está por echarse a andar en México: "Todas estas ideas son imposiciones de Estados Unidos",
renegó. "No van a funcionar. ¿Cómo podría
funcionar una justicia que se negocia?". Sin afán
de confrontarla, comentaste que lo que importa
a las personas es que se arreglen sus problemas:
"A la gente le tiene sin cuidado la primera instancia, la segunda instancia y el amparo". Ella
no pudo disimular su inquina: "Está usted equi-
vocada, señorita Miaja. Si su tío la escuchara, se
sentiría decepcionado. Lo que quieran las personas da lo mismo. Lo importante, lo autén-
ticamente importante, es que se cumpla la ley,
que se dé vida a nuestro Estado de Derecho a
través del debido proceso y que se haga justicia.
No olvide que, como enseñó Ulpiano, Justicia
es *constans et perpetua voluntas ius suum cuique
tribuendi.***

Apenas terminas clases, te diriges a la Suprema Corte. Llegas dos horas antes. Dejas tu
automóvil en un estacionamiento de la calle
Cinco de Febrero y caminas por el Zócalo. Te

---

* "Stico sea libre, sea libre; ordeno que Stico sea libre"
(N. del E.).
** "Justicia es la voluntad perpetua y constante de dar
a cada quien lo suyo" (N. del E.).

fascina pasear por ahí, entre vendedores ambulantes, oficinistas que trabajan en el gobierno de la ciudad y edificaciones coloniales. Te gusta el lugar. A pesar de las tiendas de campaña, que te impiden verlas en todo su esplendor, las portadas de la catedral metropolitana y la capilla del Sagrario te siguen seduciendo. Te preguntas qué querrán los manifestantes que ahora acampan en la Plaza Mayor. Las mantas acusan a un par de funcionarios de ser unos asesinos. Insultan al presidente de la República por solaparlos. Pero no añaden nada más. Hablando del Sagrario, ese alarde del arte churrigueresco te electriza. Recuerdas que, cuando alguien te dijo que aquella era una sinfonía de cantera, la imagen te pareció cursi. En el mejor de los casos, un lugar común. Pero mientras más la observas, más te parece que hay algo de musical en aquella piedra labrada con esmero monomanísco. ¿A qué pieza se parecería si tuvieras que pensar en alguna? A las *Variaciones rococó* de Tchaikovsky, decides. Pero no estás segura.

Mientras caminas bajo la arcada de las oficinas del gobierno del Distrito Federal y miras Palacio Nacional, una imagen fugaz pasa por tu cabeza: ¿cómo habrá lucido el edificio con la bandera de Estados Unidos ondeando en lo alto? Cuando los norteamericanos invadieron México, llegaron hasta ahí. El presidente, en aquel entonces, era un veracruzano. Te preguntas si, de veras, habrá sido un sinvergüenza, como suele pincelarlo la historia, o si no tuvo más opción que ceder ante el más fuerte. Das

vuelta a la derecha y encuentras la fuente que re-
crea la leyenda de la fundación de Tenochtitlán.
Un grupo de mexicas miran, embobados, al
águila que devora una serpiente sobre un nopal.

Apenas vislumbras el inmueble de la Suprema Corte, adviertes que el area está circun-
valada por rejas removibles. La policía intenta
contener a un pequeño grupo de manifestantes
que llevan en sus manos letreros con la palabra
Justicia impresa en ellos. Al aproximarte, escuchas el reclamo. A diferencia de los que acampan en el Zócalo, éstos tienen más claras sus
metas: exigen que los ministros de la Corte dic-
ten las penas más severas para algunos agentes
de la ley que macanearon a unos indígenas por
bloquear, hace seis años, una carretera federal.
Pretendían evitar que fuera a construirse un aeropuerto. De hecho, hay una mujer indígena,
sentenciada a veinte años de prisión, acusada de
secuestrar a seis policías de élite. *Liberen a Eulalia*, se lee en otros carteles. ¿Cómo pudo pres-
tarse un juez a condenarla?, te preguntas. ¿A
quién le cabe en la cabeza que una indígena
analfabeta, desarmada, pueda haber privado de
la libertad a seis hombrachones equipados con
armas largas?

Los sitiadores te obligan a preguntarte
cómo llegarás hasta el edificio asediado. Cruzas
la acera, te confundes entre los manifestantes y
logras llegar hasta un agente de seguridad, quien
te indica que la entrada es por la calle Corregi-
dora, a menos que tengas cita con algún ministro. "Tengo cita con Jorge Miaja", respondes. En

ese caso, entre por Venustiano Carranza, aconseja. Apenas has dejado tu identificación con el personal de seguridad y has prendido en tu solapa el gafete que te entregaron; apenas has dado los primeros pasos, te sientes desconcertada. Es la primera vez que visitas el edificio y te parece, simple y llanamente, un laberinto: escaleras, corredores, recovecos, pasadizos...

Preguntas por la oficina de tu tío. Un guardia te dice que los ministros están en sesión. Tu tío te advirtió que te recibiría en cuanto concluyera dicha sesión, así que decides entrar a la sala de plenos para esperar. Tras una larga escalinata, otro guardia de seguridad te señala el recinto. Te alegra descubrir que sus puertas están abiertas. En cuanto entras, te sorprende ver una imagen que ya has visto otras veces por televisión: un cuadro enorme de Benito Juárez, flanqueado por las leyendas *La patria es primero* y *El respeto al derecho ajeno es la paz*. Debajo, sentados en semicírculo y ataviados con sus togas negras, los once jueces más altos de México. La sola idea de que aquellos once juristas son los más preparados, honorables y comprometidos del país te estremece.

Al centro, Luis Cadena, el presidente, a quien ubicas no sólo por su calva lustrosa, sino porque aparece con más frecuencia que sus colegas en periódicos y noticiarios. También identificas a Yolanda Contreras por su chongo inverosímil. Sabes que, antes de ser ministra, representó los intereses de algunos grupos industriales y, desde que se pronunció contra el derecho de las mujeres a interrumpir su embarazo y contra el matrimonio de personas del mismo sexo, es la que menos te simpatiza. Refleja jovialidad, a pesar de haber rebasado la cincuentena. Lástima de sus posiciones, piensas. Vanesa Erazo, en cambio, con su cabeza completamente blanca y sin maquillaje en el rostro, suscita tu admiración por el compromiso que siempre ha expresado por los indígenas, las mujeres y los grupos más vulnerables. Reconoces, también, a Guillermo Fajardo y a Sergio Howland, pues ambos han asistido a la Libre de Derecho para disertar sobre algunos casos de Laboral e Internacional. Ya no identificas a ningún otro, además de tu tío, a quien te enorgullece ver compartir la escena con aquellas celebridades del mundo judicial.

Te sientas en una butaca, resignada a esperar a que concluya la sesión. ¿De qué hablan? Yolanda Contreras cita artículos, jurisprudencia y tratados internacionales, mientras riza un mechón de pelo con sus dedos ¿Lo que dice estará relacionado con Eulalia y los indígenas maltratados? Parece que no. Un ministro con bigotes grises, tan espesos que le cubren la boca, y que a ti inevitablemente te hace recordar a un terrier escocés, hace uso de la palabra. De cuando en cuando, da un sorbo a la taza de café humeante que tiene frente a sí. Es más claro que la ministra Contreras y no cita artículos ni jurisprudencias. Con tono reposado, un tono que contrasta con el de la ministra, explica la necesidad de que la Corte permita que ciertas medicinas lleguen al mayor número de personas posible. Nadie discute el derecho que tienen quienes las patentaron, aduce, pero éste ya no está vigente. Ya se beneficiaron de él durante veinte años. Ya recuperaron, con creces, su inversión. No puede prohibirse que otros laboratorios produzcan esa misma medicina a un precio más barato. La falta de acceso a ese medicamento —a *ese medicamento precisamente*—, aclara el ministro, provoca que miles de niños de las comunidades más lastimadas hayan perdido la vista. Yolanda Contreras vuelve a apoderarse del micrófono: si tanto interesa al ministro Alberto Pérez Dayán que no haya niños ciegos, que el gobierno compre grandes dotaciones del medicamento y lo distribuya en forma gratuita. El Poder Judicial, sostiene categórica, no puede suplir la irresponsabilidad de la Administración Pública. La Constitución no está contra los niños que se van a quedar ciegos, admite, pero para eso hay otros caminos. Si no se garantizan otros veinte años para el uso de la patente, añade con gesto acibarado, la industria farmacéutica se irá a pique y, con ella, el país.

"Cuando la escucho", replica el ministro de los bigotes espesos, a quien un ujier ha cambiado la taza de café, "me parece que quien habla es la directora jurídica de la industria farmacéutica y no una ministra de la Suprema Corte, a quien se ha encomendado la misión de apoyar al pueblo de México". Otro ministro lo respalda. Es un hombrecillo tan calvo como el presidente, pero con una barba negra y sin bigote.

Te recuerda a los capitanes de barco que aparecen en las películas. Sólo le falta una pipa de mazorca. Su mano tiembla, como preludio al mal de Parkinson que empieza a manifestarse. "Si avalamos el monopolio de la industria farmacéutica", lamenta, "no sólo estaremos negando el derecho a la salud, como lo ha sostenido hace un momento el ministro Alberto Pérez Dayán, sino el derecho a competir que tiene la sociedad y el derecho a crecer que tiene el país. Yo me pregunto hasta cuándo vamos a liberarnos de aquellos monopolios que, en su afán de enriquecerse, nos tienen en su puño".

Acabas de conocer a dos nuevos integrantes de la Corte y ambos te han simpatizado: Alberto Pérez Dayán y Gabriel Bretón. También has entendido el asunto que se dirime. Qué bueno que llegó a la Corte, cavilas, y qué bueno que la Corte vaya a fallar para que los dueños de las patentes de que se habla dejen de explotar su derecho en forma exclusiva. Las patentes, dice otro de los ministros, un hombre gordo, con una barba desaliñada y lentes verdes, no pueden administrarse igual para el caso de una golosina o de un juguete que en el de un medicamento. Para que no quede duda acerca de su postura, manotea sobre el estrado cada vez que termina una frase. Aunque sus modos te resultan estridentes, coincides con él. Estás tan feliz que no entiendes el motivo por el que, terminada la discusión, se procede a votar y sólo cuatro ministros optan por no avalar el uso exclusivo de las medicinas que, si se vendieran a un precio accesible, podrían beneficiar a miles de niños. No entiendes que el presidente de la Corte y tu tío, el ministro Miaja, estén entre aquellos que exigen conceder otros veinte años a algunas empresas farmacéuticas para que éstas sean las únicas que puedan fabricar cierta medicina y venderla a precio de oro. No entiendes por qué se abstuvo el ministro de gafas redondas con armazón de titanio y corbata de pajarita, que asentía electrizado cuando hablaban Alberto Pérez Dayán, Gabriel Bretón y Juan Arriola.

Mientras el ministro Pérez Dayán bebe de un solo trago la nueva taza de café que el ujier colocó frente a él, en las primeras filas del salón puedes ver a varios abogados vestidos con trajes impecables y corbatas de seda. Se levantan y estrechan sus manos. Se abrazan emocionados. Luis Cadena tiene que golpear el estrado con su martillo y exigir orden para que guarden silencio. Lo que hacen es salir de la sala para seguir con sus abrazos y felicitaciones. Han ganado otros veinte años de exclusividad. Hay que festejarlo. Se conducen como lo haría Fer.

No tienes que ser una abogada experta —ni siquiera una estudiante de leyes— para comprender que se acaba de cometer una arbitrariedad, una injusticia como la del juez que envió a Eulalia a prisión. Te sientes irritada. Ni siquiera prestas atención al siguiente debate, donde se habla de un concurso mercantil. Te indigna que la ministra Maité Carreón, de cuyo nombre acabas de enterarte, jamás alce la vista del documento que tiene enfrente. Tal parece que le pagan por ir a leer. No debate, no discute. Sólo lee lo que alguien escribió para ella. Esa no es la idea que tienes de una de las principales juezas de la nación. Lo que dice, quizás por eso, te tiene sin cuidado. Cuando Luis Cadena anuncia que se levanta la sesión, los ministros salen por una puerta del fondo, formados en fila india, con la cabeza gacha, como avergonzados por lo que acaban de hacer.

¿Aquí es a donde quieres venir a trabajar? Quizás tú pudieras contribuir, en algo, a que las cosas no se dieran de ese modo. Pero ¿y si no? ¿Qué ocurrirá contigo si acabas volviéndote cómplice de estos recovecos jurídicos en los que se refugian los litigantes para salirse con la suya? Son recovecos aún más profundos que los que caracterizan al edificio de la Corte. Te quedas hundida en la butaca, preguntándote si la Corte es lo que tú pensabas que era o es, quizás, algo muy distinto. Miras distraída la punta de tus botas, cuando un guardia te indica que debes salir. Van a cerrar las puertas. Lo miras con insolencia, tomas tu bolsa, te levantas y sales. Por un momento consideras la idea de no acudir a la cita con tu tío. Pero ¿qué ganas? Ya estás ahí. Si te entrevistas con él, al menos podrás preguntarle qué ocurrió, por qué votó de un modo tan irresponsable. No, no usarás con él ese adjetivo, pero se lo darás a entender.

Para hacer tiempo, llegar a la hora exacta, vagas por el espacio de los murales de Orozco y los observas detenidamente. Luego bajas una escalinata y te detienes ante las estatuas de Crescencio Rejón, Ignacio Vallarta y Mariano Otero. ¿Qué hicieron esos abogados para estar ahí?, te preguntas. Cuando fuiste a Washington D. C. y visitaste la Corte Suprema, el guía explicó que las estatuas y retratos que aparecían en el vestíbulo pertenecían a aquellos juristas que habían contribuido a la independencia del Máximo Tribunal. Marshall se había enfrentado a Jefferson en un pleito a muerte, Wendell Holmes emitía votos particulares que obligaban a sus colegas a revisar sus posturas y Earl Warren había dado el tiro de gracia a la discriminación racial, prohibiendo que las escuelas impidieran la entrada a estudiantes afroamericanos. Consiguió, además, que los acusados de haber cometido un delito pudieran defenderse de modo adecuado. Pero aquí, en México, ¿qué tanto peso ha tenido la Corte a lo largo de su historia? Según aprendiste en tus clases de Derecho Constitucional, la Corte comenzó a funcionar, en serio, hace escasos veinte años.

Por lo que sabes, Vallarta se dedicó a legitimar las arbitrariedades del dictador Porfirio Díaz y Mariano Otero promovió que una misma ley pudiera ser constitucional para algunas personas e inconstitucional para otras, lo cual se antoja atroz. Todo es una calca del tribunal constitucional de Estados Unidos. Se copió hasta el nombre: *Supreme Court*. Al menos, pudieron haber echado mano del español castizo para ponerle *Corte Suprema*. Pero, claro, si imitamos hasta el nombre del país, ¿qué podría esperar el Poder Judicial? Había que poner las estatuas de quien fuera en ese sitio, según el modelo norteamericano.

Cuando faltan cinco minutos para tu cita, subes por donde te indica un ujier. Llegas hasta una oficina que anuncia, en una placa metálica, *Ministro Jorge Miaja*. Te anuncias. La asistente de tu tío te pide que esperes diez minutos, al cabo de los cuales te indica que puedes pasar. Lo que más disfrutas, apenas has entrado a la oficina del ministro, es su expresión de sorpresa: "¿Tú eres Emilia?", pregunta anonadado. Has visto tantas fotografías suyas, has oído hablar tantas veces de él, que te parece entrañable. Quizá es más alto de lo que imaginabas y quizá su rostro parezca una calavera verdosa con incisivos prominentes, pero es un conocido. Un viejo conocido. Sonríes y le extiendes la mano. "¿Eres Emilia?", repite. Te regocija imaginar que no da crédito a la prestancia de su sobrina. Antes de que respondas, él bisbisea algún comentario sobre cuántas ganas tenía de conocerte, dado que tu madre habla tanto de ti. Eso es mentira, lo sabes: tu madre no hace más que hablar de ella misma, de sus escrúpulos y sus culpas. En estos rubros tú ocupas un sitio privilegiado, pero siempre en función de lo que tu madre hizo, de lo que hace y de lo que pretende hacer. Aun así, te halaga que tu tío se vea obligado a mentir. El ministro da vuelta a su escritorio y señala un pesado sillón, forrado de piel, donde te sientas.

Lo miras firme, obligándolo a que sea él quien hable primero. Él se sienta frente a ti y, no sin cierto esfuerzo, comienza a divagar sobre el cariño que siempre ha sentido por ti y por tu madre. Se sabe culpable —cómplice al menos— de haberte aislado de la familia durante tantos años. Percibes esa actitud en lo que dice; en los gestos que hace, enseñando sus dientes equinos; en la forma en que mueve sus larguísimos dedos. Habla de tu abuelo. Explica que habría sido imposible cambiar su forma de pensar. Era "un hombre de bien", aclara, pues iba a misa todos los días. Esto, sin contar con que donó parte de su fortuna a la iglesia Católica. Pero tenía sus prejuicios, vaya. A ti te divierten aquellas disquisiciones. Te divierte, también, la recargada decoración de aquella oficina, donde no falta un cuadro del arcángel San Miguel abatiendo a un demonio que echa espumarajos por el hocico. El cuadro está situado al lado de un Cristo crucificado, sangrante, como para que a nadie le quepa duda de que tu tío es, como su padre, "un hombre de bien". Las imágenes religiosas se mezclan con figuras de búhos de colores y estatuillas de Themis, con su balanza y la venda sobre los ojos, de todos tamaños. Por las paredes hay decenas de fotografías enmarcadas, donde tu tío aparece retratado con toga y birrete, al lado de los que, supones, serán jueces, magistrados o alumnos de la universidad.

Él nota tu escepticismo cuando perora sobre los valores cristianos y la familia unida. Cambia el tema. Con aire doctoral se pone a discurrir acerca del papel de la Suprema Corte, sobre la importancia que tiene un ministro y los retos constitucionales que ponen en jaque al país... Cuando guarda silencio, tú sueltas una batería de preguntas: ¿Por qué la Corte no ha castigado a los policías que lesionaron a aquellos indígenas? ¿Por qué no ha intervenido en el caso de Eulalia? ¿Por qué ha impedido que una medicina se fabrique a un costo más accesible para las personas más humildes? El ministro carraspea, engola la voz, se acomoda en el asiento. La Constitución, pontifica, está diseñada para salvaguardar los derechos fundamentales de los individuos, sí, pero alguien debe velar para que el ejercicio de estos derechos no vaya a afectar otros. Pone un ejemplo: Tienes derecho a fumar, pero al mismo tiempo, las otras personas tienen derecho a que se mantenga limpio el aire que respiran. Esto genera conflictos. Tú lo sabes. Después de todo, eres estudiante de Derecho. Lo mismo ocurre con los asuntos que tú le has planteado. La Corte debe examinar con cautela las consecuencias de cada decisión. Cada vez que alguien ejercita un derecho, otro puede padecer una afectación a los suyos. De eso se encarga, precisamente, el Poder Judicial. De mantener los equilibrios. Ese y no otro es el significado de la balanza con la que se representa a la justicia.

Tú sabías que la balanza de Themis tenía que ver, más bien, con la retribución que daba el Estado a los actos justos o injustos, pero, bueno, no estás preparada para aquel debate. Das un nuevo giro a la plática y sacas el motivo que te ha llevado hasta él: ¿Qué harías tú dentro del Máximo Tribunal, en caso de que aceptaras trabajar ahí? En una situación como la tuya, dice él, lo más valioso es aprender. Aprender lo más posible. Por eso, su idea es que no colabores directamente con él —se vería mal que el tío contratara a la sobrina— sino con el ministro Carlos Ávila que, por cierto, es el más joven de los once. Salvo la ministra Contreras, tú no ubicas a ninguno que pueda calificarse de *joven*. Preguntas quién es Ávila y te sorprende saber que es el de las gafas redondas y la corbata de pajarita. "No coincidimos en muchos de nuestros enfoques", confiesa tu tío, "pues él tiene ciertas ideas *modernas* que no van con México. Está a favor de los juicios orales, de que los jóvenes puedan fumar marihuana y de que los viejos puedan ir a morir a un hospital público cuando les venga en gana". "Entonces nos vamos a llevar bien", celebras. Él ni siquiera pone atención. "Más de una vez hemos chocado", admite, "pero tu incorporación a su ponencia me ayudará a limar asperezas". Esa mañana había pedido a su colega que te integrara y Ávila lo había tomado bien. Era un gesto de reconciliación. "Ganará él, ganaré yo y, lo más importante, ganarás tú".

"Me da desconfianza", suspiras. "Movía la cabeza cuando sus colegas hablaban de liberar la patente, pero se abstuvo de votar a favor, ¿por qué?". Miaja se acaricia el mentón. "Su juventud lo hace un rebelde, como tú", explica. "En este caso, él mismo decidió no participar, dadas las declaraciones que hizo en los medios, criticando a la industria farmacéutica. ¿Te imaginas? Un ministro jamás debe adelantar su parecer, a riesgo de pasar por un juez parcial". Tu desconfianza es reemplazada, entonces, por una sonrisa. "Cuando dices que es joven, ¿a qué te refieres?". Miaja hace cuentas: "A que aún no cumple cuarenta y cinco años. Usa esa corbatita para parecer más viejo, supongo. Su designación provocó habladurías y hasta hubo quien sugirió que se reformara la Constitución para elevar la edad a la que un abogado podía acceder a la Corte. Pese a su poca experiencia, es un tipo inteligente. Te sorprenderá todo lo que puedes aprender en su ponencia". Luego hace un gesto agrio para confiarte que, "desgraciadamente", es divorciado: según se rumorea, su mujer lo dejó para irse con su instructor de yoga. "Aun así, representa una opción estupenda para ti", repite tu tío. "Y si no tienes inconveniente, me gustaría que te entrevistaras con tu futuro jefe en este momento".

De repente, ya estás caminando por el pasillo, al lado de Jorge Miaja. Él se detiene en la puerta cuya placa de bronce ostenta el nombre de Carlos Ávila. Le pide a la secretaria que anuncie su llegada, lo cual ella hace de modo mecánico, indicándoles que pasen. A diferencia de la de tu tío, la oficina de Ávila es austera. También las paredes están forradas de madera, pero no hay fotografías con los otros ministros ni estatuillas de Themis. Tampoco búhos. A juzgar por su mentón prognato y su mirada inquisitiva, que ahora sientes sobre ti —es una mirada que lastima—, lo que más se parece a un búho es el propio Ávila. Observándolo de cerca, te recuerda a Shostakovich, lo cual es un punto a favor. El único adorno visible de la oficina es el retrato al óleo de un personaje ataviado a la usanza de los nobles del siglo XVIII. Hechas las presentaciones, recurres a tu mejor mohín: "Estoy deseosa de comenzar a trabajar con usted", dices. "*Ya estás* trabajando conmigo", asiente Ávila, escudriñándote. ¿De veras será "un rebelde, como tú", según ha diagnosticado tu tío? Su saco de tweed y su corbata de moño le dan un aire profesoral. Ese es un punto en contra. Esperas que no vaya a decepcionarte.

Ávila llama entonces a uno de sus secretarios de estudio y cuenta, un hombrecillo con cara de ratón, a quien te presenta como el licenciado Bárcenas que, en adelante, será tu supervisor. Le encomienda asignarte un escritorio y poner a tu disposición una computadora y ciertos expedientes, a reserva de que él mismo te llame, más adelante, para explicarte lo que espera de ti. El hombrecito asiente. Tú sales tras él, dejando a Ávila con tu tío. Los pisos de mármol y los techos forrados de madera te intimidan, pero el anuncio del secretario de estudio y cuenta te amedrenta: "Tu chamba va a ser elaborar dictámenes y monitorear los adelantos de los proyectos de otras ponencias", masculla al tiempo que coloca frente a ti un legajo. "Empieza por sintetizar los antecedentes". Aclara que él estará a tus órdenes para lo que se te ofrezca. Antes de retirarse, sin embargo, gira la cabeza a uno y a otro lado y, para iniciar la relación con buenos augurios, cuchichea a tu oído que el abogado que se sienta a tu derecha es cuñado de la ministra Maité Carreón, quien tiene a casi toda su familia trabajando en la Corte, y la abogada que se sienta tres lugares adelante es nuera del ministro Sergio Howland... Hay que tener cuidado. Agradeces la información y te dispones a comenzar tu día.

Primero, sin embargo, decides averiguar algo sobre tu nuevo jefe: su trayectoria, sus posturas, sus votos, para lo cual buscas información sobre el ministro en la computadora, cuyas claves te entregó Bárcenas. Lo que descubres te agrada: tiene cuarenta y tres años, es hijo del ministro en retiro del mismo nombre, obtuvo su doctorado en la Universidad de Oxford y ha escrito un par de libros sobre la modernización del Derecho mexicano. En el sitio de la revista *El mundo del abogado*, te enteras de que será el ponente en el caso del incendio de la Guardería Ábaco de Culiacán, donde murieron quince niños calcinados —cómo olvidarlo— y que pretende exigir que se castigue a los dueños de la guardería y a algunas autoridades negligentes por lo que ocurrió. ¿Para ganar el voto de sus colegas en este caso fue que se abstuvo de votar contra la farmacéutica que quería conservar su patente? ¿Así funcionarán las cosas en el Máximo Tribunal?, te preguntas. A pesar de que las pilas de expedientes que el licenciado Bárcenas colocó frente a ti anticipan una monotonía demencial, inicias tu primer día en la Corte con la sensación de que estás a punto de aprender muchas cosas.

9

Son las nueve de la mañana cuando me detienen en un alcoholímetro. Qué carajo. Los alcoholímetros deberían montarlos en la tarde. Para mi buena suerte, el tufo de la cerveza de anoche se esfumó. Le caí bien a la poli o algo pasó, pero no me la hicieron de tos. Apenas devuelva el taxi, lo celebraré chupando. Cuando tenga el turno doble que me prometieron, las cosas no van a estar tan fáciles, así que aprovecho ahora. La última vez estuvo de la chingada. Me encerraron en El Torito dizque porque ponía en riesgo a la sociedad. Hacía un frío de puta madre. Un frío de la rechingada. Si otro día me paran, me les pelo. A ver si no me pasa como al cabrón aquel que, cuando se pelaba, se llevó de corbata al poli que se le puso enfrente. Lo arrastró seis cuadras y luego fue a estamparlo contra la estatua de quién sabe qué santo. Creo que era San Judas. Aunque el cuate estaba pedísimo y estar pedo es una agravante, como me lo explicó un agente del M. P. que se subió el otro día al taxi, lo sacaron del tambo. Sus abogados dijeron que el poli se le paró enfrente y que eso no se hace cuando se vigila un alcoholímetro. Qué putada. Total, el abogado del cabrón demostró que el poli había tenido la culpa de que lo atropellaran y la familia, a la que le dieron una lana, debió quedar agradecida de que no le cobraran la hojalatería de la nave. Pero, si eso me pasa a mí ¿con qué lana contrato a uno de esos abogados chingones que le cuenten al juez una megamamada de esas? A mí sí me joden. Mejor vuelvo a ir a El Torito y compro un amparo, de esos que vendían cuando fui. No son tan caros. De haber sabido cómo hacerle, no paso ahí ni una hora.

Bajo por Circunvalación y me abro paso entre los cargadores que empujan sus diablitos por la calle. Ellos empezaron antes que yo. Tal vez a las cuatro de la mañana. Nadie los distrae. Ni las busconas que salen a trabajar desde temprano y uno encuentra por cualquier parte de La Merced. Llego hasta el mercado de dulces y me detengo en el alto. De lejos se ve un chingo de moscas y abejas. Casi las oigo zumbar. Cruzo el mercado de flores y doy vuelta en San Pablo. Ahí los vendedores ambulantes ocupan banquetas y parte del arroyo. Aquí trabajaba un chinero que conocí cuando recién llegué a la ciudad. El jijo de la chingada les aplicaba llaves chinas a los que iban a comprar triciclos y bicicletas por la zona, hasta que un día uno de ellos le metió un navajazo en la pierna. Ya no pudo volver a trabajar.

Como me la perdonaron en el alcoholímetro, pensé que iba a ser un día a toda madre. Pero le erré. No se ha subido ni un cliente. A la altura de una iglesita donde un letrero gigante dice *Catequesis*, dos monjitas me hacen la parada. Las veo de lejos y me acerco. Ya estoy por llegar, cuando otro taxi se me cierra y llega antes. Las pinches monjitas se suben al otro taxi, sin que les importe la putada que me acaba de hacer ese jijo de su rechingada madre. Pinches monjas culeras. Se las recuerdo a claxonazos. En Izazaga, paso por los puestos de ropa de mujer para ver si alguna vieja quiere taxi. Ni una. A la altura del Claustro de Sor Juana, otro alto. Mientras espero que se ponga la luz verde, un niño me da un calendario. Al lado viene una tarjeta que dice que el niño es sordomudo. Que le pague el calendario o se lo devuelva. Se lo devuelvo. Yo para qué quiero esa mierda. Además, seguro que el niño ni es sordo. Es un pinche huevón que quiere lana fácil. Que se vaya a chingar a su madre.

Estaciono el taxi frente a la placita del Registro Civil y bajo a dar una vuelta. Camino por la fuente, veo a las personas que entran y salen. Llevan actas de nacimiento, de matrimonio, qué se yo. Cruzo por la escuela que está al lado y veo a los que merodean por ahí. Es una escuela de abogados. Estudian ahí los que luego van a defender a los ricos ojetes. Entro a la iglesia. Otra vez se me aparece Jessica. Cabrona. No me deja tranquilo. Me caga que mi corazón lata tan rápido. Me caga haber hecho los que hice, pero la pura verdad es que no me quedó otra. Dicen que esta iglesia se llama de Las Mercedes y que aquí vienen los rateros a pedirle a Dios que los ayude. Pero yo no soy ratero. Si Dios existe, tiene que saber que no me quedó de otra.

La pinche puta me amenazó con un follón, primero. Cuando vio que eso no le iba a funcionar conmigo, se embarazó y me dijo que yo era el papá. Que si no dejaba a mi mujer y a mis hijos para irme con ella, me iba a demandar. Si me hubiera demandado, la tira descubriría mi pasado y con eso arruina mi nueva vida. Le pregunté adónde quería que fuéramos, y ella nomás dijo que nos fuéramos. Adonde se me hinchara un huevo, pero que nos fuéramos. Que me casara con ella y que me haría muy feliz. Pinche Jessica. Puta de mierda. No sé cómo me enredé con ella.

Salgo decidido a olvidarla y regreso al taxi. Me voy hasta Polanco. Llego a Las Lomas, subiendo por Reforma. Entonces comienza a llover. No es época de lluvias pero está lloviendo. Qué pinche clima loco. Pero es bueno para mí. Seguro agarro pasaje. Me para una ruca con pinta de marimacha. Lleva bolsas de plástico en las manos y una pañoleta adornada con unos como remolinos pinchísimos. Que la deje tres cuadras adelante, dice. Huevona. Pero, bueno, si paga, qué más da. Llegamos y me da un billete. No se baja hasta que le devuelvo cincuenta centavos de cambio. ¡Roñosa!

Sigue lloviendo. La lluvia es buena, me cae de madres. Pero lo que faltaba: empieza a granizar. Todo se detiene en Reforma. Los carros no se mueven. El granizo cae sobre el toldo como piedras. ¿Por qué graniza al mediodía? Está cabrón. La gente desaparece de las calles. Al rato avanza el tráfico. Se detiene. Vuelve a avanzar. Se detiene. Prendo el radio y oigo las noticias. Otros seis descabezados en Acapulco. Tres cuerpos quemados en Michoacán. Cinco periodistas secuestrados en Durango. Más cadáveres en otra fosa clandestina, en Tamaulipas. Pinche país de mierda. Antes era fácil irse de mojado. Ahora ya ni eso. Te metes al negocio y te chingas.

Deja de llover, pero no aparece nadie que quiera taxi. Un poli camina entre los coches. Le pregunto qué pasa, por qué nadie avanza. Me ve como diciendo qué chingados te importa, pero contesta que se inundó la avenida. Me lleva la chingada. Otra vez se inundó la pinche avenida. Las autoridades no hacen nada con las tuberías y los desazolves. Estos cabrones nomás se la pasan organizando pachangas en el Zócalo y autorizando matrimonios entre putos. Les vale madres que la ciudad se inunde, que el país se desmadre, que la gente se joda. Ellos cobran su lana. Son ellos los que deberían sentirse culpables. No yo. Si hice algo malo, fue por Jessica. Me traicionaron de la forma más vil. Y con los traidores no se puede tener piedad, sean quienes sean. Eso repetía El Bufas.

Por fin se sube un tipo con pinta de mamón. Viene trajeado. Durante el camino va revisando unos papeles. "Al Zócalo", me dice. Quiero entrar por Madero pero me acuerdo que ahora Madero es calle peatonal. Como el pendejo ni se da cuenta, le doy un rodeo hasta República de Cuba. Que se joda. Si me dice algo, le cuento que el taxímetro se desmadró. Cuando creo que va a reclamar, pregunta qué haría yo si tuviera que elegir entre quedar bien con un pillo que me puede ayudar en lo futuro, o hacer que se cumpla la ley. Dice ley y se me paran los pelos de punta. Yo de eso no sé, digo. Él insiste. ¿Qué haría yo? Lo más fácil, ¿no? Me indica que lo deje en una esquina, frente a la Suprema Corte.

10

La primera vez que ingresó al reclusorio, Eric Duarte sintió que el mundo se resquebrajaba bajo sus pies. Era un asesino. Lo sabía. Y los asesinos van a prisión. Pero él era distinto. Sus circunstancias eran distintas. Todo, en su caso, era distinto. Había ultimado a su madre por piedad aunque, más tarde, juró que lo había hecho para defenderla y, por desconcertante que pudiera parecer, comenzó a creer su mentira. A sentir odio por el juez, a quien, siguiendo las recomendaciones del defensor de oficio, acusó de insensible. Pero su acusación táctica acabó por convertirse en convicción.

Tanto fue así que también comenzó a sentir aversión por el defensor de oficio, incapaz de haber probado la imaginaria defensa legítima. Después de comparecer ante el agente del Ministerio Público, un hombre con la cara tapizada de pústulas, éste le indicó que subiera a una camioneta con vidrios polarizados, la cual lo condujo al Reclusorio Sur. Contra este sujeto de las pústulas era contra quien Eric sentía el mayor encono.

En cuanto llegó al Reclusorio Sur, se enteró de que los internos no estaban todo el día tras las rejas, como lo había visto en las películas: deambulaban libremente por el penal. Se le condujo a un área administrativa y, como su pantalón era negro, uno de los reclusos le tijereteó las perneras hasta la rodilla. Esa medida, explicó, se adoptaba para que no fuera a confundirse con los custodios. No tuvo oportunidad ni de indignarse. Lo mantuvieron esperando casi tres horas, sentado en una banca de piedra, como para exhibirlo ante los otros reclusos. Éstos lo examinaron con indiferencia. Sólo hubo uno que se aproximó para mirar su reloj. A quienes le preguntaron por qué estaba ahí, les dio una respuesta idéntica: "Defensa legítima".

Al cabo de aquella humillante exposición, Eric pasó a un cuarto donde otros dos reclusos tomaron sus datos, lo fotografiaron y le entregaron un uniforme caqui. Le aconsejaron que se pusiera en contacto con algún familiar para que le llevaran ropa, cepillo de dientes, algunos enseres de uso básico, pero el meneó la cabeza: no tenía a ningún familiar en la Ciudad de México que pudiera hacer eso por él. No, tampoco vecinos solidarios. Su única hermana vivía en Querétaro y tenía cuatro hijos que cuidar. Quizás no podría prestarle ninguna ayuda sino hasta el mes siguiente. Entonces, el reo que había examinado su reloj le obsequió un jabón, un estropajo y otros artículos de uso básico que tenía listos, como si hubiera estado esperando que Eric llegara. "Ya me pagarás el favor", dijo. Acto seguido se le informó que iría tres días "a ingreso" y, más tarde, al Centro de Observación y Clasificación, para que se decidiera a qué área del reclusorio iba a enviársele en forma definitiva.

Ingreso era un área relativamente aislada del resto de aquel sitio asfixiante —ese fue el adjetivo que mejor explicaba la naturaleza del reclusorio—, donde estaría a la vista de los custodios. Supuso que ahí la verdad —su verdad— saldría a la luz. Pero los funcionarios del reclusorio daban todo por hecho. Ninguno le preguntó nada que él no hubiera declarado ante el juez. El mismo recluso que le cortó los pantalones le hizo una síntesis de cómo funcionaba aquel microuniverso al que Eric acababa de empinarse, donde había tiendas, canchas para practicar deportes, escuela, teatro, enfermería y una suerte de hotel para las visitas íntimas. Desde luego, todo tenía un precio, "como en el mundo real". Podía comprar lo que le hiciera falta en los mercados legales e ilegales que abundaban por el reclusorio; podía contratar a otros reos para que le lavaran la ropa o le cortaran el cabello y hasta podía hacer el amor con su esposa, con su novia o con cualquiera de las mujeres que podrían conseguirle ciertos compañeros —sólo tenía que registrarlas en una lista—, según el dinero que estuviera dispuesto a gastar. De eso dependerían, también, detalles tan simples como si al cuarto de la visita íntima le ponían foco y colchón.

Pero eso ya se iría viendo más adelante. De lo que había que ocuparse, por lo pronto, era del lugar donde iba a dormir. No había que añadir que éste también dependería de lo que él pudiera desembolsar. Había celdas para seis, ocho o quince reclusos. Las había también para uno, pero esas eran carísimas, destinadas a los pudientes. Era lógico: en un reclusorio diseñado para albergar a tres mil personas, debían acomodarse diez mil. Salvo contadas excepciones, el criterio con el que se determinaban las asignaciones era el dinero. El recluso también le describió las tarifas para cada uno de los servicios que proporcionaban reos y custodios. Entre otros, el de tener acceso a una clave que desbloqueaba el sistema con el que se impedía utilizar teléfonos celulares. "Si tuviera lana", refunfuñó Eric, "no estaría aquí". Pese a la arrogancia con que lo declaró, se dio cuenta de que ahí no podría sobrevivir sin dinero y, aunque la idea le irritaba, tendría que buscar a su hermana o a "algún vecino solidario" a la voz de ya.

Dos días después, Eric fue asignado a una celda con seis plataformas de cemento, donde se colocaban otras tantas colchonetas. Se le advirtió, no obstante, que ya todas estaban ocupadas. A juzgar por los dos sujetos que yacían tapados hasta la cara, a juzgar por las cobijas amarradas a las rejas, las estampas colocadas en la pared y las improvisadas cortinas que se hacían de jergas o camisas desgarradas, aquello era fácil de adivinar. Lo que no resultó tan fácil fue prever que tampoco podría dormir en el suelo, como lo supuso en un principio. Cada centímetro cuadrado de la celda estaba asignado. Cuando los otros reclusos comenzaron a entrar, a la hora de dormir, se enteró de que uno de ellos era "la mamá". Si no quería problemas, tendría que "hacer el rancho" para él. Cuando Eric preguntó qué significaba eso, uno de sus compañeros se lo resumió en dos palabras: "Cocinar, güey". Eric se enteró, asimismo, de que podrían facilitarle un arnés, el cual, sujeto a sus hombros y amarrado a los barrotes, le permitiría dormir. "¿Parado?", preguntó Eric. "No, güey: flotando". Ciertamente no flotó pero, cuando el sueño acabó por vencerlo, terminó colgando del arnés.

Para su buena suerte, el hecho de ser enfermero y no tener ninguna adicción le permitió ser enviado al consultorio médico, donde pasaba la mayor parte de la jornada. "Mientras menos tiempo pases en contacto con los peores", le advirtieron, "mejor para ti". Fue ahí, en el consultorio, donde conoció al tipo de la cobra tatuada, con quien llegó a hacer migas. En las mañanas tenía que "hacer el rancho" de "la mamá" y de otros dos de sus compañeros con los alimentos que quién sabe de dónde llegaban a la celda. Pero esta actividad bastaba para tener derecho a dormir colgado de las rejas. Un mes después trasladaron a otro sitio a uno de sus compañeros y "la mamá" le indicó que ahora podría ocupar ese sitio en el suelo para dormir.

La primera visita de su hermana, quien se convirtió en su único contacto con el exterior, fue engorrosa. Las siguientes, mejoraron. La mujer despotricaba cada vez que iba a visitarlo. El trayecto desde Querétaro era pesadísimo; el trato de los custodios, intolerable. Pero, como le llevaba dinero, mantas, ropa interior y alguno que otro artículo de primera necesidad, Eric toleraba su grima.

Su calidad de enfermero le granjeó cierta consideración. Sus compañeros le consultaban sobre dolencias o medicamentos. Más de uno llegó a formularle preguntas sobre los daños que podían causarle ciertas dosis de mota, tachas o piedra. Eric descubrió que de cada diez reclusos, ocho consumían alguna. Al principio, el hecho le pareció inverosímil; al paso de los días, entendió que la droga era indispensable para sobrevivir en aquel muladar. Eran pocos los que podían enfrentar el hastío con la religión, la lectura o el estudio, si bien algunos reclusos estaban inscritos en la primaria, secundaria o preparatoria del reclusorio. Pero eran los menos. La droga serenaba o animaba al resto, según fuera el caso. Permitía evadirse de aquel mundo de hacinamiento y porquería.

Algo semejante ocurría con el sexo. La primera vez que Eric sintió la mano de uno de sus compañeros sobre sus genitales, experimentó repulsión. Estuvo a punto de golpear al agresor. Pero conforme el tiempo transcurría, empezó a necesitar un contacto humano más íntimo. Los reclusos que manejaban a las prostitutas —"primas", decían ellos— eran eficaces para quienes disponían de recursos financieros, el cual no era su caso. Aunque registró el nombre y apellido de una concubina que, en realidad, amparaba a dos mujeres distintas, acabó cediendo a algunas prácticas que, en otras circunstancias, le habrían escandalizado. Cubierto por una cobija de lana, por ejemplo, podía practicar masturbaciones mutuas con alguno de sus compañeros de celda. Muchos hacían lo mismo. Ante los otros, eso en nada afectaba su virilidad. Quienes habían sido asignados a las crujías de homosexuales merecían desprecio; ellos, no. Si se masturbaban entre sí era porque estaban conscientes de lo eventual de aquello.

Pero en el Reclusorio Norte, aunque olía a mariguana, sudor y detergente de la peor calidad, igual que en el Sur, las cosas eran distintas. No había conocido al agente del Ministerio Público que formuló los cargos, ni se entrevistó con un defensor de oficio. Menos aún con el juez. Ingresó al reclusorio un día después de su plática con el funcionario de la Procuraduría y, como vestía un pantalón de mezclilla que éste le proporcionó, a nadie se le ocurrió cortárselo hasta las rodillas. Volvió a pasar por la ceremonia de exhibición y, otra vez, registraron los datos, lo fotografiaron frente a una tabla con una regla, tomaron sus huellas digitales y lo enviaron a *ingreso*. Llegó a suponer que, para evitar suspicacias, le cambiarían el nombre. Pero no fue así. Eric Duarte era el homicida del Reclusorio Sur —aunque sus compañeros lo tomaban por el héroe que había intentado defender a su madre— y Eric Duarte era el homicida del Reclusorio Norte, aunque ahora todos sabían que había descoyuntado a una chiquilla.

Un buen día lo visitaron dos abogados para pedirle que firmara ciertos documentos, lo que él hizo sin chistar. Recorrió, esposado, los pasadizos que unían al reclusorio con los juzgados y ahí, frente al juez, admitió cargos. Aceptó a un defensor que sólo existía en el papel y ratificó su dicho. A diferencia de la primera vez, ahora se le instaló en una celda donde una de las plataformas de cemento estaba destinada a él. Al cabo de dos semanas se le condujo, otra vez, frente a la rejilla. Una mujer, que se presentó como secretaria del juzgado, le hizo saber que había sido condenado a veinte años de prisión por el asesinato de Lucero Reyes. Alguno de los auxiliares de la mujer farfulló algo sobre la apelación, un taquígrafo asentó la confesión que volvió a formular el enfermero y punto.

Lo tranquilizó confirmar que la primera parte del trato con el funcionario de la Procuraduría se hubiera cumplido. Pero estaba inquieto por su nuevo estatus. Lo volvieron a asignar a la enfermería y le mantuvieron su dieta de caldos grasosos y verduras pasadas que se cocinaban no con aceite o con gas, para evitar incendios, sino con vapor que pasaba a través de una telaraña de tubos de acero. Pero algo había cambiado: ya no era el paladín de antaño sino un maniático abusador. A diferencia de la primera vez, en la que pudo ocultarlo todo, tergiversar los hechos a su antojo, ahora su caso se había publicitado en periódicos y televisión. Más de uno sabía quién era y por qué estaba ahí. Por todos lados sentía miradas hostiles que lo obligaban a reaccionar de maneras distintas. El ambiente se enrareció.

Para sobreponerse a aquellos aires catastróficos, decidió hacerse amigo de sus compañeros de desgracia con mayor rapidez que en el Reclusorio Sur. Algunos estaban ahí por un delito menor, pero habían carecido de los medios económicos para pagar la fianza. Otros estaban ahí porque querían. Uno llegó a revelarle que el reclusorio le resolvía el problema de habitación, agua, luz, alimentos y diversión. No habría podido tener todo eso en la ciudad perdida del Estado de México, donde vivía antes de ingresar ahí, acusado de robo con violencia.

Trabó amistad con un tal licenciado Godínez, antiguo secretario de un juzgado administrativo, adscrito a Aguascalientes, a quien habían descubierto diversas cuentas con más de quinientos millones de pesos, cuando él tenía un sueldo mensual de cuarenta mil. En un principio, Godínez insistió en que se le acusaba injustamente, que aquel dinero era producto de la venta de unos terrenos, pero acabó por doblegarse a las exigencias de la Procuraduría General de la República, la cual sostuvo que Godínez constituía un peligro para la sociedad si se le otorgaba la libertad bajo caución, como lo solicitaban sus abogados. Juraba que él era inocente, víctima de una conjura, pero acabó confesándole a Eric que todo se debía al pleito que había tenido con el gobernador de Aguascalientes.

El político, harto de que el juzgado donde trabajaba Godínez, amparara a todos los cabaretes de mala muerte que él intentaba clausurar, alertó a la Unidad de Inteligencia Financiera de la Secretaría de Hacienda sobre las operaciones que hacía el funcionario. Éste, que ignoraba que se le tenía en la mira, un día hizo una transferencia de veinte millones de pesos, movimiento suficiente para que la Procuraduría General de la República tomara cartas en el asunto.

Eric quiso saber más. Ante su sorpresa, Godínez se explayó: el negocio no era de él, sino de "un *pull* de jueces" a los que no les habían tocado un pelo. Después de todo, él no tenía facultades para conceder amparos. En el mejor de los casos, era un simple tesorero, un custodio de los dineros que ingresaban a algunos juzgados a cambio de que se permitiera continuar la operación de bares y antros donde se apostaba, se ejercía la prostitución y se distribuía droga. "Pero ya ves", suspiró Godínez, "el hilo se revienta por lo más delgado". Además —en esto fue enfático—, los amparos estaban impecablemente concedidos. Todo era cuestión de hallar un gazapo en los actos de la autoridad: a veces no se había notificado con tiempo; a veces no se había citado correctamente la fracción de algún artículo; a veces no se habían colocado con oportunidad los sellos de clausura...

Entre estas historias y las quejas de aquellos que acudían a la enfermería para que les recetara un calmante, aplicara una inyección, desinfectara una herida o les parara una diarrea, transcurrió la primera semana de su condena en el Reclusorio Norte. Al término de esa semana, cuando concluyó su turno en la enfermería, se fue a sentar a las bancas de la capilla. Estaba observando una imagen de pasta de la virgen de

Guadalupe cuando se le aproximó un recluso al que nunca antes había visto. Tenía un tatuaje en el brazo, pero no con una cobra como la del tipo del Reclusorio Sur, sino con una calavera cubierta con un hábito, capucha incluida. En una mano llevaba una balanza y, en la otra, un globo terráqueo. A su lado, o quizás a su espalda, asomaba la hoja curva de la guadaña. "¿Sabes a cuántos años de cárcel me condenaron?", preguntó. Eric encogió los hombros. "A ciento veinte", dijo. "¿Qué hiciste?", quiso saber Eric. "Eso es lo de menos. Lo importante es qué voy a hacer ahora: si mato a un custodio o si le corto el brazo al director, me darán veinte años más; o cuarenta… pero da igual. Ahora puedo hacer lo que se me hinche un huevo…". Eric lo observó con temor. "¿Y tú? ¿Fue tu primera vez o ya lo habías hecho otras?". El gesto de su interlocutor era tan impertinente que Eric no supo cómo reaccionar. El otro interpretó su titubeo como la respuesta que quería escuchar pues, acto seguido, le comunicó que había sido elegido por "el jefe" para hacer un trabajo. Si lo hacía bien, iba a obtener más recompensas de las que se imaginaba: protección, la mejor comida, las putas más cachondas y, por supuesto, *billullo*.

"El jefe" había recibido el encargo de eliminar a uno de los secuestradores que se encontraban en el reclusorio, pues "su cliente", un poderoso industrial de Monterrey, temía que algunos magistrados corruptos fueran a absolver al cabrón que había mutilado dos dedos a su sobrino. Lo que quería "el jefe" es que madrearan al reo para que éste fuera a dar a la enfermería, lo cual ya estaba arreglado. Ahí entraba Eric: tendría que administrarle un veneno, inyectarle una burbuja de aire o hacer lo que hubiera que hacer para eliminarlo. Nadie tenía que enterarse si Eric lo hacía con discreción. La pregunta era: ¿qué día de esa semana creía Eric que pudiera tener todo dispuesto? De su respuesta dependía el momento en que tendrían que propinarle la madriza al secuestrador.

11

Es el cumpleaños de Fer. Desde hace un mes te dijo lo que esperaba como regalo: que lo acompañaras a Ixtapan de la Sal, donde él asistió, hace poco, a uno de esos aburridos congresos de abogados en los que se bebe en abundancia y los ponentes acuden a leer textos ininteligibles: *Límites al derecho de contragarantía para el levantamiento de medidas cautelares* o *Inconstitucionalidad del juicio de lesividad como instrumento de defensa secundaria para los contribuyentes*. Te contó que, en el camino, descubrió un lugar paradisíaco para hacer el amor. No conoces Ixtapan de la Sal, aunque has oído hablar de sus aguas termales y los modernos hoteles de la ciudad. La idea te sedujo.

Ese sábado vistes tu falda más sexy, las sandalias doradas de tacón alto que sabes que lo enloquecen y una playera que te deja descubierto el hombro izquierdo. "Estás divina", resopla Fer en cuanto subes a su Mercedes. Te limitas a sonreír y le entregas, como si nada, un estuche naranja con una corbata. Son las únicas que él usa. "Gracias", dice él antes de darte un beso en los labios. "No tenías que molestarte". Luego toma la carretera México-Toluca y acelera hasta ciento cincuenta kilómetros por hora.

Espera que le reclames, que protestes. Por supuesto que lo espera. Siempre lo haces. Pero en esta ocasión, no chistas. Estás ensimismada en lo que ha representado para ti trabajar en la Suprema Corte desde hace una semana.

Luego de una desviación, Fer atraviesa Metepec, aquella pintoresca ciudad donde una vez compraste un sol de barro, y llega a una zona repleta de campos de maíz. A la altura de Tenango del Valle, cruza una penitenciaría a medio construir. A partir de ahí, el paisaje que afeaban unos letreros desvencijados donde se anuncia toda suerte de productos, se vuelve espléndido. Por mirarlo de reojo y seguir inmersa en tus pensamientos, no adviertes en qué momento toma Fer un camino terroso y estaciona su automóvil en una cuneta rodeada de pinos. "¿No es un sitio mágico?", inquiere él, con la certeza de que te ha impresionado. Rodeados de verde por todos lados, aquel es, en efecto, un lugar de cuento. Pero antes de que respondas, él palmea sus muslos, señal para que te sientes en sus piernas y comience el rito amoroso.

Como mascota obediente, le bajas el cierre de la bragueta y te pones a horcajadas encima de él. "Es un lugar mágico", repite extasiado; "no lo puedes negar". El olor de las coníferas, el perfume del bosque, inunda tu nariz, garganta y pulmones. En otras circunstancias, te habría arrobado. Ahora no. En cuanto te cercioras de que él está listo —y algo provoca que esté presto con más rapidez que nunca—, con una de tus manos deslizas tu tanga y diriges su miembro hacia donde debe entrar. Una vez, dos, tres... pero no entra. "¿Qué pasa?", pregunta él confundido. Intenta un nuevo embate... otro. Cuatro, cinco... "Me estás lastimando", gimes. Por más que deseas complacerlo, por más que él se ha esmerado y te unta saliva con dispendio, es inútil. Tu cuerpo se niega a obedecer. Te gustaría tener al lado una crema que lubricara mejor que la saliva, cualquier cosa que facilitara la penetración. Pero ahí no hay nada.

Nada, además de tus pensamientos. De las dudas que te agobian desde que el secretario de estudio y cuenta del ministro Ávila comenzó a inundar tu escritorio de expedientes para que hicieras síntesis y llenaras los formularios de los trámites administrativos que él mismo te proporcionó. "Yo sugeriría...", balbuceaste. Pero el burócrata abrió los ojos asustado: "Aquí no se sugiere nada. Todo está programado. Si tienes duda, consulta el *Manual para la redacción de resolutivos*, que aprobó el Pleno hace mucho". El problema, quizás, no es del empleado judicial ni del ministro sino tuyo. Habías imaginado que en la Corte se veían los grandes asuntos del país —o al menos la última instancia de algunos casos graves— pero has descubierto que en aquel "palacio de la justicia" lo primordial consiste en revisar lo que han hecho otros órganos jurisdiccionales. Decididos a ganar sus asuntos a cualquier costo, los litigantes aducen que todo es inconstitucional, con miras a que la Suprema Corte actúe como una tercera instancia y su caso se vuelva a revisar. Abundan asuntos administrativos, laborales, penales, civiles y fiscales de mucha o poca monta, pero sólo relevantes para quien los promovió.

En otro nivel, el trabajo de los ministros y sus ayudantes inmediatos —los secretarios de estudio y cuenta— consiste en explicar por qué se desecha la mayoría de los problemas que llegan hasta ahí. Esto supone horas y horas de trabajo. Tres mil empleados se doblan la espalda y dejan la vista localizando "causales de improcedencia". Cada supuesto debe incluirse en los machotes diseñados al efecto y debe hacerse llegar a los interesados "en tiempo y forma", como te lo detalló la abogada que se sienta a tu lado y lleva treinta y ocho años haciendo lo mismo. "¿No te aburres de hacer esto?", le preguntaste. Ella puso cara de sorpresa: "Cuando tienes que llevar el chivo, no tienes tiempo de aburrirte; luego, cuando ya no tienes que hacerlo, te da pánico la idea de quedarte en casa. Ahí sí me aburriría". Te contó, además, que alterna sus actividades revisando incidentes de inejecución: "Cuando una autoridad responsable no cumple con las sentencias de amparo, se envía un proyecto al Pleno y, aunque nunca se resuelve, una siente que hace algo útil por el país".

En el mejor de los casos, la Corte dictamina qué tribunal tiene razón en los casos en los que uno dice una cosa y otro dice otra. Eso no te importaría si el fondo de las "contradicciones de tesis", como se les conoce técnicamente, se tradujera en grandes líneas para que el resto de los tribunales del país supiera a qué atenerse en un caso similar. Pero no es así: la semana que pasó, por ejemplo, estuviste tratando de entender qué órgano era competente para resolver el despido de un trabajador de Pemex: la Junta Local de Conciliación y Arbitraje aducía que no era ella, pues el petróleo es materia federal. La Junta Federal sostenía que tampoco era ella, pues el despido se había efectuado en Tampico. Pasaría un año para que el infeliz despedido supiera quién iba a atender su caso.

Los labios de Fer te sacan de tus cavilaciones. Pero ni ellos ni las etéreas caricias que él te hace con sus dedos salivosos alrededor de la vagina ayudan a que ésta responda. Está cerrada. Herméticamente cerrada, sin que tú sepas cuándo se abrirá. Pero, quizás, la que está cerrada sea tu mente. No quieres pensar en otra cosa que no sea la justicia. La que imparte la Corte y la que tú pretendes conseguir para que México sea un país donde sus millones y millones de pobres puedan aspirar a una mejor calidad de vida. ¿Qué haces, entonces, al pie del Nevado de Toluca, intentando hacer el amor con Fer, cuando hay tantos asuntos en los que debes involucrarte si de veras quieres contribuir a que México sea un país más justo? Por ello no te extraña que, cuando tu novio sugiere seguir al hotel le respondas que no, que lo que quieres es regresar a la Ciudad de México. "No hablas en serio…", refunfuña él contrariado.

"¿Te enteraste de lo que ocurrió ayer con Amalia Sesma?", sueltas la pregunta a boca de jarro. Amelia Sesma había acusado a un grupo de militares de haber incendiado su vivienda, pero antes de que el juez federal pudiera hacerse cargo del asunto, los tribunales militares se declararon competentes para estudiarlo. El caso se llevó hasta la Corte, pero el día anterior se declaró que, a contrapelo de la Constitución, era a los tribunales militares —y no a los civiles— a los que les tocaba resolver. "¿Te enteraste?", repites. "Sí", balbucea Fer, sin saber a qué viene esa pregunta: "Le dieron palo. Se lo merecía. Por argüendera". Cuando te bajas de sus piernas y te acomodas la ropa, lo miras con una mezcla de lástima y desprecio que no puedes contener. Te parece tan fatuo, tan frívolo. "Vamos a Ixtapan", dice él. "Vamos a la Ciudad de México", pides tú. "Es mi cumpleaños", lanza el argumento esencial. Tú decides confrontarlo con una mentira: "Te suplico que me lleves a casa, Fer... Me duele la cabeza. Tengo náusea. Me siento fatal".

El truco funciona. Fer mete reversa, sale de la cuneta y toma el primer retorno hacia la carretera México-Toluca. Al advertir que has inclinado el respaldo del sillón y entornado los párpados, no se atreve a protestar. Pero tú sabes lo que siente. Lo que no sabes es qué haces al lado de este abogado tan simplón, cuyo único propósito en la vida es tener una casa más grande que la de sus compañeros del despacho; un coche más caro y una mujer más guapa. Lo que él busca en ti es claro: la mujer más guapa. Pero ¿qué buscas tú en él?

Y, de pronto, como una revelación, como si alguna deidad del bosque se hubiera compadecido de tus dudas y hubiera determinado responder a ellas, el misterio queda develado: Fer es la única persona que te domina. No por su carácter superior o sus atributos intelectuales sino porque, simple y llanamente, tú así lo has decidido. Una mujer tan echada para adelante como tú necesita que alguien la controle. Aunque sea a veces. Aunque sea jugando. Y, ciertamente, ese alguien no es tu madre, ni tu tío, ni tu nuevo jefe. Ellos ejercen —digámoslo así— un control prolongado, pero parcial. El de Fer, en cambio, es corto, muy corto, pero total. Da lo mismo si alguien califica tu actitud de masoquista. Necesitas que, de cuando en cuando, alguien te releve de llevar el mundo sobre tus hombros.

Mientras el Mercedes deja atrás los improvisados invernaderos de rosas, los campos de maíz y una zona repleta de anuncios comerciales, has resuelto que tu contribución dentro de la Suprema Corte —tu pequeña contribución— podría consistir en comprometer a tu jefe para que, en las próximas decisiones, actúe con valor. Quizás no lo logres, pero por ti no va a quedar. Ayer que te plantaste en la antesala de su oficina y te quedaste esperándolo ahí, a pesar de que la secretaria te advirtió que el ministro no recibía a nadie que no tuviera cita, sabías que ibas a verlo. Daba igual si tenías cita o no. Para eso eres la mujer más hermosa de la Suprema Corte y, por añadidura, sobrina de uno de "los once". Lo que no pudiste imaginar fue que Carlos Ávila iba a salir de repente y, al descubrirte, iba a trastabillar: "Quiero que me acompañes a la conferencia que voy a dar en Puebla", tartamudeó mirando a la secretaria: "La señorita te dará los datos", precisó. Luego volvió a meterse a su oficina. Pero tú ya tenías cita.

"Veo que te sientes mejor", murmura Fer, que ha visto la sonrisa que se dibuja en tu rostro. Fue una sonrisa que surgió cuando pensaste en la conversación que ibas a tener con el ministro rumbo a Puebla. "Sí", vuelves a fingir molestia, "un poco mejor". Decides que, si en ese momento, te exigiera que te desnudaras y comenzaras a ladrar, o a maullar, o a mugir, lo harías para sentir cómo ese zafio puede hacer de ti lo que le venga en gana, así sea por un instante. Es divertido, es relajante elegir a una persona que tome las decisiones, que te haga sentir una muñeca, un ser humano sin voluntad o dignidad. Así sea unos minutos. Una persona que te haga olvidar lo que más te obsesiona: tu responsabilidad. Pero más que divertido, más que relajante, te repites, es necesario. Eso no lo sabe Fer. No va a saberlo nunca. Si ello ocurriera, él perdería su poder sobre ti.

"De hecho", dices de repente, "ya estoy bien. Vamos a donde quieras". El rostro de Fer no se altera. No hace ningún comentario, pero en el primer retorno, da vuelta en U. Observas su expresión de omnipotencia y te divierte darte cuenta de que cuando él cree que manda, eres tú quien le está ordenando que mande. Es una relación extraña, sí, pero a través de ella logras relajarte, abandonarte... "¿Sabes lo que eres?", pregunta. Antes de que respondas, él se adelanta: "Una perrita. Una perrita desobediente. Y vas a tener que portarte muy bien para compensar tu mala conducta", añade haciendo un gesto de munificencia. Por tu cabeza vuelven a pasar algunas de tus dudas. Piensas en la Corte y en la cantidad de trámites que la desbordan, mientras el acceso a la justicia sigue siendo una quimera para millones de mexicanos. Piensas en lo que tú podrías hacer para mejorar tu país. Piensas en la escuela, en el Conservatorio, en tu chelo... "Voy a cogerte por donde nunca te he cogido, *perrita*". Entonces ya no piensas. "Voy a portarme bien", prometes.

12

Rosario temió que se le pudiera hacer tarde. Nunca en su vida había llegado con retraso ni faltado a una clase. Esa mañana, no obstante, caminaba displicente, distraída. Apenas cruzó por la papelería, una opresiva zozobra se apoderó de ella. Aquella papelería, donde lo mismo se compraban lápices y mapamundis que se reunían improvisados grupos de estudiantes de las escuelas aledañas, era el sitio frente al cual solía encontrarse con Lucero. Fue la zozobra la que le impelió a entrar. Se plantó frente al mostrador, que a esa hora se hallaba cercado por los clientes, y salió de inmediato, sofocada, hasta el sitio donde una vez Lucero le contó que había tenido su primera menstruación.

También fue ahí donde le confesó el beso que le había dado el profesor de Literatura. "¿Lo vas a acusar?", había preguntado Rosario. Su amiga estalló en una carcajada: "¿Acusarlo por dar tan buenos besos?". La presión aumentó: ¿adónde iba?, ¿qué iba a hacer?, ¿a quién podía importarle una clase de matemáticas, cuando el asesino de su amiga, de la mejor amiga que alguien podía haber tenido en su vida, estaba libre? ¿De qué le servía aprender a despejar ecuaciones algebraicas cuando un sujeto estaba en la cárcel por un delito que no había cometido y un asesino podía volver a privar de la vida a otra persona? De repente le pareció absurdo lo que hasta entonces era un motivo de orgullo: sus asistencias a clase, su puntualidad, sus calificaciones… ¿A quién demonios podía importarle todo eso? *"¿Entonces qué onda?"* Rosario volteó desconcertada.

—¿Lucero? —susurró.

Pero a su alrededor, decenas de adolescentes, enfundadas en el uniforme de la Secundaria Ernestina Salinas, gritaban, se empujaban, se arremolinaban en torno a las dependientes de la papelería para que las atendieran de prisa. "Una cartulina", "la biografía de Josefa Ortiz de Domínguez", "un corrector líquido", "un Pritt"… *"¿Entonces qué onda"?*, volvió a escuchar entre la multitud… Rosario giró de nuevo sobre sus talones, pero ahí tampoco estaba su amiga.

—¿Lucero?

En plena calle, a una cuadra de la escuela, cuyas puertas estaban apunto de cerrarse, no apareció Lucero ni nadie que se hubiera dirigido a ella. Una mujer atocinada le dio un empellón.

—No estorbes, niña.

Algo no estaba bien, concluyó Rosario, cuando la risa de Lucero se repitió. Ya no le cupo duda: su amiga trataba de comunicarse con ella; de decirle algo. *"¡A huevo, mi chayo!"*. No: definitivamente algo no estaba bien. Esa mañana no iría a clases. No podría hacerlo. No, hasta que todo se aclarara. Ella era la única que podía ayudar a que eso ocurriera y no era justo

—no era comprensible, vaya— que fuera a encerrarse a aquellas espantosas aulas para aprender cosas que no iban a servirle para nada, mientras el asesino de Lucero seguía libre.

"No te voy a fallar, amiga…" Y apenas lo pensó, como si Lucero estuviera frente a ella, advirtió que había comenzado a llorar otra vez.

—¡No te voy a fallar! —gritó.

Algunas de las personas que transitaban por la calle voltearon a verla. Hubo quien le dijo "cálmate" y hasta quien le puso una mano en el hombro. Pero a Rosario ya no le importó. Ya no iba a importarle nada hasta no cumplirle a Lucero. Iría a la policía a contar lo que sabía, pasara lo que pasara… ¿A la policía?, se preguntó compungida ¿Y qué le iba decir la policía? Quizás, lo mismo que le había dicho el padre de Gloria: "A ese cabrón ya lo agarramos. Se va a pudrir en la cárcel". No, no era a la policía a la que debía acudir. Necesitaba que alguien con más autoridad la escuchara y creyera. Alguien que pudiera ordenar a la policía que hiciera su trabajo. Pero ¿quién?

Sin pensarlo demasiado, se dirigió a San Cosme, al cibercafé que estaba a dos cuadras de la estación del Metro. No volvería a la escuela hasta que se hiciera justicia… Justicia, claro. Al sentarse frente a la computadora, accesó a Google. Tecleó la palabra *justicia*. Una decena de balanzas, martillos y mujeres con los ojos vendados aparecieron frente a ella. Luego vinieron otras referencias: Wikipedia: "La justicia (del latín *Justitia*) es la concepción que cada época y civilización tiene acerca de la equidad…" No. Avanzó hasta toparse con emblema de la Suprema Corte de Justicia de la Nación. Pulsó el mouse y apareció una página roja y ocre… Ahora que lo recordaba, más de una vez había escuchado los anuncios promocionales que se transmitían por la radio, mediante los que la Corte se jactaba de velar por las garantías de los ciudadanos. ¿Por qué no acudir ahí a presentar su denuncia? Si en la Suprema Corte no la escuchaban, no la escucharían en ninguna parte.

Anotó los datos en su cuaderno de matemáticas y preguntó al dependiente del cibercafé cuánto le debía. Sin soltar su morral, volvió a la estación del Metro y descendió por la escalera. Ahora habría que bajar en Zócalo. La Corte tendría que ser uno de aquellos enormes edificios que lo rodeaban. La idea de que se hiciera justicia ya no era una simple preocupación de la adolescente, sino lo que a partir de ese momento daría sentido a su vida. Ya dentro del vagón, se acordó de la ocasión en que un depravado eyaculó en la falda de Lucero. Lucero… era tan madura, tan osada… "Al mal tiempo, buena cara", le soltó a Rosario cuando ésta, escandalizada al contemplar la mancha de semen en la falda del uniforme de su amiga, inquirió sobre lo que pensaba hacer… "Nada", suspiró Lucero resignada: "si me preguntan, diré que es engrudo". "Qué asco", se soliviantó Rosario. "¿Qué quieres que haga, entonces? ¿Que me desmaye?". "Qué asco", repitió Rosario.

Se bajó en la estación Zócalo. Salió por donde un letrero anunciaba *Suprema Corte de Justicia de la Nación*, por lo que no tuvo que hacer esfuerzos para saber que había llegado a su destino. Aquella mole gris de piedra debía ser la Corte. Tenía que serlo. En ese momento, algunas personas comenzaban a llegar acarreando carteles donde se leía *Liberen a Eulalia*. Rosario caminó hasta las pesadas puertas de bronce, subió una escalinata y, cuando se disponía a entrar, un guardia le cerró el paso.

—¿Vienes con el grupo? —preguntó señalando a algunas estudiantes que se perdían, al fondo, por el lúgubre edificio.

—Sí —balbuceó Rosario.

—Pues apúrate —el vigilante le franqueó la entrada.

Mientras corría para alcanzar a otras uniformadas que, al parecer, habían ido a visitar la Corte, Rosario se alegró de que el guardia no distinguiera entre un suéter verde y uno café. Tampoco lo hizo el guía de aquel grupo que, en uno de los pasillos del edificio, se refería, en ese momento, a los retratos que, de un lado y otro, atestaban el pasillo: eran los ministros que había tenido el Máximo Tribunal desde 1824, fecha en la que funcionó por primera vez en el país. Ninguno de aquellos rostros le dijo algo a Rosario. Descubrió, sin embargo, que si los ministros eran los jueces más importantes, como explicaba el guía, había que entrevistarse con uno de los actuales. ¿Se parecerían a aquellos ancianos de semblante impostado y barbas patriarcales? ¿Dónde estarían? Al lado de las innumerables puertas que se abrían a uno y a otro lado de los corredores, lucían pesadas placas de metal que anunciaban nombres y cargos. Pero ninguna decía *ministro*. Un pasillo, otro… Si Lucero hubiera estado ahí, seguramente habría hecho una broma.

En los cajones de las escaleras internas, en las aristas del edificio, el guía les mostró los murales que ilustraban las esquinas. Algunos, pintados con auténtica maestría; otros, con una improvisación que la propia Rosario habría superado. En las paredes figuraban alumnos de escuelas, héroes nacionales, la madre patria, una mujer secuestrada, unos soldados y hasta aztecas fuera de lugar. Las integrantes del grupo no prestaban mayor atención a las explicaciones del guía, quien, en cambio, ponía todo su entusiasmo en el discurso. Tampoco reparaban en la intrusa que se había infiltrado en la excursión. Al cabo de media hora, el grupo llegó a un patio interior al que el guía se refirió como la sala de los pasos perdidos. Más murales. Pero estos se antojaban opacos. ¿O serían más viejos? Si bien Rosario había seguido al grupo con la esperanza de saber algo más sobre la Corte, puso especial interés cuando el guía se refirió a aquellos trabajos. No fueron los datos biográficos sobre José Clemente Orozco los que despertaron su interés, sino una pintura donde una mujer con la cara, manos y túnica encaladas dormía, desguanzada, sobre el plinto de una columna. La espada estaba a punto de resbalar de sus manos. Abajo, algunos hombres embozados y otros de aspecto rufianesco se entregaban al frenesí. Víctima de una borrachera, la justicia dormía a pierna suelta. Rosario se enteró esa mañana de que Orozco había hecho una sátira demoledora dentro de la casa más importante de la justicia en México. Aprendió, también, que cuando se inauguraron aquellos murales, algunos ministros se habían negado a entrar a sus oficinas hasta que la pintura fuera borrada. Se sentían agraviados con aquella mofa. Pero los murales, no fueron borrados y los ministros se avinieron a trabajar en aquel edificio, en cuyas paredes se cuestionaba su propia integridad. "Qué grueso", habría dicho Lucero.

Cuando el guía anunció que ahora irían a conocer la guardería de la Corte, donde las empleadas que tenían hijos podían inscribirlos para laborar tranquilamente, la joven decidió que había llegado el momento de abandonar la expedición. Al subir por una de las monumentales escaleras, se escabulló hacia una dirección distinta a la que tomó el grupo. Una vez más, tuvo la sensación de que, desde alguna parte, Lucero la llamaba. "No te fallaré", repitió Rosario en su interior. Había admirado a Lucero en vida y la mejor forma de expresarle aquella admiración, aquel cariño, sería logrando que se hiciera justicia. Mientras decidía qué rumbo tomar por aquel laberinto del tercer piso, Rosario recordó la confesión más íntima que le había hecho Lucero: "Te envidio". ¿Lucero la envidiaba a ella? Debía tratarse de una broma. ¿Qué podía envidiar Lucero Reyes, la adolescente más hermosa y simpática de la secundaria, la más temeraria y experimentada de cuantas había conocido ella en sus catorce años, de una timorata como Rosario? ¿Acaso sus calificaciones? No: a Lucero la tenían sin cuidado las calificaciones. "Tienes un papá", le reveló Lucero. "Yo no". Rosario había comenzado a reír. "Si te imaginaras la porquería de papá que tengo", dijo, "no tendrías nada que envidiar". Aun así, Lucero le repitió que la envidiaba. El padre de Rosario podía ser un borracho agresivo y vulgar, pero velaba por su familia; pagaba la renta y la luz… ahí estaba. Ella, en cambio, nunca había conocido al suyo. Según contaba su madre, éste se había largado el mismo día que nació Lucero. Nunca se había vuelto a saber de él.

De repente, ante los ojos de Rosario, al lado de las puertas que se abrían en aquellos pasillos, comenzaron a aparecer placas de metal donde se leía la palabra *ministro*: ministro Guillermo Fajardo; ministra Vanesa Erazo; ministro Sergio Howland; ministro Gabriel Bretón; ministra Yolanda Contreras; ministro Alberto Pérez Dayán; ministro Juan Arriola… ¿Sería cosa de entrar y contarle a alguno de aquellos ministros lo que sabía? La idea podía antojarse disparatada, pero a Rosario no se le ocurrió otro camino. Si no la escuchaba un ministro, ¿quién iba a escucharla? Se aproximó a una de las puertas cuando ésta se abrió de golpe y salió de ella un hombre altísimo, huesudo, con una cara a la que los pómulos le daban un aire caballuno. Llevaba a otro, más joven que él, del brazo. Ambos lucían trajes azul marino.

—Voy a ser claro con usted: no pueden otorgarse suspensiones a diestra y siniestra. No cuando empieza su carrera como juez. Eso usted tiene que saberlo. La ley no es tan rígida como usted se empeña en interpretarla.

El otro se veía amohinado.

—Y yo también voy a ser claro con usted, señor ministro: ningún proyecto empresarial va a evitar que yo haga lo que esté en mis manos para proteger el medio ambiente. Los manglares de Nayarit no van a tocarse mientras yo sea juez federal.

—¿Así se le niegue la oportunidad de trabajo a cientos de familias?

—Con todo respeto, señor ministro, hay muchas otras áreas donde se puede construir un conjunto como el que ha proyectado el grupo Hefestos. ¿Por qué tienen que destruir nuestro medio ambiente? Tenemos que preservar el planeta para las futuras generaciones.

Entonces, advirtió Rosario, el alto era ministro. Si lo seguía y abordaba en cuanto se separara del joven, quizás podría exponerle su caso.

—Las futuras generaciones tendrán que rascarse con sus propias uñas. A nosotros ya bastantes problemas nos dejaron las anteriores.

—Un punto de vista respetable, pero no lo comparto.

—En ese caso, tendrá usted que atenerse a las consecuencias.

—Prometí defender la Constitución, señor ministro, y no temo ninguna consecuencia al respecto.

El ministro soltó el brazo de su interlocutor y lo miró con acritud. Luego, alzó los hombros y dio la media vuelta para regresar a la puerta por la que había salido. Rosario se colocó a su lado. Caminó junto a él unos pasos. El hombre volteó para mirarla.

—No nos gusta que las hijas de las empleadas anden deambulando por los pasillos. Tienen que entender que este no es un parque de diversiones —la sermoneó—. Es la segunda vez que te veo por aquí. A la tercera, voy a llamar la atención a tu madre.

¿La segunda vez? Era la primera vez en su vida que Rosario ponía un pie en aquel sitio ¿Con quién la confundía? Antes de que pudiera responderle, el ministro desapareció por la puerta por la que había salido, azotándola tras de sí. No, definitivamente aquél no era el hombre con el que tenía que conversar. Se había hecho a la idea de que los ministros eran personas serenas y afables pero, por lo que acababa de ver, aquél no lo era. ¿Lo serían los otros? ¿Cómo saberlo? Avanzó unos pasos. ¿A qué puerta llamar? Algunas permanecían cerradas; otras, abiertas. A través de ellas se veían decenas de personas apilando documentos o tecleando frente a sus computadoras. Dos mujeres salieron entonces por otra de aquellas puertas. Una, ya entrada en años, tenía rostro bovino; la otra, mucho más joven, llevaba puestas unas botas primorosas.

Las más bonitas que Rosario había visto en su vida.

—No lo tomes personal —decía la primera—. Si el ministro Ávila no te ha recibido es porque está abrumado de chamba. Ayer estuvieron discutiendo, hasta tarde, lo de las reformas a la Ley Federal de Competencia Económica: algunos ministros quieren dejarlas tal y como están; otros pretenden anularlas...

—Yo soy parte de la chamba de Ávila —se quejaba la de las botas—. ¿O acaso pensará que voy a pasarme aquí la vida revisando expedientes? Esto no es lo que yo vine a hacer a la Corte.

—Entonces, te equivocaste de lugar. La Corte siempre ha funcionado así. Cuando cumplas treinta años de trabajar aquí, lo comprobarás.

—No pienso cumplir un mes más si Ávila me ignora. Me dijo que quiere que lo acompañe a Puebla, pero no dijo cuándo...

—Eres impaciente, Emilia.

—¿Cómo no serlo cuando siento que estoy languideciendo? Me estoy marchitando.

La mujer del rostro bovino sonrió benevolente y colocó su mano en el brazo de la otra.

—No te desesperes —se despidió y volvió a entrar por la puerta por la que había salido.

Al quedar sola, la de las botas se recargó desconsolada en la pared. Rosario reunió, entonces, todo el aplomo del que era capaz y se aproximó a ella.

—¿Es usted ministra? —le preguntó.

La mujer de las botas la miró y, casi a su pesar, sonrió.

—Házmela buena…

—Pero… ¿me podría ayudar?

—¿Ayudar a qué?

—Necesito que me escuche quince minutos.

13

Me voy, papito, pues no puedo
seguir aquí, aunque te has portado conmigo como lo que eres, un rey, pero me
voy porque ya no puedo vivir contigo,
no por tus años, como dices, pues sabes
cuánto me gustan los hombres de tu
edad, sino porque vivir contigo es vivir
con lo que odio.

La primera vez que te oí hablar
sobre la justicia, decidí que quería pasar
el resto de mi vida a tu lado, pues eras
mi héroe, pero luego descubrí que todos
eran choros y me desilusionaste.

No eres tú, de veras, tampoco el
pleito que tuvimos sino lo que haces, o
lo que no haces, que fue lo que me des-
ilusionó y me hizo pelear contigo, sin
que sepa cómo explicártelo, aunque tú
lo entiendes, tú lo entiendes todo y, si
no, quiero que trates de entender lo que
te expliqué, lo que traté de explicarte
cuando discutimos.

No quiero que creas que no te
agradezco todo lo que hiciste por mí,
pues lo más fácil sería seguir aquí, a tu
lado, dejando que me compres cosas pa-

dres, me invites a comer a restaurantes chidos y me lleves de viaje a Nueva York, sí eso sería lo más fácil, pero entonces sí podríamos hablar de ingratitud, de ingratitud o engaño, porque si no me gusta lo que haces y sigo contigo, es como engañarte, como darte a entender que todos estamos contentos y eso no es cierto.

El día que salías de tu cena y me encontraste moqueando, en una banqueta de la Zona Rosa, te vi como el sol y te conté que, en la pinche televisora donde fui a hacer el casting, me habían dicho que, o le mamaba la verga al productor o no había nada y, aunque pude haberlo hecho, aunque lo habría hecho si me lo hubieran pedido de otro modo, me cagó que no les importa mi talento, que les valiera madres.

Tú no me pusiste condiciones, te sentaste a mi lado y empezaste a platicar conmigo, como si fuéramos amigos desde hacía años, me abrazaste, me trajiste a tu casa y, desde entonces, todo fue chido, hasta el sexo que vino después, porque fue un sexo padre, pues nunca sentí que te estuviera pagando nada y dejaba que me la metieras porque la gozaba, porque me gustaba ver cómo tu cara, siempre tan seria, se volvía como la de un niño cuando te venías dentro de mí y porque me encantaba ver cómo te batías los dedos con lubricante.

Gracias por las cenas y los viajes, gracias por todo lo que me enseñaste, gracias por el coche, aunque no me lo puedo llevar pues ni en dónde estacionarlo, así que te propongo llevarme, mejor, uno de tus relojes, el plateado con correa de piel de cocodrilo que tanto me gusta y que tú ni usas, en vez del carro, porque el reloj puedo venderlo sin broncas y, con lo que me den, comprarme algunas cosas y será como si tú me las hubieras comprado.

De todos modos, entiéndeme, quiero ser un poco más libre otra vez, volver a tomarme mis tachas sin que nadie me esté diciendo que son malas para la salud o que me estoy destruyendo, porque eso ya lo sé, pero me choca que me lo digan, aunque seas tú, papito.

Por favor no me busques, ni me mandes mails, pues cuando una persona desilusiona a otra, lo mejor es cortarlas y, la verdad, me defraudaste, sin que esto quiera decir que no sienta gratitud por lo que me diste.

Mar

El senador De Angoitia palpó la carta. La llevaba doblada en tres partes, dentro del bolsillo interior de su saco, desde hacía dos semanas. Le pesaba. Sabía que, tras la pretendida desilusión de Mar, no estaba sino su fracaso para evitar que su primo, al que habían detenido después de una zacapela de borrachos, fuera a dar a prisión. Por supuesto que él iba a sacarlo. No faltaba más. Para eso era el presidente de la Cámara de Senadores y uno de los políticos más influyentes del país. Pero, por lo pronto, el primer intento había fallado. Al telefonear al procurador Ballesteros para rogarle que el Ministerio Público acusara al muchacho por riña y no por lesiones, le salió el tiro por la culata: el procurador no vio aquella solicitud como una oportunidad para hacer las paces con De Angoitia, como lo habría hecho cualquier político medianamente habilidoso, sino como una ocasión para hacerle pagar aquellas increpaciones durante la sesión en que se ventiló el caso del Romanova. "¿Cree usted que porque preside la Cámara Alta puede pasar por encima de la ley?", le increpó Ballesteros desafiante. "No es eso", replicó el senador, humilde: "Lo que ocurre es que el chaval tiene apenas dieciocho años; si usted lo manda a prisión, van a echarlo a perder. Le prometo ocuparme de él y evitar que esto vuelva a ocurrir". Como si hubiera recibido la petición contraria, apenas colgó con De Angoitia, el procurador ordenó a sus agentes que aceleraran la consignación ante el juez.

Esto lo supo De Angoitia cuando llamó por teléfono a la presidenta del Tribunal Superior de Justicia del Distrito Federal, quien le comunicó, compungida, que al muchacho ya le habían dictado auto de formal prisión. Habría que solicitar un amparo y esperar que se concediera, lo cual iba a tardar. Ella misma se encargaría de acelerar los trámites e, incluso, de reclasificar el delito, pero nadie podría librar al acusado de unos días de encierro. De Angoitia enfureció. Si el procurador capitalino pretendía dejar claro que era incorruptible, como lo insinuaba a la menor provocación, él iba a demostrar hasta dónde llegaba la incompetencia de aquel santón. Reviviría el caso del Romanova y ejercería una presión tan grande en torno al asunto de la estudiante asesinada que hundiría al cretino. Al día siguiente, no obstante, un golpe de fortuna colocó al procurador en una situación privilegiada: se detuvo al asesino de la adolescente, quien confesó los móviles de su crimen. La figura de Ballesteros se agigantó. De Angoitia, que intuía bien los tiempos políticos, comprendió que tendría que aguardar mejor ocasión para golpear a Ballesteros, al que a partir de ese momento consideraba su enemigo. En el caso del primo de Mar, no le quedaría más remedio que esperar.

En eso cavilaba cuando el ministro Luis Cadena irrumpió en uno de los comedores de la Suprema Corte de Justicia, donde el senador lo aguardaba a él y a los presidentes de la primera y segunda salas. El jurista entró limpiándose el sudor de la frente con un paliacate rojo. El tráfico de la Ciudad de México, se quejó, era infame. El ministro no tenía de qué preocuparse, lo saludó De Angoitia. Lo que no acababa de gustarle al senador —y así se lo dijo a su anfitrión en tono de broma— era que, siempre que se veían, lo hacían en aquellos comedores privados. A De Angoitia le gustaría que un día, un día al menos, el ministro aceptara desayunar con él en un lugar distinto. O más aún: comer y compartir una botella de la cava personal que él tenía en alguno de los mejores restaurantes de la ciudad.

Cadena se pasó ahora el paliacate por la cabeza calva. Ojalá se pudiera, suspiró, pero el senador lo sabía mejor que él: los periodistas pululaban. En cuanto los vieran juntos, comenzarían sus odiosas conjeturas. Harían un escándalo. ¿Para qué darles pretexto? Pertenecían a poderes distintos y, aunque se encontraran ocasionalmente y abordaran temas de interés mutuo, no valía la pena suscitar habladurías.

De Angoitia estaba acostumbrado a aquella monición. Su anfitrión era un juez de carrera, cuyo mundo se limitaba a expedientes y términos constitucionales. Era un hombre que, probablemente, nunca en su vida había leído un libro de historia o una novela. Quizás no habría logrado localizar Tasmania en el mapa y, seguramente, no distinguía a Manet de Monet. No podía pedir peras al olmo. Pero cada vez que se entrevistaba con *Don Luis*, como se le conocía en la Corte y el Senado, no podía abstenerse de asaetear al ministro en forma cordial. Era su modo de romper el hielo con aquel acartonado jurisconsulto. Le divertía verlo tambalear. Quizás por ello le preguntó, también, si había visto las primeras planas de los periódicos esa mañana: casi todos se referían a la devolución de impuestos a que los amparos habían obligado a la Secretaría de Hacienda. Ese año la recaudación se había desplomado. México volvía a ocupar el último lugar entre los miembros de la OCDE. Así es, admitió don Luis, pero ¿qué iba a hacérsele? Las leyes dejaban huecos que los abogados se apresuraban a llenar para evitar que sus clientes tributaran. Ese era un tema de legisladores y no de jueces. A De Angoitia le agradó la respuesta, la cual le daba pie para continuar la discusión. No existen leyes perfectas, concedió, pero para eso estaba el Poder Judicial, comprometido con el desarrollo de México, ¿o no? Para que garantizara, como lo ordenaba la Constitución, que cada persona contribuyera de acuerdo con sus ingresos y para que interpretara las leyes cuando éstas resultaran turbias.

Algo hubo en el tono de Damián de Angoitia que intranquilizó a Cadena. El senador, al que halló más delgado que la última vez que se habían visto, parecía estar agrediéndolo. El propio De Angoitia había recurrido, más de una vez, a la Suprema Corte para que ésta ordenara devoluciones de pagos que habían hecho las empresas del senador. ¿Por qué, entonces, empleaba ese tono que oscilaba entre la mofa y el reclamo? ¿Qué le estaba insinuando? ¿Qué le iría a pedir ahora a él y a sus colegas? Tendría que ser algo vinculado con exenciones fiscales, decidió el ministro, pues aquella era la principal razón de que el presidente del Senado visitara la Corte. ¿A qué, pues, la sorna?

Don Luis se disponía a averiguarlo cuando aparecieron los otros dos convidados al desayuno. Yolanda Contreras y Juan Arriola intercambiaron las cortesías de rigor y, en cuanto el mesero sirvió la fruta, la ministra quiso saber qué había llevado al senador a solicitar aquel encuentro. Puedo imaginarlo, adelantó Arriola: el presidente de la Cámara Alta viene a solicitar que la Suprema Corte eche abajo las reformas a la Ley Federal de Competencia Económica, ¿no es cierto? Debo adelantarle algo al respecto, dijo el ministro: estas reformas prevalecerán. Son indispensables, desde mi punto de vista, para garantizar una economía que se distinga por generar mayores niveles de igualdad en México. No contará usted con mi voto para que prospere la acción de inconstitucionalidad.

De Angoitia acomodó su melena leonina entre los hombros, para refutar al más radical de los integrantes de la Suprema Corte de Justicia. La suposición del ministro Arriola se justificaba, admitió, pues él mismo había encabezado al grupo de senadores que habían solicitado la acción de inconstitucionalidad contra las reformas a la ley. Pero, en esta ocasión, él estaba ahí para hacer lo contrario: para rogar a los ministros que desecharan su solicitud. Los diputados y senadores habían aprobado aquel ordenamiento después de ásperos debates, puntualizó, por lo que no parecía justo que la Corte, a petición de una fracción de los legisladores perdedores, fuera a declarar inconstitucionales las reformas que permitirían garantizar a México un índice más alto de competencia y, como bien decía Arriola, mayores niveles de igualdad.

Juan Arriola se quitó los anteojos de cristales verdes para cerciorarse de que De Angoitia no se estuviera burlando de él. ¿Desde cuándo le importaba la competencia económica?, preguntó. Si algo caracterizaba al senador era, precisamente, la defensa a ultranza que hacía de los grupos industriales y comerciales más boyantes del país. Con frecuencia había estado en ese mismo comedor para pedir que se les exentara del pago de ciertos impuestos o para exigir privilegios fiscales. ¿Por qué, ahora, hablaba de competencia e igualdad? ¿Adónde iba? A algunos ministros, como a Carlos Ávila o a Vanesa Erazo, podían agradarles las chanzas. A él no. Él llamaba al pan, pan y al vino, vino.

Don Luis intervino para mediar. Independientemente de los motivos del senador, aquella era una decisión que tenían que tomar los once ministros. No le parecía correcto que su colega adelantara opiniones. Eso, reconvino a Juan Arriola, iba contra la ética judicial. El aludido rezongó: Todos conocen mis puntos de vista al respecto. Repruebo la acumulación de la riqueza; y a los acaparadores; condeno… Cadena fue contundente al interrumpir a su compañero. Había que estudiar el caso y esperar a que hablara la Constitución. Esta vez, sin embargo, fue De Angoitia quien rechistó. La Constitución decía lo que los ministros querían que dijera aunque, en ese caso, el artículo 28 era elocuente. Los monopolios no estaban permitidos. Las reformas a la ley no hacían sino dar vida al mandato constitucional. En su opinión, no había mucho que agregar.

Un golpe sobre la mesa les distrajo. ¿Por qué De Angoitia había exigido, entonces, que la Corte anulara esa reforma?, preguntó Arriola. El manotazo no alteró al senador. He estudiado mejor el caso, admitió. Creo que lo mejor para México sería que la Corte dejara las reformas tal y como están. Pero esto podría perjudicar a algunas de las empresas más importantes de México, saltó Yolanda Contreras. Sí, admitió De Angoitia, y beneficiaría a muchas de las medianas, que tendrían alicientes para competir. Otro golpe sobre la mesa hizo que algunas gotas del café de don Luis se derramaran en el plato. Eso era lo que tenía que haberse hecho desde el principio, tronó Arriola. Por primera vez en su vida, compartía un punto de vista con De Angoitia. Ignorando las reconvenciones de Cadena, prometió al senador que votaría para que las reformas se quedaran como las había dispuesto el Congreso de la Unión.

Cadena, contrariado, recordó que había mucho que analizar antes de adelantar votos. Un día antes, en la misma silla donde ahora estaba De Angoitia, había estado sentado el secretario de Hacienda. Quería que el ordenamiento se frenara a toda costa, a pesar de que el presidente de la República ya lo había promulgado. Sus argumentos sobre el daño que se ocasionaría a la planta productiva del país eran tan atendibles como los del senador. Habría que sopesar unos y otros. De Angoitia protestó. Lo único que lastimaría a la planta productiva sería dejar que un puñado de grandes compañías siguieran acaparando la mayor parte de la riqueza mexicana, peroró. Claro, machacó Arriola. Lo que a mí me parece extraño, volvió Yolanda Contreras, es el cambio que se ha producido en usted, senador. Los ministros de la Corte estamos acostumbrados a los cambios de opinión de las autoridades. No nos asustan. Que el presidente de la República ataque la ley que él mismo promulgó o que un legislador defienda la que él mismo combatió, no es extraño. Lo que no entiendo es que usted, precisamente *usted*, haya cambiado su punto de vista. ¿Puedo preguntar qué le ha hecho adoptar un cambio tan dramático? Don Luis comenzó a ponerse nervioso. Él y sus compañeros no debían discutir un tema que ya estaba en la Corte. Caviló sobre la imparcialidad y sobre el único compromiso de los ministros: hacer cumplir la Constitución.

Mientras don Luis hablaba, De Angoitia picó el plato de fruta que le habían llevado y lo devolvió sin haber probado bocado. Declinó probar los huevos pochados que el mesero calificó de suculentos y reiteró que había sido un error tratar de minar unas reformas que la mayoría de los diputados y senadores ya habían aprobado y el presidente de la República había promulgado. ¿Quién ganaría si las reformas se declararan inconstitucionales? ¿Quién perdería? Todo eso tenemos que escrutarlo a la luz de nuestra Carta Magna, insistió Cadena. Reunió sus últimas fuerzas y, con voz pastosa, recordó a su interlocutor que no podían seguir discutiendo aquel asunto. Escuchar al senador era una cosa. Ponerse a debatir, otra.

Vamos a hacer un pacto, propuso el senador, adoptando un tono malicioso: si ustedes consiguen que estas reformas prevalezcan en la Ley Federal de Competencia Económica, les ofrezco sacar del congelador la iniciativa para que la Suprema Corte tenga un presupuesto fijo. ¿Les parece un buen trato? El tenedor de don Luis cayó al suelo. Yolanda Contreras dejó de acicalarse la cabellera roja y Arriola cruzó las manos sobre la mesa, como para evitar que volvieran a dar otro porrazo. ¿Qué pretendía Damián de Angoitia? El presupuesto fijo era una de las grandes metas de la Suprema Corte. Aunque existían distintos proyectos para alcanzarla, una y otra vez, por las razones más triviales —o quizás por las más graves—, se desechaban. El senador acababa de pronunciar las palabras mágicas. Antes de que Cadena pudiera articular palabra, De Angoitia arremetió: ¿Por qué desaprovechar la oportunidad para dotar al país de un marco legal moderno para los ciudadanos? Seamos francos, dijo. Mientras ustedes tengan que reunirse con los legisladores para negociar su presupuesto anual, para *mendigarlo*, recalcó, la independencia del Poder Judicial estará en entredicho. Cadena movió la cabeza incrédulo. Él no podía, no *debía* escuchar aquellas propuestas. La Constitución era su única guía. Pero

De Angoitia no dio tregua: ¿De qué servía a los ministros tener abultados ahorros, si ni siquiera sabían de cuánto dinero contante y sonante iban a disponer el próximo año? Ni el mejor administrador podría hacer algo en aquella incertidumbre. Lo más que se lograba era un vergonzoso subejercicio presupuestal, como el que la Corte refleja año tras año. De ahí salían bonos para ministros, magistrados y jueces, sí, pero muy poco para la sociedad, ávida de justicia. Con un presupuesto fijo, insistió, la Corte no estaría sujeta a las presiones y humillaciones de las que hoy era víctima. Eso, volvió a hacer énfasis, se lo debemos a México.

Cuando el senador se despidió, intuyó que tenía holgadas probabilidades de hacer triunfar su causa. No permitió que sus anfitriones lo acompañaran hasta su automóvil y rehusó utilizar el elevador. Al bajar por las escaleras monumentales, el cubo decorado con cráneos que simulaban uno de esos altares donde los aztecas exhibían las cabezas de sus enemigos le pareció más feo que nunca. ¿Le habrían añadido nuevos cráneos al *tzompantli*? En otro de los murales, ladrillos y vigas salientes simulaban una casona deshabitada, donde se llevaban a cabo toda suerte de fechorías. La Suprema Corte no era el mejor sitio para aquellos experimentos artísticos. Era el templo de la justicia, no un museo de artes plásticas. Si en sus manos estuviera, desmantelaría aquella parafernalia ese mismo día. Si de lo que se trataba era de reducir el subejercicio del que acababa de hablar con los ministros, mejor harían en impulsar la construcción de otro palacio de justicia o más juzgados en regiones ignotas del país. Pero no emplearlo en aquellos murales vocingleros. En cuanto volvió a su oficina, en el sótano del moderno y poco funcional edificio del Senado, ordenó a su secretaria que no le pasara ninguna llamada. Al contemplar el pesado muro blanco de hormigón, que le atajaba la vista al Paseo de la Reforma, la avenida más espectacular de la Ciudad, suspiró haciéndose cargo de la paradoja. Se sentó frente a su escritorio y se puso a teclear:

Son poco más de las once de la mañana, Mar, y estoy pensando en ti… Deseo tu cuerpo y tu piel. Recuerdo tu inteligencia festiva, así como los viajes que hicimos juntos a Nueva York y, sobre todas las cosas, tus críticas lapidarias. No sabes cuánto extraño todo esto. A mis sesenta y dos años, me he convertido en un patético personaje de las novelas de Philip Roth. No puedo sacar de mi cabeza aquello que escribió Oscar Wilde: "La tragedia no es envejecer sino seguir sintiéndonos jóvenes".

Esta sensación se ha agudizado a últimas fechas. No a raíz de que tú te hayas marchado, sino de la visita que hice al médico, hace dos días. Le llevé los estudios que me encargó, debido a los problemas que me había estado generando mi mala digestión y las punzadas que, de repente, comencé a sentir en el abdomen. Aunque no sé si, finalmente, me atreveré a pulsar el botón Enter y a enviarte estas líneas, a estas horas de la mañana no tengo ningún motivo para irme por las ramas: el cáncer que tuve hace unos años se ha reactivado.

El oncólogo afirma que no es algo insuperable, pero que deberé someterme a un severo tratamiento de quimioterapia para enfrentarlo. Afirma, además, que debo comenzarlo ya. Cada día que pase será un día perdido. Aunque me asfixia ese anhelo de ser el joven del que habla Wilde, me doy cuenta de que, si tú siguieras a mi lado, la noticia me habría devastado. ¿Un cáncer iba a arruinar la etapa más intensa de mi vida?, ¿me iba a privar de tu compañía? Ahora que te has ido, puedo adelantarte que no acabaré hecho un guiñapo en manos de los médicos. He visto mucho, he disfrutado mucho y aunque, insisto, mis ansias de juventud van a acompañarme hasta el último día, en estos momentos no tengo un motivo para librar una lucha. Para mi buena suerte, todo esto lo preví. La doble nacionalidad de la que ahora gozo, así como el departamento que compré en Oregon, me han convertido en residente de ese estado y puedo, por tanto, gozar de las ventajas que esto conlleva, lo que incluye ir a morirse ahí, con dignidad.

No estoy reprochándote nada, te ruego lo comprendas, sino compartiendo contigo mi estado de ánimo. ¿Con quién más podría hacerlo? De mi ex mujer no sé absolutamente nada. Desde que nos divorciamos, hace ya diecisiete años, lo último que supe de ella es que vivía en Buthán, en una comunidad de místicos. Por otra parte, como te lo dije alguna vez, cuando uno no tiene hijos, no hay que esperar que, a cierta edad, alguien se preocupe por uno. Preocupación sincera, quiero decir.

Pese a esto, debo contarte algo que te dará gusto. Tiene que ver con dos conversaciones que tuvimos el mes pasado: la primera, respecto a aquella película de Kurosawa que vimos juntos. *Ikiru*, ¿te acuerdas? La historia de aquel mediocre intendente que, al darse cuenta que va a morir, decide dar sentido a su vida y no descansa hasta que se inaugura un parque para niños en un barrio popular. Entonces muere, reconciliado consigo mismo.

La segunda, con relación a Akbar, aquel emperador de la India que aparece dibujado en uno de los tapices de mi biblioteca y tú me preguntaste por qué era tan importante. Te conté que había roto con las normas de su pueblo, que sólo permitían a los musulmanes ocupar cargos dentro de la Corte, para abrirla a cualquier funcionario capaz, perteneciera al culto al que perteneciera. Aunque esto lo convirtió en el paradigma de la tolerancia, él no actuó así por su visión política o su pluralismo sino porque estaba enamorado de una doncella hindú y quería incorporar a su padre a formar parte del consejo imperial. ¿A poco la *polaca* se mueve así?, preguntaste. Mi respuesta fue que sí y ahora verás por qué traigo a colación estas dos conversaciones.

La tarde que reñimos y te fuiste de casa, me endilgaste una letanía de reproches. Fueron algunos de los que repites en tu carta. El más significativo, que yo te había desilusionado. Que te había *defraudado*, para ser exacto. Que, pudiendo hacer tantas cosas por México, dijiste, me hubiera instalado en mi confort y en las corruptelas de mi partido. Me acusaste de ceder en todo lo que ordenaba la "nomenklatura" y de ser un tribuno de pacotilla, que aprobaba las leyes que se redactaban en los despachos corporativos del país para beneficiar a unos cuantos. De no atreverme a denunciar cómo el Poder Legislativo era un empleado de esos grupos que tenían a México agarrado por el cogote. ¿Para eso luchaste tanto en tu vida? ¿Para eso te rompiste la cara?, me increpaste. Cuando se tienen diecinueve años, respondí, es fácil juzgar. Algún día me entenderás.

Pero la vida es paradójica y ahora soy yo quien ha empezado a entenderte a ti. Tuviste razón en cada palabra, en cada insulto. Me los gané a pulso. La realidad es que, cuando entras a la política, salvo honrosas excepciones, poco te interesa lo que se pueda hacer por una comunidad o por un país. Entras para ver qué te toca en el reparto. Nada más. Claro que no es lo que se anuncia. Uno habla del bien común y la justicia, de la democracia y la libertad. Pero tu lucha, tu auténtica lucha, no es por defender esos valores sino para que sea tu grupo el que se lleve el botín. De éste, algo te tocará.

A todos esos jovencitos y no tan jovencitos que participan en las campañas políticas, pegan carteles en las bardas y convocan mítines para lograr apoyar a sus candidatos; a todos esos hombres y mujeres que organizan comidas y rifas para recaudar fondos, lo que menos les interesa es la igualdad social o la paz. Lo que quieren es quedarse con su parte del pastel. No importa lo que le digan al mundo o lo que se digan a sí mismos. Puedo hablar con dureza porque yo fui uno de esos jóvenes... uno de esos hombres. Según tú, yo era rico y podía hacer o decir lo que me viniera en gana. Pero no siempre fui rico, Mar. Si hice dinero fue porque alcé la mano o dejé de alzarla, según el mejor postor.

Sabiendo ahora que muy probablemente no terminaré vivo este año, he decidido proceder como un idealista. Quizás un poco para reivindicar mi nombre; quizás un poco para sentirme bien ante mí mismo, como el protagonista de *Ikiru*. Pero, ciertamente, un mucho por ti, al modo de Akbar. La idea te sonará demagógica, tu adjetivo predilecto para denostarme, pero no lo es. Te juro que esta vez no es así.

Ante todo, me he puesto en contacto con mis abogados y mis amigos del Tribunal Superior de Justicia del Distrito Federal. Tu primo saldrá pronto. Hubiera querido que esto fuera más rápido, pero no conté con la bellaquería con la que se condujo el procurador Ballesteros —a quien espero hacer morder el polvo antes de morir— y tuve que pagar las consecuencias. Pero tu primo saldrá. Lo prometo.

También quiero que sepas que vengo de un desayuno con los tres ministros más influyentes de la Suprema Corte de Justicia. Los busqué para pedirles que no fueran a echar abajo las reformas que se hicieron a la Ley Federal de Competencia Económica, como lo pretenden algunos industriales y como lo ha solicitado el presidente de la República. Eso sólo fortalecería a los grupos monopólicos que tan mala distribución de la riqueza han conseguido para México. Ya sé que a tu edad esto puede resultarte incomprensible. Pero tú siempre has criticado que no se haga algo en México para evitar que los ricos sean cada vez más ricos y los pobres, cada vez más pobres ¿no? Pues bien, esta ley tiene que ver con tu inquietud.

A cambio de su apoyo, ofrecí a los ministros respaldarlos en conseguir que la Corte sea más independiente, garantizando que cuente, cada año, con un presupuesto fijo. Tú y yo hablamos, también, de lo importante que era que nuestros jueces tuvieran la confianza de emitir sus sentencias por encima de las presiones que ejercían gobernadores y diputados. Quiero empeñar los últimos días de mi existencia en fortalecer a una de las instituciones más importantes de nuestro país y morir con la convicción de que estuve a tu altura, Mar.

Desde que acompañé a mi padre en su agonía, desde que lo vi asfixiarse, convulsionarse, vomitar litros de sangre, ante la impotencia de los médicos, de mi madre y mis hermanas, decidí que yo nunca tendría un final semejante. Por eso adquirí el departamento en Oregon y tramité, en secreto, mi doble nacionalidad. Sé que todos vamos a morir tarde o temprano, pero yo, al menos, tendré la satisfacción de hacerlo a mi manera, en el mejor momento. De proceder de un modo rápido e indoloro. Es una pena no haber tenido más tiempo para hacer más cosas y es una tragedia no tenerte aquí, a mi lado, para decirte, personalmente, esto que ahora escribo.

D. D. A.

14

No fueron quince minutos sino más de una hora. La conversación que tuviste con Rosario te conmocionó. Tanto, que cuando la secretaria del ministro Ávila te comunicó que, al día siguiente, irías a Puebla con él, no pudiste expresar tu júbilo como hubieras querido. Verte libre de la tarea de revisar expedientes resultaba magnífico, aunque te limitaste a mascullar: "Muy bien, sí, sí."

Ahora estás en Puebla, en el atrio del templo de Santa María de Tonantzintla, el más sugestivo de México. Y, si no el más sugestivo, sí el que posee mayor identidad. La fusión de estilos, donde oro y estuco se entremezclan para dar vida a serafines, querubines y toda suerte de personajes brotados de una mente alucinada, basta para justificar cualquier exabrupto. Cuando contemplaste aquel alarde de imaginación, en tu cabeza resonaron las notas del concierto para chelo de Dvorak.

Toda proporción guardada, cavilas, Tonantzintla es a México lo que la Sainte Chapelle a Francia. Con sus cientos de figuras, entre las que se colaron ninfas y duendes sin que los sacerdotes lo advirtieran, el recinto no pide nada al insultante esplendor del tabernáculo de la Virgen del Rosario —que acabas de visitar en compañía del ministro Carlos Ávila y del gobernador de Puebla— para representar el barroco más acabado del país. Das un sorbo a tu café y miras de reojo la torre del campanario. Después de tres semanas de frenesí, después de haber conversado largo y tendido con tu jefe, aquel trago, aquella vista, te reconcilian contigo misma. Ya necesitabas aquella pausa. Te urgía.

Además, todo salió a pedir de boca. Dos días antes, Mrs. Woodworth te había telefoneado para contarte que su marido estaba delicado de salud. Decidiste, pues, que después de Puebla, tomarías un camión para ir a Xalapa. Así se lo dijiste al ministro, pero éste hizo una propuesta más funcional: "¿Por qué no le pedimos a mi chofer que nos siga con tu coche y así platicamos en el camino? Al terminar, yo regreso a la Ciudad de México y tú sigues a Xalapa". Ávila manejó y tú, a su lado, comenzaste por preguntarle quién era el hombre del cuadro que tenía en su oficina. Él te habló del político irlandés que, siendo un liberal de pura cepa, acabó considerado padre del conservadurismo por criticar los desmanes que se habían cometido durante la Revolución Francesa. "Burke quería cambios graduales, no revoluciones sangrientas", aclaró. Aprovechaste la explicación para abordar el tema que querías plantearle desde hacía tiempo: ¿Cómo podría conseguirse, mediante cambios graduales, convertir a la Suprema Corte en un auténtico Tribunal Constitucional? ¿Por qué, de los cinco mil casos que estudiaba al año, cuatro mil quinientos consistían en amparos? Ávila admitió cuánto lo agobiaba examinar aquellos expedientes que llegaban a su escritorio para ser revisados en tercera instancia —"¡Bravo!", lo interrumpiste— y cuánto lo frustraba no poder dedicar más tiempo a los casos delicados. "La Corte se tiene que reestructurar", concluyó. De nuevo, tú no dejaste pasar la oportunidad: "¿Y esa transformación debe hacerse de forma gradual o, más bien, radical?". Ante su silencio, pudiste platicarle algo de ti. Terminaste admitiendo cuánto deseabas volver a respirar el aire fresco de la hacienda familiar; conversar con Matilde y Fermín sobre las plagas de los guayabos y visitar a los Woodworth para que te invitaran un *Darjeeling*. "Necesito aire fresco", declaraste.

Cuando atravesaron Chalco, sin embargo, la idea del aire fresco pareció una ironía. El olor putrefacto de las aguas residuales te aturdió. Te preguntaste, por enésima ocasión, cómo era posible que hubiera personas que pudieran vivir rodeadas de aquella inmundicia. Bastaría que un observador extranjero cruzara aquel valle nauseabundo para que supiera cuánto faltaba a la Ciudad de México para ser una urbe de primer mundo. Para tu buena suerte, el tráfico a las seis de la mañana no era denso. Libraron el enfiladero con prontitud y, más de una vez, por el espejo retrovisor, te cercioraste de que el chofer del ministro tratara con cariño tu automóvil. La conversación con el ministro te engolosinó, tanto como la expectativa de volver a Xalapa cuando terminaran la visita a Puebla. Xalapa es tu refugio, tu oasis personal, tu *sancta sanctórum*. Es ahí donde te encuentras contigo misma y te reinventas de cuando en cuando. Das otro sorbo a tu café, que ahora te sabe mejor que nunca.

Parece que fue ayer cuando te presentaste ante tu tío, quien le pidió a Carlos Ávila, su colega, que te contratara en la Suprema Corte de Justicia de la Nación, pero no: son ya tres semanas. Acompañaste al ministro a su conferencia. Luego, al paseo que tuvo por la ciudad con el gobernador de Puebla y a la comida a que éste lo convidó en su residencia, donde aprendiste a distinguir tres clases de mole. Cuando volvieron a estar solos, él te hizo una petición: "¿Podrías decirme *Carlos* en lugar de *señor ministro*?". Aquella era la oportunidad que aguardabas. Con tu habitual desparpajo, pusiste una condición: "Siempre y cuando me ayudes a que se haga justicia en el caso de Lucero Reyes". "¿Cuál es ese caso?", preguntó él.

Sin que nada pudiera detenerte, sin que nada pudiera conseguir que te parara la boca, le referiste entonces el encuentro que tuviste con Rosario en los pasillos de la Corte, la truculenta historia que te contó y la urgencia de evitar que un inocente estuviera tras las rejas y un asesino siguiera gozando de su libertad. Él aclaró que ese no era un asunto de la Corte pero que, si tú se lo pedías, hablaría con su amigo, el senador De Angoitia, quien gozaba de ascendente sobre el secretario de Seguridad Pública Federal. Él podría poner las cosas en su sitio con certeza. "Quizás no tenga las repercusiones nacionales de los asuntos que se estudian en la Corte, pero quiero tu apoyo", insististe. Él prometió que te lo va a dar: "El lunes tendrás una cita con De Angoitia".

Una mujer morena, con las rodillas polvorientas, se acerca para alertarte. "Son las cuatro de la tarde", rezonga. "Vamos a cerrar". Supones que es la portera y le pides que te permita permanecer en la banca unos minutos más, sólo mientras terminas tu café, pero ella mueve la cabeza y se frota las manos en su delantal. "De veras, señito, no se puede". Por tu cabeza pasa la idea de ofrecerle dinero para que autorice otro rato, pero rápidamente la desechas. Si quieres un México más justo, no puedes hacerlo. Te levantas contrariada y subes a tu coche, con el café en las manos. Así llegarás más temprano a Xalapa, te consuelas.

Al tomar la carretera rumbo a Veracruz, vuelves a repasar el día: la conferencia que Ávila impartió en el paraninfo de la Universidad, en la que exhortó a su auditorio a poner a trabajar a la Corte: "Si ustedes nos presentan casos bien planteados en materia de federalismo, salud, educación o competencia económica, nosotros podemos obligar al gobierno, a las empresas o a los sindicatos a que hagan lo que no están haciendo. La Suprema Corte", concluyó, "es una herramienta de enorme utilidad para la democracia, pero está subutilizada". Recibió un aplauso atronador. También evocas la caminata por el templo de Santo Domingo; las reflexiones que el ministro hizo al mandatario en la capilla de la Virgen del Rosario y, finalmente, la comida en casa del gobernador.

Ávila te propuso tomar un café antes de despedirse, pero tú te disculpaste. Él no lo esperaba. Lo advertiste en su forma de asentir. Aun así, caballeroso, te escoltó hasta tu automóvil, abrió la puerta y esperó a que te hubieras marchado. De pronto, tuviste la sensación de que titubeaba; de que pretendía añadir algo, pero cambiaba de opinión. Es un buen tipo, decides. Incluso, guapo. Si se quitara la corbata de moño que lleva a todas partes, luciría mejor. Quizás por ella lo dejó su mujer, piensas jocosa. Él te ve con indiscutible admiración. Aunque, ¿ese hombre de cuarenta y tres años podría admirar a una joven a la que dobla la edad? ¿Por qué no?, piensas. Eres, quizás, la mujer más hermosa con la que se ha cruzado en su vida. Soy una vanidosa, concluyes. Quizás te invitó a Puebla por la simple razón de que eres sobrina de uno de sus colegas y las atenciones son para Jorge Miaja y no para ti. No, regresas: debo gustarle aunque sea un poco. Tengo que gustarle.

Libre del compromiso, pero aún incómoda en tu traje sastre, te dirigiste a comprar un café. Te pusiste tus jeans y unos tenis en el sanitario del Starbucks antes de continuar tu propia ruta, la cual incluía una escala en Tonantzintla… Ya te repondrás en Xalapa, donde te espera la cena que Matilde habrá preparado para ti. Te enfada que el tráfico de viernes en la tarde comience a hacerse denso a la salida de Puebla, pero hay muchas razones para sentirse satisfecha. Te alegra haber podido comprometer al ministro en el caso de Rosario. Si es uno de los once jueces más importantes de México, deliberas, no puede ser indiferente a una injusticia tan escandalosa. Entrevistarte con el secretario de Seguridad Pública resultará un desafío pero, si De Angoitia aboga por la causa, "el primer policía del país", como le agrada al coronel Zamudio que se refieran a él, no tendrá más remedio que capturar al asesino de Lucero Reyes para que se le juzgue y condene.

En cuanto se despeja la carretera, das un nuevo sorbo a tu café. Dejas el envase en el portavasos, con el temor de que la próxima vez vayas a dar el último trago, enciendes al CD y aceleras. Gilbert Becaud y Julie Zenatti cantan *Et Maintenant*:

> *Et maintenant que vais-je faire*
> *De tout ce temps que sera ma vie*
> *De tous ces gens qui m'indiffèrent*
> *Maintenant que tu es partie.**

Nadie te ha abandonado y ahora ya no te inquieta, como antes, lo que harás con tu vida. De cualquier modo, la canción te trae re-

---

* "Y ahora qué voy a hacer / de todo este tiempo, qué será de mi vida, / de toda esta gente que me es indiferente / ahora que te has ido" (N. del E.).

cuerdos de otros días. Muchas personas a tu alrededor te miran con deferencia y te brindan un trato que no corresponde a tu edad, pero tú no eres sino una joven con gustos simples. El hecho de que te embelesen el *Capriccio* de Kodály o la *Rapsodia* de Khachaturian, con todas sus complejidades, no te impide gozar con algo tan baladí como lo que ahora escuchas y tarareas, siguiendo a los intérpretes:

Vous, mes amis, soyez gentils
Vous savez bien que l'on n'y peut rien
Même Paris crève d'ennui
Toutes ses rues me tuent. *

Lo poco que entiendes de francés lo debes a esta canción, que te hace sentir viva, plena. Llegaste a ella por la evocación a Ravel y ya la sientes parte de ti. De repente, te asalta un temor: no informaste a Fer de que no estarías el fin de semana en la Ciudad de México. Lo hiciste adrede, con la intención de demostrarle que eras tú y no él quien controlaba tu vida pero, ahora, con la mira en Xalapa, te parece que, más que un acto de rebeldía, fue un gesto descortés. Das otro trago a tu café que, en efecto, es el último. Alcanzas tu iPhone y miras de reojo la pantalla. Te aterra descubrir que tie-

---

* "Ustedes, mis amigos, sean amables, / ustedes saben que nada se puede hacer, / incluso París muere de aburrimiento, / todas sus calles me están matando" (N. del E.).

nes siete llamadas perdidas. Todas de Fer. Olvidaste que habías cancelado el timbre del aparato mientras estabas con Ávila y, ahora, descubres tu falta. Tu respiración se hace pesada, tus manos sudan sobre el volante. ¿Por qué te pone nerviosa algo tan tonto? En cuanto llegues a Xalapa, devuelves la llamada. Punto. Eso es lo que vas a hacer. Fer no controla tu vida.

Pero si no lo hace, ¿por qué te has orillado en la carretera y ya estás marcando su número? ¿Qué poder tiene ese hombre sobre ti? Mientras esperas que él responda, tu entrepierna se humedece. Sí, te dices, es el poder que tú le otorgas. Puedes romper esa dependencia en cuanto lo decidas. Pero ¿de veras es así? Lo mismo dicen los borrachos respecto al alcohol. Sea como sea, la potestad que tú has dado a tu novio te ayuda a sentirte viva. Por fin contesta. "¿Dónde estás?", pregunta. No te atreves a responder. "¿Dónde estás?", repite. Antes de que reúnas fuerzas para decírselo, él se adelanta: "A las nueve paso por ti. Ponte los pantalones plateados y tus sandalias rosas. Vamos a ir a bailar a un lugar *supercool*". Tampoco entiendes por qué, unos kilómetros más adelante, das vuelta en U y tomas la ruta hacia la Ciudad de México. Tienes dos pares de sandalias rosas, ¿a cuáles se referiría Fer?

> *Et puis un soir dans mon miroir*
> *Je verrai bien la fin du chemin*
> *Pas une fleur et pas de pleurs*
> *Au moment de l'adieu.*

Je n'ai vraiment plus rien à faire.
Je n'ai vraiment plus rien…*

---

* "Y luego una noche, en mi espejo, / veré el fin del camino, / ninguna flor, ninguna lágrima / en el momento del adiós. / No tengo nada más que hacer. No tengo nada…" (N. del E.).

15

No es de Dios. De veras, no es de Dios
que una jija de su rechingada madre como Jessica me haya hecho hacer lo que hice. Pero no
tenía de otra. La pinche zorra quería denun-
ciarme y, con eso, habría provocado que la policía me descubriera. Mis esfuerzos por ser un
hombre nuevo se habrían ido a la mierda. Era
una cabrona hecha y derecha. Y la muy puta
pensaba que porque tenía unas chichis puntia-
gudas y unas nalguitas poca madre, y porque
me la mamaba como nadie, yo iba a abandonar
a mi mujer y a mis hijos para darle gusto. Sí,
claro, cuando comenzaba a lamérmela y a
darme mordiditas, yo me volvía loco. Le encantaba treparse a mi espalda para que le hiciera
caballito, y meterme sus calzones en la boca,
como si fueran la brida. Arre, me decía la pinche puta. Arre. Y yo, con el camote a todo lo
que daba. Por ese sexo chingón, tardé en darme
cuenta lo que se traía la culera. Me dijo que con
la vieja tan cucha y la hija tan horrorosa que tenía, yo saldría ganando. Me prometió noches
de amor interminables, hijos preciosos. Además, era una traidora de mierda. Apuñalaba por
la espalda a quienes la ayudaban. Lo mismo habría hecho conmigo, seguro. Cuando era niño,

en Reynosa, un padrecito me dijo que los traidores eran los más culeros de los pecadores. Judas, el peor. Para todos los pecados había perdón, menos para la traición. También me dijo que los pecadores iban al purgatorio para purificarse y así poder ir luego al cielo. Se purificaban con lumbre. Me acuerdo bien. Y el padrecito seguro sabía de lo que hablaba. Creo que fue por eso que le entré a Los Artistas del Fuego. Pero la lumbre no habría purificado a Jessica porque era una diabla, una pinche diabla, jija de su chingada madre. A las otras, en cambio, a esas sí las purificará el fuego, porque me traicionaron. Por eso ardieron. Cruzo por los cines de Perisur y me acuerdo de aquella película donde quemaban a unos pinches cabrones y un obispo decía que irían al cielo. Estuvo bien que se purificaran, por haber querido chingarme. Por eso ardieron y se jodieron. El Periférico va lento. Están construyendo un nuevo piso. A ver si todas estas madres no se caen con un sismo. Por segunda vez, voy a empezar mi vida, y la voy a empezar en serio. Otra vez a criar una familia y a cuidar niños. Pero estos sí van a ser míos. No como los otros, que eran de la mosca muerta de mi mujer. Quién sabe con quién los tuvo. Tal vez por eso intentó traicionarme. Pero ahora ya no voy a tomar. Lo juro. El dueño del carro sabe que fui una víctima de este pinche sistema corrupto, como lo dijo él mismo, y pronto va a darme doble turno. Así, una vez más, comenzaré mi vida. Ya no volveré a pensar en la puta de Jessica, que vuelve y vuelve a mi memoria, cuando creí que la tenía bien olvidada. No he pescado pasaje, pero no importa. Los recuerdos se me vienen encima, como una carretada de caca. A veces, creo que me voy a volver loco. Loco de recordar a esa embustera, que intentó aprovecharse, y de recordar lo que me obligó a hacer. Puta. Voy a vuelta de rueda por el Viaducto. No llevaba pasaje y no sé por qué chingados me metí aquí, donde será imposible pescarlo. Salgo en el primer retorno. No sé adónde voy con el taxi pero, al menos, ya sé adónde voy con mi vida. Lo único que pido es que los recuerdos me dejen de estar chingando.

16

Cuando el subprocurador Aarón Jasso le propuso conmutar una sentencia de cuarenta años por una de veinte, Eric creyó que estaba haciendo el negocio de su vida. Literalmente, el-ne-go-cio-de-su-vi-da. Ya no pensaba igual. Siete semanas en el Reclusorio Norte habían sido suficientes para complicarle el escenario hasta la alucinación. Particularmente, a raíz de su encuentro con el hombre de la Santa Muerte. La segunda vez que lo halló, para salir del paso le respondió que en la enfermería no iba a ser fácil envenenar a un paciente: ahí no había sustancias con las que se pudiera envenenar a alguien sin que los médicos se percataran. En un hospital podrían aplicarse sobredosis de morfina o de cualquier otro anestésico, pudiendo aducirse error; en la enfermería del reclusorio, no. Pero el hombre de la Santa Muerte no quedó conforme. Una burbuja de aire se le podía inyectar en cualquier momento, aventuró. Eso, adujo Eric, no garantizaba que el sujeto fuera a morir. ¿Qué tal si quedaba paralítico?

Su respuesta, lejos de resolver el problema, lo agravó. Cuando Eric volvió a tropezar con el tipo de la Santa Muerte, éste colocó un rollo de billetes de quinientos pesos en su mano y anunció que "el jefe" estaba satisfecho con su buena disposición. Por ello le hacía llegar ese adelanto. Comparada con la que iba a recibir cuando concluyera su cometido, aquella cantidad era irrisoria. Ahora bien, "el jefe" quería que, en lugar de narcóticos o burbujas de aire, al sujeto se le inyectara la sustancia que él le entregó. Era una caja de cartón blanca que contenía una ampolla de vidrio. Había que inyectarla por vía endovenosa. Cómo iba hacerlo Eric, ese era asunto que el enfermero tendría que resolver. Sin embargo, a "el jefe" le quedaban quince días para cumplir el encargo. Eric tendría que darse prisa. Habría que hallar las oportunidades y avisar con un día de antelación cuándo había que madrear al secuestrador para que éste ingresara a la enfermería. Eric protestó: si al sujeto le inyectaba aquello, sería muy simple descubrir quién lo había hecho; si… Quince días, repitió el de la Santa Muerte antes de esfumarse entre una oleada sudorosa de reclusos.

A partir de ese momento, Eric comenzó a vivir en una congoja estrepitosa. Ni cuando privó de la vida a su madre ni cuando fue condenado a cuarenta años de prisión experimentó lo que estaba experimentando ahora. Despertaba a media noche, temiendo que alguien fuera a degollarlo mientras dormía; caminaba de su celda a la enfermería, deseando que nadie fuera a clavarle un picahielo en los riñones; recelaba de todos, con la certeza de que el de la Santa Muerte volvería a abordarlo en el momento más imprevisto. Lo único que tenía claro es que no iba a inyectarle a nadie el contenido de aquella ampolla, fuera lo que fuera.

Su primera reacción fue contarle su problema al licenciado Godínez. Pero Godínez ya tenía bastante con su propia carga. Tampoco serviría de nada contárselo al médico, con quien había hecho buenas migas. ¿Qué podía hacer el médico por él? Si el de la Santa Muerte o "el jefe" se enteraba —y en aquel mundo de complicidades inverosímiles era probable que ello ocurriera más temprano que tarde—, lo asesinarían sin contemplación. Por lo pronto, echó la caja en un bote de basura. La idea de que alguien fuera a descubrirla y a informárselo al de la Santa Muerte, sin embargo, hizo aún más inoportuna su tribulación. Lo mejor, decidió, sería solicitar audiencia con el director del reclusorio o con el defensor público. Les contaría todo. Exigiría protección. El reclusorio contaba con una zona donde se aislaba a quienes la requerían, hacinándolos en celdas donde los reclusos en situación similar se confortaban entre sí. La protección era más imaginaria que real. Pero, aun si resultara efectiva, ¿cuánto tiempo iba a durar? ¿Se quedaría en aquella zona los veinte, diez o cinco años que durara su condena? No podría soportarlo. Por otra parte, si el de la Santa Muerte se sentía traicionado, no habría sitio que lo protegiera de su venganza.

Reflexionaba en los pros y contras que implicaría pedir auxilio, cuando uno de sus compañeros irrumpió en la enfermería para comunicarle que su sobrina lo esperaba. Él no tenía ninguna sobrina, rezongó. La única persona que iba a verlo era su hermana, y sólo lo hacía los días de visita. Ese... Tu sobrina te espera en la oficina del director, repitió el otro. Eric terminó de vendar el tobillo del interno al que atendía en ese momento y pidió permiso al médico para acudir a la oficina del director. Aquel mundo podía ser el de las complicidades inverosímiles, pero también el de las sorpresas. Al salir de la enfermería, temió que el anuncio fuera una celada; que el de la Santa Muerte hubiera urdido aquella estrategia para obligarlo a encontrarse con él para rendirle cuentas, así fuera sobre la ampolla que contenía quién sabe qué. Ni siquiera había contado los billetes de quinientos pesos que le dio —¿qué más daba si eran quince o treinta?—, pero le desazonaba el hecho de haberlos recibido, de traerlos consigo. Para su buena suerte, el de la Santa Muerte no apareció.

En cuanto llegó a la recepción, la secretaria lo hizo pasar a un cubículo donde aguardaba una mujer vestida de jeans y tenis gastados. Llevaba una blusa holgada y, en su rostro, ni gota de maquillaje. ¿Quién sería su nueva visitante? ¿Otra gestora arriscada que, a cambio de que se declarara culpable de algún fraude millonario, ofrecería conmutarle su sentencia de veinte años por una de diez? Aceptaría con tal de que lo sacaran de ese lugar. Lo más probable, sin embargo, temió, es que aquella mujer fuera una enviada del de la Santa Muerte, que habría ido hasta ahí para ofrecerle el oro y el moro en cuanto él concluyera su encargo.

—¿Es usted Eric Duarte?

—Sí —respondió él, sentándose a su lado—. Y usted ¿quién es?

—Quiero saber qué hace usted aquí.

Era agresiva, desconsiderada. Pese a ello, a diferencia del rechazo instantáneo que sintió por el subprocurador Jasso, experimentó cierta simpatía por aquella visitante, que también podría ser jueza o policía encubierta.

—¿Que qué hago aquí? —repitió—. Estoy preso.

—Ya lo sé, pero ¿por qué?

—Por homicidio.

—¿A quién asesinó?

—¿A quién asesiné? A una persona.

—Sí, pero ¿quién era?

La mujer quería darse aires de importancia, pero se notaba nerviosa.

—¿Quién era? Una persona, ya le dije. Si usted me mandó llamar, debería saberlo, ¿no?

—¿Sabe usted cómo se llamaba la persona a la que mató?

—Primero dígame cómo se llama usted y qué quiere.

—Soy periodista.

La ventaja que Eric creyó tener, se desvaneció. Si aquella mujer era periodista, cualquier cosa que dijera —o no dijera— podría operar en su contra. Le vino a la mente la amenaza que le había formulado Jasso: "Por supuesto", recordaba la admonición palabra por palabra, "no podrás revelar a nadie nada de lo que voy a decir. Si lo haces, lo negaré y te darán otros cinco años por falsear declaraciones". Se levantó contrariado.

—No voy a dar ninguna entrevista.

—No vine a entrevistarlo… La verdad es que no soy periodista. Soy integrante de una ONG que quiere asesorarlo de forma gratuita. Pero, primero, necesitamos conocer su versión de los hechos. Por ello he venido y por ello le ruego que me diga por qué afirma usted que estranguló a Lucero Reyes, cuando sabemos que usted no la asesinó.

—¿Quién es usted? —preguntó Eric mirándola con una mezcla de azoro y furia—. ¿Qué quiere?

—Saber por qué, si es usted inocente, ha declarado que es culpable del homicidio de Lucero Reyes.

—Yo maté a Lucero Reyes.

—Usted ni siquiera la conocía…

—¿Cómo no iba a conocerla? Era mi novia.

—Si eso que dice usted es cierto, dígame: ¿cómo se llamaba la mejor amiga de Lucero?

—¿Cómo se llamaba la…? —Eric se rascó la cabeza, seguro de que aquella mujer no podía ser una defensora altruista—. Mejor dígame quién es usted y qué busca.

—Soy su aliada. Quiero que usted salga de la prisión y, en su lugar, entre el verdadero asesino.

—Yo no tengo aliadas —avanzó hacia la puerta.

—Sólo dígame quién era la mejor amiga de Lucero y lo dejaré en paz.

Aunque, en otras circunstancias, Eric habría salido dejándola con sus preguntas y su tono críptico, en ese momento no se sentía en posición de rechazar la ayuda que alguien pudiera brindarle, así fuera para que lo trasladaran a otro centro de reclusión.

—Ella nunca platicó nada de sus amigas.

—Entonces, hábleme de su tatuaje. ¿Dónde lo tenía?

Si aquella mujer tenía acceso al director del reclusorio y podía citarlo un día distinto al de visitas, debía tener alguna influencia. ¿Por qué no hacerse su amigo? Quizás, en efecto, pretendía ayudarlo. Pero ¿ayudarlo a qué? También era posible que se tratara de una celada del subprocurador Jasso, deseoso de cerciorarse de la lealtad del enfermero. Eric no podía darse el lujo de caer en ella. No podía equivocarse. Se sentó de nuevo frente a su interlocutora.

—¿Usted cree que si yo no hubiera asesinado a Lucero Reyes estaría aquí? ¿Qué ganaría acusándome de un delito que no había cometido? Dígale a quien la envió que yo maté a Lucero Reyes y que cumpliré mi condena, como lo señala la ley.

Era obvio que la desconocida no esperaba aquella respuesta. Quizás él mismo habría preferido otra. Pero el riesgo era enorme. Hubiera necesitado otro dato, alguna pista, para confiar en ella. Pero no la había. Y, ante la duda, era mejor abstenerse. Si, más tarde, el director lo llamaba para ordenarle que volviera a recibir a "su sobrina" y le diera las explicaciones que ella pedía, él podría averiguar algo adicional. Por lo pronto, no había más. Se levantó y salió por donde había entrado.

El camino de regreso a la enfermería, sin embargo, no estuvo franco. Cuando menos lo esperaba, el hombre de la Santa Muerte se plantó frente a él. Sin alzar la voz, sin ningún gesto amedrentador, le recordó su compromiso: el sujeto al que había que liquidar era El Hocicón. Como estaba en otra crujía, él diría a Eric cómo identificarlo en cuanto el enfermero hubiera preparado las sustancias para eliminarlo. Si cumplía, se convertiría en uno de los reclusos más ricos. Si no —y esta amenaza era la que tanto había temido Eric—, perdería su ojo derecho, "para empezar". La sangre de Eric se agolpó en su cabeza.

—Yo no soy un asesino —rezongó mientras se llevaba las manos al bolsillo del pantalón y sacaba el fajo de billetes intacto.

—Tú ya estás en esto —masculló el de la Santa Muerte sin aceptar el dinero que Eric le ofrecía.

—Yo no soy un asesino —repitió Eric.

—¿Entonces por qué estás aquí? Torcerle el cuello a una chamaca se llama homicidio, cabrón.

Antes de que el enfermero pudiera responder, el de la Santa Muerte dio la media vuelta. Demasiado tarde entendió Eric que lo que tenía que haberle dicho a "su sobrina" —fuera quien fuera aquella mujer— era que su vida corría peligro. Que necesitaba ayuda. Que quien la había enviado, así fuera Jasso, debía saberlo. Haciendo un esfuerzo para que sus piernas no flaquearan, se encaminó a la dirección. Tal vez aún la encontraría. Sin mirarlo siquiera, la secretaria del director le comunicó que la mujer se había ido.

—¿Quién era? —quiso saber, aunque sabía que su pregunta llegaba a destiempo.

La secretaria lo miró con insolencia.

—Su sobrina, ¿no?

—¿Basta que alguien diga que es sobrina de un recluso para que la dejen entrar?

La mujer se incomodó. No tenía por qué darle cuentas a aquel recluso.

—El director autorizó su entrada. Pregúntele a él.

—¿Puedo verlo?

—No está ahorita. ¿Quiere una cita con él?

Eric volvió sobre sus pasos, irritado ante su poca sensibilidad para aprovechar aquella visita providencial. Decidió que aquella tarde, rumbo a los dormitorios, haría una escala en el pabellón donde estaba Godínez para contarle lo que le ocurría. Un consejo no le estorbaba a nadie. En eso pensaba cuando escuchó gritos a su costado. Dos custodios lo rebasaron, armados con sus macanas eléctricas. El enfermero apresuró el paso para aproximarse al sitio de donde provenía el escándalo. Cuando llegó, descubrió que uno de sus compañeros yacía, sobre un charco de sangre, en el centro del círculo que se acababa de formar. Los custodios ordenaban a los reos que se dispersaran.

—¡Aquí está el enfermero! —lo señalaron.

Cuando le abrieron paso y llegó al lado del cuerpo inerte, Eric advirtió que el último estertor se había producido. La sangre seguía manando del cuello y, casi como una cortesía, Eric frenó la hemorragia con una toalla que alguien sacó de quién sabe dónde. Pero la verdad es que no había otra cosa que hacer. Un escalofrío recorrió su médula espinal cuando se percató de que el occiso no era otro que el de la Santa Muerte.

—Estas son chingaderas —oyó que alguien le susurraba al oído—, pero El Hocicón no va a salirse con la suya...

17

Sirvieron láminas de mango y rosquillas de canela. Aun así, fue un desayuno amargo. Sus colegas no lograron ponerse de acuerdo y él no consiguió hallar la forma para que esto ocurriera. En cuanto volvió a su oficina, Luis Cadena se desplomó en uno de los sillones, absorbió todo el aire de que eran capaces sus pulmones y, acto seguido, lo soltó. Su mirada fue de los jarrones de cerámica poblana, repletos de azucenas, a los relieves de bronce que tenían la forma de José María Morelos y Venustiano Carranza. ¿Qué habrían dicho aquellos próceres de su gestión? Haber llegado hasta ahí, a la cima de la carrera judicial, y no saber cómo manejar un conflicto tan simple, lo obligaba a enfrentarse a sí mismo, a cuestionar su idoneidad para ocupar el cargo.

Aquella era la segunda vez que se reunían a desayunar los ministros de la Suprema Corte de Justicia de la Nación para decidir si atraían el caso de la indígena detenida a la que se acusaba de secuestrar a un grupo de policías, o no. Todo indicaba que el proceso contra Eulalia se había llevado a cabo correctamente —de la acusación a la condena—, pero todo indicaba, también, que la indígena era inocente.

Los ministros que opinaban que no era posible mostrarse indiferentes subrayaban que la Corte era el Máximo Tribunal del país y no sólo un tribunal de tercera instancia. Era una guía, no un órgano de casación que revisara las decisiones de los juzgados. "¿Somos la conciencia jurídica del país o un *tribunalote*?", lo había desafiado el ministro Carlos Ávila en la primera sesión privada que tuvieron para debatir el caso. "Si la Suprema Corte no atrae el caso y ordena la inmediata liberación de la mujer ¿para qué sirve entonces?". Pero otros ministros, como Jorge Miaja y Yolanda Contreras, no opinaban lo mismo. "¿No estamos denunciando, acaso, la incompetencia de nuestros jueces al hacer algo así?", preguntó la ministra. "Si reconocemos que el juez que la condenó actuó mal, habría que sancionar a ese juez", añadió Miaja. "Pues castiguémoslo", aplaudió Gabriel Bretón. Juan Arriola dio un par de manotazos en la mesa para respaldar a su colega. "¿Queremos que la Corte se vea como un órgano legitimador de arbitrariedades?", bufó. No era usual que los ministros se dirigieran con tal insolencia al presidente, pero Ávila y Arriola lo habían hecho. Y la provocación se filtró a los diarios y a los noticiarios de radio y televisión.

Lo de la filtración era otro asunto. Merecía la mayor de las atenciones, desde luego, pero era *otro asunto*. En la sesión privada sólo habían estado los once ministros y, necesariamente, uno de ellos había tenido que dar la primicia a los medios, violando el pacto de confidencialidad que habían trabado entre ellos. Comparado con lo otro, sin embargo, aquella filtración era *peccata minuta*. Aunque ¿la falta de confianza que se tenían los ministros entre sí podía considerarse baladí? Lo inquietante, sin embargo, era que don Luis no lograra dar salida a aquella situación que mantenía a un grupo de manifestantes fuera de la Corte y amenazaba convertirse en bandera de partidos políticos y medios de comunicación. Para empeorar el escenario, el procurador general de la República acababa de pedirle que pusiera todo su empeño en condenar a la indígena. Culpable o no, su absolución implicaría un patinazo para la justicia. "¿Por qué no procedemos a la votación y punto?", quiso saber Maité Carreón, segura de que, en pocos casos como aquel, los seis votos de la facción conservadora, como los medios motejaban a media docena de ministros, se impondrían sobre los otros. "No es tan fácil", repetía Luis Cadena. Sabía que si se atraía el caso y se confirmaba la condena del juez —veintiún años de cárcel— se estaría cometiendo una injusticia. Si, por el contrario, se liberaba a Eulalia y no se castigaba al juez, se estaría poniendo en entredicho el funcionamiento de la maquinaria judicial. Cuando don Luis había dado clases, hacía ya muchos años, solía recordar a sus alumnos las palabras de John Henry Merryman, cuando se refería a los jueces de la tradición jurídica romano-canónica: "El servicio judicial es una carrera burocrática; el juez es un funcionario, un servidor público; la función judicial es estrecha, mecánica y falta de creatividad". Otra cosa habría sido si se tratara de jueces ingleses, donde la tradición del Common Law exigía próceres, héroes. Pero, en aquel momento, se esperaba que los ministros actuaran como jueces ingleses, cuando no tenían las facultades para hacerlo.

Cadena se levantó, trastabilló hacia el ventanal que siempre permanecía cerrado y, a través de los vidrios emplomados, miró hacia el Zócalo. La visión de la pista de hielo que el jefe de gobierno de la Ciudad de México había ordenado instalar ahí lo distrajo. Cientos de personas hacían fila para entrar. La entrada de su secretaria interrumpió sus cavilaciones. Anunció que en la antesala estaba la sobrina del ministro Miaja, a quien Cadena había dado cita el día anterior, cuando se la presentó su tío, y el gobernador de Chiapas.

—¿El gobernador de Chiapas? —preguntó Cadena, al tiempo que sentía un estilete en el hígado.

Hasta ese momento recordó la cita. El chiapaneco era uno de los políticos más impredecibles del país y, por añadidura, uno de los más pintorescos. ¿Qué querría? Quizás exigir que se dejara a algún miembro de su partido en libertad o que, para continuar con las *vendettas* de aquella región del país, se encarcelara a otro... Uno nunca sabía a qué atenerse con él. Pero había que recibirlo, desde luego. Se acomodó el nudo de la corbata, aprestándose a lo inevitable. La secretaria hizo una precisión: el gobernador venía acompañado. El jefe de seguridad había intentado detenerlo en el estacionamiento, pero el gobernador había aducido que tenía cita con el presidente de la Corte y que si el jefe de seguridad le restringía el paso, denunciaría públicamente la arbitrariedad con la que se violaban las garantías individuales en el templo de la justicia. Cadena rehusó escuchar las explicaciones. Ordenó que pasara el gobernador de inmediato.

Quien entró, sin embargo, no fue el gobernador sino cuatro jóvenes ataviados con jorongos, huaraches y sombreros con cinta de colores. Cargaban una escultura, tallada en caoba, que simulaba al señor de Pakal, el rey maya de nariz de águila y tocado de luengas plumas. Tras ellos iban tres jovencitas, también ataviadas con trajes regionales, que comenzaron a recitar unas coplas en maya. Llevaban sendas jícaras de laca negra, decoradas con flores, donde rebosaban quesos de bola, membrillos y tamales envueltos en hojas de maíz. Don Luis escuchaba los versos, sin entender palabra, cuando irrumpieron dos hombres llevando una jaula donde un mono araña se revolvía frenético.

Por fin hizo su entrada el gobernador. Era un hombre que no llegaba al metro y medio de estatura, pero el sombrero de ala ancha, el voluminoso abdomen, los lentes oscuros y los bigotes de tuza lo hacían parecer aún más bajo. Llegó con los brazos abiertos y, antes de que el ministro pudiera darle los buenos días, le abrazó efusivamente, palmeando sus riñones.

—Me siento muy honrado de ingresar al templo de la justicia —declaró.

Una vez que se libró del abrazo, el ministro le estrechó la mano y, mientras indígenas y mujeres colocaban las ofrendas donde podían, lo invitó a sentarse. El gobernador hizo una seña para que salieran sus muchachos. No tomó asiento hasta que el último de ellos hubo abandonado la estancia.

—Le traigo algo de la riqueza de nuestro estado, señor presidente. Me dicen que hace un año, cuando usted visitó mi estado, declaró que Chiapas era la entidad que más le gustaba de la República Mexicana. Por eso quiero contribuir a que usted esté, cada día, más cerca de mi estado.

La verdad es que aquella declaración la había hecho Cadena en Yucatán, el estado que, ciertamente, más le gustaba. Apreciaba su vigorosa identidad y así lo expresó. Pero aquel no era momento de aclaraciones. Escuchar al gobernador, asegurarle que estudiaría a conciencia el caso que iba a plantearle —fuera éste el que fuere— y dejar que se marchara lo más pronto posible, eso era lo único que le importaba en ese momento.

—Agradezco sus atenciones. Le ruego me diga en qué puedo servirle.

El chiapaneco fue al grano: un importante ganadero del Soconusco había sido secuestrado y había permanecido cinco meses en una cisterna, custodiado por sus captores, mientras sus familiares reunían el dinero del rescate. Pues bien, él había logrado que la policía liberara ileso al hacendado y, por añadidura, que los delincuentes fueran a prisión. Se trataba de dos hondureños y cuatro salvadoreños que ya antes habían tenido que ver con las operaciones de la Mara Salvatrucha en territorio mexicano.

—Pero, ahora, señor presidente, resulta que un juez federal, *que está bajo sus órdenes*, ha concedido amparo a los seis criminales, que ya andan libres otra vez. Es inadmisible. En mi estado di instrucciones contundentes a todo juez y magistrado para que no se le ocurriera dejarlos en libertad. Pero, como le digo...

Luis Cadena se revolvió incómodo en su asiento.

—Ante todo —no pudo contenerse—, debo recordarle que yo no tengo jueces *bajo mis órdenes*, como no los tiene usted tampoco, señor gobernador. Los jueces son independientes.

La sonrisa del chiapaneco se transformó en un gesto agrio.

—No para sacar de la cárcel a esos hijos de puta, señor presidente.

Cadena advirtió que se movía en terreno cenagoso.

—Si usted me proporciona el nombre del juez que concedió el amparo, yo conversaré con él y revisaré...

—Ya he conversado con él yo mismo, señor presidente. Lo que me dijo el cabrón fue que los secuestradores habían sido detenidos sin orden judicial y que, por tanto, se habían violado sus garantías individuales.

Cadena asintió nervioso.

—Como usted sabe, señor gobernador…

—Lo que yo sé es que esas son chingaderas. Si esta es la Constitución que usted defiende, hay que cambiarla, ¿no cree? ¿Cómo que un delincuente queda libre porque se le detuvo sin orden? Yo di la orden de que se les cogiera. Si la Constitución no se ha reformado, usted debe actuar según el espíritu de la justicia que es, según entiendo, el mismo espíritu de la Constitución.

—Sí —admitió el ministro—. La Constitución debe reformarse. Yo mismo lo he expresado un sinfín de veces. Pero mientras esté como está…

El gobernador no se arredró.

—Aquí están los datos del juez —dijo entregando una tarjeta al ministro—. Si usted habla con él, verá que, por muy independiente que sea, no le va a decir que no al presidente de la Corte. Por mi parte, he conversado con el procurador general de la República para que lo consigne por corrupción. También interpondrá una queja ante el Consejo de la Judicatura. El procurador del estado, *mi procurador*, que como usted sabe fue juez federal hace unos años, insistió en acompañarme para explicarle a usted los pormenores. Pero ¿sabe, usted, señor presidente? Aquí no hay pormenores. Lo que hay es un atropello a la justicia. También anoté los datos de los abogados. Son unos comemierda que han falsificado documentos y presentado testigos falsos. Si usted no hace nada, esos hijos de mala madre van a salir del país o —peor aún— van a seguir secuestrando y asesinando, convencidos de que los jueces federales los van a amparar, hagan lo que hagan. Y ese no es el México que queremos, ¿o sí?

—No, no —Cadena advirtió que habían empezado a sudarle las manos—. Pero, verá usted: la Constitución es la Constitución y si el juez halló elementos para otorgar el amparo, tal vez tenga razón. Eso no significa que su decisión sea inapelable.

—Dígame una cosa —el gobernador se rascó los bigotes de tuza y se acomodó los lentes sobre su nariz grasosa—. ¿Hay posibilidades de que la queja que va a presentar el procurador general de la República ayude en algo? Porque se les detuvo sin orden judicial, sí, pero en flagrancia, unos días después de que se liberó a su víctima.

Cadena habría preferido que el procurador chiapaneco hubiera acompañado a su jefe. Todo habría sido más fácil. ¿Cómo explicarle al gobernador, sin aludir a la jurisprudencia y a las complejidades doctrinales, que la flagrancia era un concepto gelatinoso, que resultaba difícil de probar? ¿Cómo explicarle que detener al presunto responsable de un delito unos días después de la pretendida fechoría ya no era flagrancia? Él no iba a poder ayudarlo pero, claro, estudiaría el caso a conciencia.

—Como le digo…

—En su experiencia, ¿van a seguir libres esos secuestradores? Si no me importara tanto la justicia en mi estado, ni siquiera me habría tomado la molestia de venir, señor presidente.

No habría venido a quitarle su tiempo. Sólo dígame qué opina.

—No puedo adelantar un juicio.

—En su experiencia…

—Temo —resopló al fin Cadena— que si, en efecto, fueron detenidos sin orden de juez y cuentan con una buena defensa, podrían quedar en libertad, sí.

El gobernador se levantó moviendo la cabeza. El ministro advirtió en sus pupilas un destello. ¿Era una burla? ¿Una amenaza? Por ello le sorprendió que, de repente, el gesto acibarado de su interlocutor volviera a transformarse en sonrisa. En cuanto don Luis se hubo incorporado, el gobernador le dio otro abrazo.

—Pues me ha dado mucho gusto verlo, señor presidente. No eche en saco roto mi solicitud. Es justa. Más justa que la Constitución y las leyes que nos gobiernan.

Salió a paso apresurado, sin agregar palabra. Cadena volvió a derrumbarse en el sillón. La Constitución y las leyes podrían ser injustas, pero eran la Constitución y las leyes. ¿Qué podía hacer él? Él sólo era el encargado de aplicarlas. Un encargado de alto rango, sí, pero sólo un encargado de realizar una función judicial "estrecha, mecánica y falta de creatividad". Si alguien debía reformar el marco constitucional y legal, esos eran los legisladores. Lo que el político chiapaneco debía hacer era discutirlo con ellos. Promover que diputados y senadores impulsaran una iniciativa de reformas. Añoró los tiempos en que había sido magistrado en Yuca-

tán. Aquel estado le parecía el más hermoso de
la República; ¿por qué había tenido que abandonar Mérida? En esa época, lo único que tenía
que hacer era verificar si se habían cumplido los
pasos que enunciaba la ley para conceder un
amparo: se cumplían, se otorgaba; no se cumplían, no se otorgaba. Él se limitaba a palomear
con su plumón verde y, al llegar el fin de semana, se iba a Cancún o a Cozumel a disfrutar
de las playas del Caribe. Ahora todo era distinto, era… Un chillido lo distrajo. El mono
araña se había aferrado a los barrotes y sacudía
la jaula con furor. Don Luis timbró para llamar
a su jefe de ayudantes, quien apareció enseguida. Le ordenó que sacara a aquel animal y
avisara al zoológico de Chapultepec para que lo
recogieran.

—Si usted no lo quiere —se atrevió su
colaborador luego de un titubeo—, mis hijos…

—Capitán —el ministro miró con impaciencia a su jefe de ayudantes—, no tengo idea
de qué clase de animal sea este, pero apostaría a
que se trata de una especie protegida por la ley.
Mantenerlo en cautiverio debe ser un delito. Mejor lleve a sus hijos esas jícaras con dulces.

El jefe de seguridad se puso rígido y golpeó los tacones de sus zapatos entre sí. Aquella
era su forma de asentir. La oficina quedó limpia
en un santiamén. Entonces regresó la secretaria.
En la antesala, informó, seguía esperando la sobrina del ministro Miaja y acababa de llegar el
juez Santoyo, de Nayarit.

—Que pase el juez.

Santoyo entró asustado, deslumbrado por el tamaño de la oficina o por la idea de estar frente a frente con el presidente de la Suprema Corte.

—Vengo a conocer su decisión, señor.

Don Luis trató de recordar de qué le hablaba el juez.

—¿Me puede usted refrescar la memoria? —rogó.

Sin atreverse a tomar asiento, Santoyo aludió a la conversación telefónica que habían tenido hacía dos días. El Consejo de la Judicatura le acababa de notificar que, de Tepic, se le trasladaba a Matamoros, Tamaulipas. Eso le generaba un problema enorme, pues, a medio año escolar, mudarse con la familia resultaba complicadísimo.

—Y si me lo permite, señor presidente, creo que todo se originó después de la negativa que di al ministro Miaja para no echarme para atrás a la hora de evitar que una empresa destruyera unos manglares en Nayarit.

—Sí, sí —admitió don Luis—. Lo he recordado. Pero don Jorge no tiene nada que ver con esto. Vaya usted a Matamoros. Si el Consejo de la Judicatura tomó esa resolución, fue por algo. Aténgase a lo que significa el servicio de carrera. Uno tiene que estar donde la patria nos necesite.

—Los manglares…

—Ya corresponderá ver eso al nuevo juez.

—¿Entonces…?

—Ya se lo dije. Vaya usted a Matamoros. No puedo revertir una decisión del Consejo.

La secretaria volvió cuando Santoyo salía cabizbajo. Recordó al ministro que Emilia Miaja seguía esperándolo y que acababa de llegar don Joaquín Rivadavia. Aunque no tenía cita con él, le suplicaba cinco minutos. No más. Cadena miró su reloj: no serían cinco minutos sino quince. Lo sabía.

—Que pase don Joaquín —accedió.

Sacó su paliacate y se limpió el sudor de manos y frente. El encuentro con el gobernador de Chiapas lo había alterado, lo mismo que las insinuaciones del juez de Nayarit. El secuestro del ganadero del Soconusco era grave, gravísimo, pero eso no facultaba al presidente de la Suprema Corte a pasar por encima de la ley. En cuanto al juez, cómo se le ocurría protestar. Él jamás se habría atrevido a solicitar audiencia con el presidente de la Suprema Corte cuando fungía como juez. Las nuevas generaciones tenían una caradura insospechada. Conversar con Rivadavia, el antiguo presidente de la Barra Mexicana, un abogado que entendía por qué las formas eran tan importantes para dar vida al Derecho, le devolvería los ánimos. Al menos, le haría olvidar la equívoca sonrisa del chiapaneco.

Joaquín Rivadavia hizo su entrada con aire teatral. Su barba blanca, perfectamente recortada, su leontina y la forma en que miraba a los otros, siempre de reojo, le daban aires de caballero del siglo antepasado. Aunque ya no era época de lluvias, llevaba un paraguas colgado del brazo. En la mano, un libro forrado en piel.

—Mis parabienes, don Luis…

Después de la visita anterior, la de don Joaquín significaba un remanso. El abogado le hablaría de sus implantes dentales, de la falta de valores morales que prevalecía en México y de la misión sacrosanta que inspiraba a la Barra Mexicana, que él había presidido en dos ocasiones. Aunque el colegio de abogados no tenía ninguna relevancia —¿cómo podría tenerla en un país donde la colegiación no era obligatoria?—, a don Luis le entretenía advertir la ampulosidad con la que algunos litigantes ostentaban su membresía; atractiva, quizás, para clientes incautos. El día que éstos descubrieran que bastaba pagar la cuota anual para ser miembro de la Barra Mexicana, quedarían desencantados.

—¿A qué debo el honor de su visita, don Joaquín?

Antes de que el ministro le invitara a sentarse, el anciano lo hizo con solemnidad. La secretaria entró con un vaso de agua y salió con sigilo. Don Joaquín bebió un trago.

—Vivimos tiempos inéditos, don Luis, inéditos. *O tempora, o mores!**, diría Cicerón.

—Sin duda —Cadena se sentó, tratando de averiguar cuál sería el tema que don Joaquín había elegido en esa ocasión.

—Vengo a plantearle un asunto en extremo delicado pero, primeramente —dijo extendiendo al ministro el libro forrado en piel—, quiero que usted me haga el honor de recibir este presente.

---

* ¡Oh tiempos, oh costumbres! (N. del E.).

—Gracias —musitó Cadena tomando el libro y abriéndolo al azar.

—Se trata —explicó el litigante— de una reproducción facsimilar de las *Reglas del Derecho Romano*, publicadas en 1841, en Madrid. Como usted debe saberlo, su autor es el ínclito jurista don Florencio García Goyena… Una joya bibliográfica.

—Muchas gracias —repitió Cadena y comenzó a leer en voz alta—: "Yo no encuentro entre nosotros prohibición legal para que la muger no pueda tomar a su cargo negocios agenos: la soltera o viuda mayor de veinte y cinco años puede obligarse como el hombre… la casada puede hacerlo con espresa licencia de su marido…". Muy interesante —don Luis cerró el volumen de golpe—. Pero imagino que usted ha venido a expresarme sus temores sobre la Ley Federal de Competencia Económica ¿no es cierto?

—Estas reformas no revisten importancia alguna, don Luis. Como lo platicamos la semana pasada con la señora ministra doña Yolanda Olimpia Contreras que, como antigua directora jurídica de la Cámara de Industria y antigua presidenta de la Cámara de Comercio, entiende el problema con preclara sensibilidad, estas reformas significan una monserga. Trámites y más trámites, como les encanta a nuestros servidores públicos, pero nada más. Las empresas que represento tendrán ahora que crear filiales y simular que son dos o tres consorcios los que fabrican el mismo producto. Las reformas a esa ley no van a afectarlas. Lo que verdaderamente me angustia, lo que me quita el sueño, es el tema que he venido a someter a su altísima consideración.

—Usted dirá —suspiró Cadena, pasándose el paliacate por la nuca.

—Figúrese —refirió el anciano— que ante el impago de las cuotas de dos barristas, el Colegio decidió suspender sus derechos y estos tunantes se ampararon.

—No me diga…

—Peor: el juez les concedió el amparo, dando por sentado que la Barra Mexicana es una autoridad. Y, don Luis, no lo es.

—Si me permite, don Joaquín: ¿de qué derechos estamos hablando?, ¿qué es lo que perdieron estos barristas?

—Para efectos prácticos, una nimiedad: no recibirán la revista bimestral del Colegio. Pero, para efectos simbólicos, lo que se ha puesto en juego es el prestigio de la institución que, como usted sabe, pronto cumplirá cien años de haberse establecido.

—¿Dónde interviene la Corte? —quiso saber el ministro.

—Resulta que la Barra Mexicana apeló la decisión de este juez empecatado y el Tribunal Colegiado nos dio la razón: la Barra no es autoridad. ¡Claro que no lo es! Pero ¿sabe usted qué hicieron estos bribones? Acudieron a la Corte para que se les restituyan sus derechos y el asunto ingresó el día de hoy. *O tempora…*!

—A ver —interrumpió Cadena limpiándose el sudor de la frente—. ¿Todo esto por una revista bimestral?

—No, don Luis. No. Me consterna que usted, un insigne jurisperito, también pueda ser confundido. Lo que está en juego es la dignidad. La dignidad, don Luis. Y quiero saber si, en estos momentos aciagos, la Barra Mexicana cuenta con su solidaridad o no.

Cuando Rivadavia salió, la secretaria de Cadena le preguntó si ya podía pasar la señorita Miaja. Don Luis meneó la cabeza:

—Dígale que me disculpe por favor. Yo mismo la buscaré mañana.

18

No me animo a pulsar el botón Enter. No sé dónde andas ni con quién. Desconozco si estás con alguien que pudiera leer lo que escribo… Pero no animarme a enviar un mensaje no significa que no pueda redactarlo; que no pueda repetir cuánto te echo de menos en mi casa, en mi cama, en mi vida.

Quizás uno de estos días, al volver del médico, deprimido, daré un teclazo y enviaré lo que he escrito, sin que me importe quién lo lea y qué uso vaya a dar a la información. A largo plazo, decía un famoso economista inglés, todos estaremos muertos.

Pero mientras esto ocurre, permíteme contarte que el cáncer que me está royendo las entrañas aún no se deja ver. Estoy un poco más delgado, sí. La gente lo dice. Nada más. Como tú solías decir, mantengo el estilo.

Por lo pronto, quiero que sepas que, aunque el procurador Ballesteros se esmeró en que tu primo permaneciera una temporada en prisión, va a fracasar. Tu primo está a unos días de obtener su libertad. Cuando él te busque, no olvides que fui yo quien se esmeró en que saliera.

Te cuento, también que, esta mañana, la Suprema Corte decidió no declarar la inconstitucionalidad de las reformas a la Ley Federal de Competencia Económica, de la cual te platiqué en mi carta anterior, ¿recuerdas? Esto significa que, en adelante, la riqueza podrá distribuirse mejor en México, como tú siempre lo has querido. Esto debe alegrarte, ¿no? También te alegrará el hecho de que en el Senado se ha enlistado el estudio del tema sobre el presupuesto fijo para el Poder Judicial de la Federación.

En mi afán de no irme de este mundo sin algunos logros en beneficio de la sociedad, de no marcharme sin que tú sepas lo mucho que representaste en mi vida y que lo hiciste hasta el último momento, no cejaré en mi esfuerzo para ampliar las libertades de los mexicanos y para fortalecer la independencia judicial.

Hablando de la Corte —y esto es lo más interesante de todo—, me buscó Carlos Ávila, uno de los ministros. Quería que recibiera a una de sus colaboradoras, la cual es sobrina de otro de los ministros. Por la forma en que hizo su solicitud, sospecho que Emilia Miaja —así se llama la joven— lo tiene embelesado. "Es la mujer más fascinante que usted haya podido conocer", me dijo.

Recibí pues a la joven y quedé pasmado con lo que me contó. El supuesto asesino de Lucero Reyes, la estudiante de secundaria que apareció muerta en la Alameda de Santa María no es responsable del crimen que se le imputa. La mejor amiga de la víctima tiene elementos que nos permitirán detener al auténtico homicida, como se lo ha revelado a Emilia.

Esto es oro molido, Mar. ¿Sabes lo que significa? Que el procurador Federico Ballesteros no es el santón del Derecho que dice ser, sino un pillo. Un pillo que no tiene empacho en fabricar culpables para salvar el pellejo de su jefe y el propio. Aunque había decidido irme de este mundo sin hacerle morder el polvo, creo que la fortuna me está dando una oportunidad sin precedentes. Deja ya la venganza: la ocasión de desenmascarar a un farsante es lo que me entusiasma. Tú lo aprobarías, ¿verdad?

Mañana mismo hablaré con el secretario de Seguridad Pública Federal para que tome cartas en el asunto. Sí, ya sé que Edgar Zamudio te resulta antipático, que detestas la oscuridad y el misterio en los que se mueve, el título de coronel que ostenta sin que lo haya ganado y el hecho de que lleve en su cargo tres sexenios.

Pero más allá de que Zamudio pueda saberle cosas torvas a los presidentes y ninguno de ellos se haya atrevido a removerlo, es un funcionario eficiente. Sabe que el secreto de todo policía es fungir como intermediario —"como embajador", dice él—, entre el *establishment* y el hampa. Y, sobre todo, aborrece a Ballesteros tanto como yo.

Detendrá al asesino de Lucero con auténtico deleite. Ya lo verás. Esto exhibirá al procurador capitalino. Lo hará ver como el bastardo que siempre ha sido. En su confiada arrogancia, Ballesteros desdeñó la mano que le tendí y va a pagarlo caro. Lo que hizo fue una canallada. Nada le habría costado apoyarme. De paso, lograré que, en este caso —un caso que parece claro según me lo ha dicho Emilia—, se haga justicia.

D. D. A.

19

Lo que al principio le pareció a Rosario correcto —delatar al asesino de su amiga—, de repente ya no se le antojó tan adecuado. Ocurriera lo que ocurriera, aquel acto cívico, aquella manifestación de ética elemental, iba a tener consecuencias en su vida. Y no sólo en la suya: también en la de su madre y su hermano. Lo presentía. Lo sabía.

Emilia Miaja le inspiraba confianza. Por supuesto que se la inspiraba. Era una confianza granítica que sólo Lucero le había llegado a brindar. Pero Emilia no era ministra de la Suprema Corte. Lo más que había podido hacer por ella había sido acercarla a un ministro. Y lo más que ese ministro había podido hacer por ella fue plantear el asunto a un senador, éste sí muy influyente, que se apresuró a solicitar apoyo del coronel Zamudio, con quien irían a entrevistarse en unas horas.

Con los ojos abiertos a las tres de la madrugada, la adolescente escuchaba el tic tac del despertador de hoja de lata que estaba en el buró: tic tac, tic tac... Escuchaba, también, la pesada respiración de su hermano. Podía imaginar que, en el cuarto de al lado, su madre tampoco lograba conciliar el sueño. Estaría aguardando a que su padre se dignara regresar; preguntándose si lo haría y cómo reaccionaría ella si él decidiera no volver a poner un pie en el departamento…

"No", se dijo Rosario. "No debo pensar en eso". Pero ¿cómo evitarlo? Cuando recordaba los puñetazos que su padre le daba a su madre en los brazos, los hombros y las piernas, hervía de rabia e indignación. Apenas dos días atrás, ella misma le había frotado árnica sobre los moretones. No era justo. Más de una vez, luego de platicar con una de sus primas, la lavandera había preguntado a Rosario cómo vería que acusara a su padre para que lo metieran unos días a la cárcel. Sólo unos días. Para darle un escarmiento. Rosario asentía, le rogaba que lo denunciara. Le juraba que ni a ella ni a su hermano les importaría mendigar por las calles. La mujer sonreía con desgano. Era una forma de ofrecer disculpas a sus hijos, de admitir que nunca se atrevería a hacer algo semejante. No era una cuestión de generosidad sino de miedo. ¿Qué haría el rufián en cuanto quedara libre? Rosario también tendría que haber hablado de eso con Emilia.

Aunque ya no era momento de mirar hacia atrás. No debía distraerse. Si había dejado de ir a clases esos días y había mentido a su madre sobre supuestas actividades escolares, eso sólo había sido porque la decisión estaba tomada. Y lo que estaba a punto de hacer, cambiaría la vida de todos. Particularmente, la de su padre. Pero ¿qué más daba? Rosario lo había visto siempre como a un extraño. No, no como a un extraño, porque a los extraños no se les aborrece: lo miraba como a un enemigo. Por ello le disgustaba que su madre no decidiera separarse de él al precio que fuera. Que no lo denunciara si no quería, pero que lo abandonara; que se fuera de ahí con ellos para iniciar una nueva vida. Lo merecían. En cuanto al dinero, ya se las arreglarían para sobrevivir, así tuvieran que salir a pedir limosna. Pero la lavandera le temía. Le temía más que a nada en el mundo. Quizás tenía razón, pero ahora las cosas iban a dar un vuelco. Las ideas de la adolescente iban y venían, regresaban, se atascaban en la duermevela…

Perdida en aquellas cavilaciones, por fin se quedó dormida. No volvió a abrir los ojos sino hasta que el despertador emitió su pitido intermitente a las cinco y media. Antes de pasar al baño, se asomó al cuarto de al lado: su madre dormía sola. "Te odio", pensó en su padre, "te odio con todo mi corazón". Pero su odio iba a ser reivindicado. *Algo* iba a ocurrir después de la denuncia. De eso no le cabía duda. Se bañó rápidamente, vistió el uniforme de la escuela y advirtió, que en su frente habían reventado nuevos granos. Lucía más pedregosa que nunca, lo que la acongojó. También descubrió que el escudo de su suéter, que el día anterior estaba a punto de desprenderse, fulguraba afianzado de nuevo. En algún momento de la noche, su madre lo había cosido. Rosario calentó en un sartén despostillado unos frijoles, bebió medio vaso de leche y salió. Su cita con Emilia era hasta las diez. Había que matar el tiempo de algún modo.

Al cruzar por el departamento de abajo, percibió el tufo de marihuana que, un día sí y otro también, emanaba de aquella puerta. Recordó cómo, al principio, no identificaba el olor. Fue uno de los hijos de la mujer que vivía ahí quien la puso sobre aviso. Nada que debiera preocuparla o enfadarla, dijo el muchacho. Pero ¿cómo no iba a preocuparla?, rezongó Rosario. ¿Cómo no iba a enfadarla? Aquello estaba prohibido. Alguien estaba consumiendo drogas, actuando de forma ilegal. Se trataba de un delito por el que se podía ir a la cárcel. Su vecino la miró con aires jaraneros y, con la calma con la que un profesor explica el tema a un alumno remiso, le informó que fumar mota no hacía daño a nadie: ni era adictiva ni hacía que nadie cometiera locuras, como sí lo hacía el alcohol. Lo único que provocaba la mota era que uno se sintiera a toda madre. Nada más. "Eres una basura", le espetó Rosario. Pero, a medida que fue conociendo a su vecino, a medida que lo veía actuar y lo comparaba con su padre, quedó convencida de que si algo había que prohibir no era la marihuana sino el alcohol.

Un día encontró al muchacho sentado en la escalera del edificio en compañía de otros dos adolescentes, todos ellos con un bozo que no les hacía perder el porte infantil. Tampoco lo hacía el churro de marihuana que fumaban circunspectos. "¿Quieres?", preguntó su vecino. Lejos de sentirse incómoda, ella experimentó una extraña solidaridad que la hizo asentir. Absorbió de golpe y, acto seguido, expulsó el humo en una sucesión de tosidos. Lo hizo una segunda, una tercera vez, pero no debió haber dado el golpe de forma adecuada, pues no le ocurrió nada ni en ese momento ni después. Daba lo mismo: aquella había sido una nueva experiencia. La había aproximado a su nuevo amigo, quien volvió a invitarla a probar aquello en otras ocasiones. Una de esas, Rosario logró dar el golpe, pero no advirtió efecto alguno. "¿No sientes tus anteojos?", quiso saber el muchacho. "¿No sientes tus calcetines?". Ella rió a carcajadas: no. Si aquello era estar drogada, resultaba mucho más grato e inofensivo que embriagarse y golpear a quien se le atravesara en el camino, concluyó. Si así era como se sentían los efectos de la marihuana, eso no convertía a nadie en violento o idiota, se dijera lo que se dijera en los carteles que pegaban en los pasillos de su secundaria.

La marihuana llevó a Rosario a interesarse por el joven, quien le contó que se habían ido a vivir a la Ciudad de México porque a su padre lo habían asesinado cuando intentaba llegar a Estados Unidos. Había contratado a unos polleros que, por diez mil pesos, prometieron pasarlo a él y a un grupo de amigos a Estados Unidos. Pero el grupo —unas setenta personas— había sido acribillado por los mismos polleros, quienes a medio camino exigieron que se les pagara el doble de lo acordado. Los mantuvieron encerrados dos semanas, al cabo de las cuales los balacearon, uno a uno. Tres sobrevivientes dieron fe de lo ocurrido. Aquella había sido una noticia muy comentada en la televisión. ¿No la recordaba? La joven admitió que veía poca televisión —su padre solía acaparar el aparato para mirar el futbol o los programas de concursos—, pero sintió que los lazos de solidaridad se fortalecían. Sopesó qué sería peor: si vivir con un padre al que aborrecía o saber que éste había sido ejecutado mientras intentaba cruzar la frontera con Estados Unidos para proporcionarle mejor vida a su familia.

Esa mañana, antes de cruzar la calle y disponerse a bordear las casuchas de lámina que se levantaban a diestro y siniestro, sobre la antigua vía del tren, buscó a su vecino. No lo halló ni en la escalera que daba a la salida del edificio, donde solía sentarse, ni en la barda que estaba unos metros adelante. Caminó con el mismo paso apresurado con el que solía dirigirse a la escuela, hasta la estación San Cosme del Metro. Ahí abordó el convoy y, en menos de una hora, ya estaba frente al Auditorio Nacional, donde Emilia había quedado de pasar a recogerla. Un año antes ella, Lucero y otras amigas habían conseguido boletos para ir a un concierto de Ricky Martin. En las últimas filas del auditorio no habían podido ver casi nada. Pero bailaron, gritaron y cantaron con más fuerza que nunca. Extrañó aquellos tiempos… ¿Quién iría a actuar ahí próximamente? Leyó la cartelera que anunciaba óperas que se transmitirían desde Nueva York, pero ninguno de los títulos le sugirió nada. Subió, desganada hasta la fuente del auditorio. Era un lavadero gigantesco, colocado al lado de una escultura de piedra —una figura que tenía algo de flor y algo de barco— por donde el agua escurría sin parar. Volvió a observar la escultura y advirtió que, más bien, se trataba de un pájaro. Un pájaro cuyas alas lo envolvían a manera de círculo. Anduvo y desanduvo la explanada hasta que se agotó. Varias veces se toqueteó la frente para sentir los estragos que seguía haciendo el acné sobre su piel, pero resistió la tentación de exprimir las pústulas. Cada vez que lo hacía, el resultado era devastador.

A las diez en punto, dos claxonazos le recordaron que tenía una cita. No pudo disimular su alegría al ver a Emilia y subir a su Honda. Aquel era el automóvil más hermoso en el que se había subido en su vida. Y Emilia, la mujer más fascinante que se había cruzado en su camino; más fascinante, incluso, que Lucero. Cuando miró el cutis de su amiga, le avergonzó presentarse con el suyo. ¿Y si le pidiera un consejo? Seguramente Emilia sabría cómo librarse de aquel flagelo. Pero, bueno, eso sería después.

—¿Qué es esto? —preguntó después de saludarla, mientras apartaba un libro que estaba sobre el asiento.

—Un libro de leyes —respondió Emilia.

Rosario leyó en voz alta el título —*Agenda fiscal con casos prácticos*— y lo abrió donde un *stick* de plástico marcaba la hoja. Era la forma más cómoda de iniciar la conversación con una princesa de carne y hueso. Siguió leyendo:

—"El ajuste por inflación se determinará multiplicando el saldo promedio diario de la inversión que generen los intereses, por el factor que se obtenga de restar la unidad del cociente que resulte de dividir el índice nacional de precios al consumidor del mes más reciente del período de la inversión, entre el citado índice correspondiente al primer mes del período...". ¿Qué es esto?

—La Ley del Impuesto sobre la Renta: un libro de leyes —explicó Emilia.

—¿Tienes que ser muy inteligente para entenderlo? —preguntó Rosario al tiempo que cerraba de golpe la *Agenda fiscal con casos prácticos*.

—La verdad es que no le entiendo muy bien.

—Pero tú estudias Derecho, ¿no?

—Eso no quiere decir que entienda todas las leyes —admitió Emilia mientras bajaba por Reforma y luego daba vuelta a la derecha para tomar Parque Lira—. Uno estudia Derecho para explicar a sus clientes qué significan las leyes. Así que, mientras más enredadas sean éstas, más clientes vas a tener y más te van a pagar para que tú aclares qué quieren decir. Pero eso no significa que yo les entienda. Mi novio dice que el secreto no es entenderlas sino hacerle creer al cliente y al juez que las entiendes. De hecho, hay leyes que nadie entiende.

—¿En serio?

—Hay un montón de códigos que dicen una cosa y otros que dicen la contraria. Los maestros te repiten que todos somos iguales ante la ley, pero cuando empiezas a conocer las leyes te das cuenta de que no es cierto. Además, si no puedes pagar un abogado que le eche al juez un buen choro, vas a la cárcel o pierdes tu negocio.

Rosario se acomodó en su asiento mientras dejaban atrás Parque Lira y enfilaban por Constituyentes. Aquello era un sueño: iba en un automóvil precioso, al lado de una mujer que más que princesa —en ese momento decidió que aquella definición no era suficiente—, parecía un hada. ¿Quién de sus amigas de la secundaria podría jactarse de algo parecido?

—Eso es injusto ¿no?

—Claro.

—Nunca estudiaría algo así —suspiró Rosario—. ¿A ti te gusta el Derecho?

—Cada día estoy menos segura de que me guste.

Guardaron silencio un rato. El secreto que había compartido con Emilia desde que la abordó en la Corte —un secreto que ahora Emilia estaba administrando— hacía que Rosario se considerara su amiga íntima. Sabía que si alguien podía convertir su secreto en un acto de justicia, esa era ella... Emilia aprovechó la ocasión para referir a Rosario algunas de las cosas que se contaban del coronel Zamudio. Le aconsejó decir lo mismo que le había dicho a ella —palabra por palabra— e intentar no ponerse nerviosa. Cuando Rosario acordó, ya estaban entrando en el búnker de la Secretaría de Seguridad Pública. Aunque el policía de la entrada tenía anotado el nombre de Emilia en una bitácora, las hicieron esperar cerca de quince minutos antes de asignarles un lugar en el estacionamiento. Luego, una mujer con aspecto castrense las condujo hasta la antesala del coronel Zamudio, donde debieron esperar más de media hora. A medida que transcurría el tiempo, aunque la plática con Emilia le había ayudado a disminuir la ansiedad, Rosario se mostraba cada vez más inquieta. Estaba a punto de hacer algo que, quizás, la convertiría en ciudadana ejemplar. Pero ¿se podía ser una ciudadana ejemplar y ser una mala hija? Porque su testimonio iba a acarrear problemas a su familia...

Cuando la recepcionista les indicó que pasaran, el corazón de la joven parecía incontenible. El encuentro con Zamudio, paradójicamente, la sosegó. Quizás fue la oficina, llena de placas, condecoraciones y retratos, donde Zamudio aparecía al lado de distintos presidentes de la República y de otros mandatarios extranjeros, incluido el Papa, o quizás fue el pelo caoba del funcionario y su saco de lino. Quizás fueron las bolsas que se le formaban bajo los ojos o la camisa impecable, que combinaba con una corbata tornasolada, pero aquel hombre no parecía el ogro que solían retratar sus malquerientes. En su mirada, incluso, se advertía cierta bonhomía. ¿O sería su papada la que le confería ese aspecto de patriarca indulgente?

—Así que eres sobrina del ministro Miaja —les dio la bienvenida—. No sabes cómo aprecio a tu tío. Es un adalid de las instituciones. Gran jurista y gran patriota. Me da gusto conocerte. ¿Quieren tomar algo?

Aunque las dos menearon negativamente la cabeza, el secretario de Seguridad Pública ordenó un café cargado y dos refrescos a la recepcionista, quien esperaba instrucciones. Luego hizo un ademán para que las jóvenes tomaran asiento. Se disponía a hacer lo propio, cuando una chicharra sonó detrás de su escritorio. En cuatro pasos marciales atravesó la oficina y descolgó el auricular. Su sonrisa se descompuso.

—Ya no puedo seguir tolerándolo —bufó sin preocuparle que alguien pudiera escuchar—. Siempre es lo mismo, granuja. Envío a mis mejores hombres, les exijo que arriesguen la vida, me juego mi prestigio, explico a los medios lo que ocurrió y tú vuelves a salir con tu burrada. Tendí la mesa: te lo di todo cocinado, puesto en la boca, arrempujado… Tus fiscales son una mierda… ¿Cómo que no recibiste instrucciones? ¿De quién tenías que recibirlas? ¿Qué no se supone que eres autónomo?… Claro que está enojado. Furioso. Y no sólo él. También los senadores, que ya te traen entre ojos… ¿De qué sirve que yo me la rife, si tus agentes del Ministerio Público hacen lo que hacen?… El juez dejó salir a los dieciséis inculpados. A los dieciséis… Claro que eran unos granujas. ¿No puse en tus manos las grabaciones?… Sí hombre, ya sé que eran prueba ilícita, pero se trataba de ganarnos a la opinión pública para que al juez no le quedara de otra… ¿Qué hiciste con las grabaciones?… ¿Cómo? Aunque hayan sido síndicos y presidentes municipales, eso no les quita lo rateros… Claro que lo oí: el juez adujo que no había pruebas… No, granuja: no te pagan para decir esas chingaderas… Si esto se repite, se acabó…

Escuchó un momento lo que su interlocutor alegaba antes de colgar la bocina de golpe. Ni Emilia ni Rosario pudieron comprender cómo consiguió cambiar de humor tan pronto. De repente ya había recuperado su gesto apacible y estaba sentado al lado de ellas. Bebió un trago largo de café, que descendió ruidosamente por su garganta. Se frotó las manos, en las que Emilia descubrió un anillo con una piedra morada, que hacía juego con las esclavas de oro, que asomaban por las mangas de su saco. Hacía juego, también, con las figurillas de águilas y felinos que saturaban cada rincón de la oficina. En especial, con una de un jaguar hecha de casquillos de bala.

—Ahora sí —suspiró—. Les ruego me perdonen. El asunto es de lo más delicado. Damián… el senador De Angoitia me contó de qué se trata. Es un asunto delicadísimo y yo sólo tengo que hacer una pregunta, Rosario…

La adolescente sintió que el piso se abría cuando oyó que el coronel se refirió a ella por su nombre.

—¿Sabe usted lo que ocurrió? —quiso cerciorarse Emilia antes de que Zamudio prosiguiera.

—Lo sé —respondió Zamudio alisándose hacia atrás el pelo rojizo. —De hecho, sé más cosas de las que tú crees. Sé, incluso, que acudiste al reclusorio a entrevistar al *pagador*.

Eso se llama tener huevos, Emilia… Pero ahora lo importante es saber si Rosario está segura de que vamos a hallar las evidencias para incriminar al granuja.

—Todas están ahí —dijo Rosario, sorprendida de su aplomo.

—Y, una vez obtenidas las pruebas, ¿contaremos con tu testimonio?

—Sí.

Zamudio sonrió.

—En ese caso, vamos a avanzar muy pronto. Ni el granuja del procurador del Distrito Federal podrá interponerse en nuestro camino.

—¿Cómo va a afectar esto a Rosario? —preguntó Emilia.

—El sujeto no tiene vínculos con la delincuencia organizada. Refundido en la cárcel, quedará imposibilitado de ocasionar algún daño.

—¿Y si el juez no lo condena? ¿Y si dicta una sentencia baja?

—Ya tengo al juez que lo va a condenar.

—Pero eso no depende de usted. En un debido proceso, al reclamar que se respeten sus derechos humanos…

—Mira —Zamudio la miró condescendiente—, te confieso que no le entiendo bien a eso del debido proceso y de los derechos humanos. No soy abogado. Lo que sí me queda claro es que los granujas deben estar en prisión y las personas decentes tienen que estar en libertad. Y lo que ahora necesito son las pruebas de las que nos habla Rosario. Luego, su testimonio. El asesino no se librará de, cuando menos, treinta años de prisión.

—¿Y si escapa? ¿Y si se alía con otro reo para…?

—Una vez en prisión, estará en mis manos. El tipo es de los que se quiebran fácil. Te digo que es un granuja. Ni tú ni tu amiga tienen nada de qué afligirse. Te doy mi palabra. He platicado los pormenores con el senador De Angoitia. Él tiene motivos claros para que esto vaya por buen camino. Yo también.

—¿Cuáles son esos motivos? —quiso saber Emilia.

—Que se haga justicia —repuso el militar—. ¿Qué otros? Para esto están la policía y el aparato de fiscales y jueces, ¿no? Lo que ahora necesito es que tú, Rosario, declares ante el Ministerio Público.

—¿Acudiremos al Ministerio Público del Distrito Federal? —se sobresaltó Emilia.

—Nadie habló del Ministerio Público del Distrito Federal. Vamos a hacer las cosas bien: el asunto lo va a atraer el Ministerio Público Federal.

—¿Primero denunciamos en la barandilla del Distrito Federal y luego lo atrae el Ministerio Público Federal?

La sonrisa condescendiente de Zamudio adquirió un matiz socarrón. Estiró la mano y, de una gaveta, extrajo un paquete de plástico con polvo blanco.

—Lo que Rosario va a declarar es que sabe dónde hay algunos como este, lo cual nos dará pie para actuar. Sólo hallaremos este, pero descubriremos lo que buscamos y, entonces sí, se procederá a detener al granuja.

—¿Van a inventarle lo de la droga? —protestó Emilia—. No me gusta. ¿Por qué no hacemos las cosas bien? Para eso tenemos una Constitución, leyes, reglamentos…

Zamudio se puso de pie.

—Tienes razón —dijo fingiendo pesar—. De hecho, no sé por qué las he recibido. Con quien tienen que ir ustedes es con el doctor Ballesteros…

Emilia lo miró desencajada.

—¿No podemos hacer todo de acuerdo con la ley?

—Según lo que busquemos —Zamudio volvió a sentarse—. ¿Queremos que el criminal siga libre? ¿Vamos a permitir que lo detenga Ballesteros y lo deje ir, dado que él ya no puede dar marcha atrás con el tinglado que armó? Mira, cuando detengamos al criminal, le hallaremos esto —colocó una pistola sobre la mesa— y asunto concluido. No, no es lo que debe hacerse según la ley, pero si nos ceñimos a ésta, no vamos a avanzar mucho.

Fue el contacto del metal sobre la madera, el hecho de que el cañón apuntara hacia las jóvenes o la sola presencia del arma, lo cierto es que algo las arredró. Antes de que la joven pudiera respingar, Zamudio las miró desafiante. Por un momento, ni su melena caoba ni su papada majestuosa fueron capaces de atenuar aquel gesto febril.

—No me gusta —balbuceó Emilia, ya con menos bríos.

—Todavía podemos dar marcha atrás, si lo prefieres…

—No, no.

Zamudio miró entonces a Rosario.

—¿Estás dispuesta a declarar?

Un estremecimiento sacudió a la adolescente, quien hizo un esfuerzo para hablar. Fue inútil. Le dio la mano a Emilia, quien la apretó entre la suya. Entonces volvió a intentarlo. Pero falló de nuevo. Las lágrimas comenzaron a escurrir por sus mejillas.

20

Lo que más te preocupa en este momento de tu vida es el caso de Rosario. Piensas en él cuando te levantas y cuando vas a la cama. Mientras te bañas y miras cómo las gotas de agua resbalan por tus senos y, desde tus pezones erguidos, revientan a tus pies, te preguntas cuándo van a detener al asesino. Al comer, en medio de un bocado, quisieras saber cuánto va a tardar el reconocimiento de inocencia para ese malhadado enfermero, cuyo temor pudiste leer en sus ojos el día que lo visitaste en el reclusorio. Te aflige pensar que algo pueda salir mal, pero te alienta la idea de que, aunque no esté en tus manos incidir en los grandes temas de la justicia en México, aunque no puedas contribuir de modo decisivo a que se respeten los derechos humanos como tú quisieras, al menos *en este caso*, tu actuación resultará determinante para que un inocente quede libre y el culpable de un homicidio vaya a prisión.

Pero aunque esto sea lo que más te inquieta, no puedes dejar que el asunto te impida vivir, aun cuando Rosario te llame por teléfono cinco o seis veces al día. Hace una semana que estuviste en la oficina del secretario de Seguridad Pública y, hasta el momento, no has visto resultado alguno. El coronel Zamudio te aseguró que todo saldría bien; que él sabe lo que hace; que la operación se llevará a cabo con eficacia. No, dijo, no era necesario que se pusiera custodia a Rosario ni que la albergaras en tu casa mientras se detiene al asesino. "Tengo años en esto", te tranquilizó. "Confía en mí".

Por ello, ahora intentas concentrarte en la escuela —te quedan apenas unos meses para terminar— y te das pequeños intervalos para tocar el chelo. Es, sin embargo, tu trabajo en la Suprema Corte lo que ocupa la mayor parte de tu atención. Te preguntas por qué tu tío te envió con Carlos Ávila y te dices que, haya tenido las razones que haya tenido, fue una fortuna que lo hiciera. Desde que te invitó a Puebla, Ávila, te ha adoptado como discípula. A pesar de que no eres sino una oficial judicial —así se llama tu cargo—, él te ha permitido que lo acompañes a las entrevistas que tiene con banqueros y empresarios, con abogados del gobierno federal y funcionarios locales que acuden a su oficina para intentar ganar su voto en los casos que han promovido. Ojalá Don Luis Cadena hubiera reaccionado igual. Aunque te pidió que pasaras a verlo el mismo día que tu tío te presentó con él, te hizo aguardarlo en su antesala más de una hora sin que te atendiera. A la fecha, no te ha recibido.

Pero no tiene importancia. Con Ávila has aprendido más que nunca. Has estado sentada a su lado, circunspecta, escuchando los motivos que esgrimen las partes y sus contrapartes en un litigio. Te ha impresionado la solvencia intelectual de algunos y te ha desilusionado el cinismo de otros. En cada reunión, confirmas que el Derecho puede decir una cosa u otra y que la decisión final que adopten los jueces tiene poco que ver con las normas jurídicas, donde todo cabe... o no cabe, según argumenten unos y contraargumenten los otros.

Te sorprendió la ingenuidad —¿o fue malicia?— del director que exigió que se sancionara a otro por haber publicado un artículo que, en su opinión, envilecía su imagen. "¿Usted ha pensado en la forma que se afecta la imagen de todos aquellos a quienes se critica en las páginas de su periódico?", preguntó Ávila. "Es diferente, señor ministro: nosotros informamos y ejercemos nuestro derecho a la libre expresión. Ellos sólo buscan agraviar", respondió el director.

Te indignó constatar la desfachatez de dos litigantes que se presentaron para advertir a Ávila que sería inútil que la Corte ordenara el desalojo de un predio en Ensenada, donde sus clientes habían fincado sin licencia, pues ya había cientos de familias ocupando los edificios recién construidos. Muchas de ellas eran norteamericanas o canadienses. Lo más que podría hacer el Máximo Tribunal sería exigir una indemnización. ¿O estaría dispuesto a meter al gobierno en un conflicto internacional?

Disfrutaste el modo en que un grupo de ejidatarios expuso a tu jefe la necesidad de fijar los límites entre Jalisco y Colima. De nada sirvió que Ávila adujera que lo que estaba en disputa no era aquel páramo, donde ni la cizaña germinaba, sino la posibilidad de que los impuestos locales que generarían los centros turísticos que iban a establecerse ahí fueran a un estado o al otro. Los ejidatarios no tenían nada que ganar ni nada que perder. Éstos protestaron, gritaron y uno de ellos pateó a su compañero. Ávila se levantó entonces del asiento para ordenarles que salieran de su oficina. Prometió "estudiar el asunto", con un tono avinagrado que ni Luis Cadena ni tu tío habrían logrado superar.

Sabes que todos estos casos son la excepción a las soporíferas resoluciones y voluminosos expedientes que integran los secretarios de estudio y cuenta, por lo que agradeces que el ministro te haya liberado de sellos y archivos. Enterarte de primera mano de los pocos asuntos relevantes es alentador.

El problema que, hasta ahora, más ha llamado tu atención fue el de una joven que, a instancias de su abuela, aseguró a su marido por una cantidad millonaria y lo envenenó. *La Cándida Eréndira*, como la motejaron los medios de comunicación, fue descubierta y condenada por un juez, lo mismo que su abuela. El tribunal colegiado confirmó la condena. Pese a ello, un abogado vio la ocasión de promoverse y denunció fallas en la investigación y la acusación. Exigió que se liberara a sus clientas y, sin que importará el hecho de que el asunto estuviera concluido, Juan Arriola le dio entrada en el Máximo Tribunal. Ahora, la opinión pública estaba dividida. Tu jefe escuchó al oficioso defensor, un joven que se declaró "garantista y neo-constitucionalista", así como a los representantes de asociaciones civiles que protegían los derechos de las víctimas. Estuviste en ambas audiencias y la reflexión que te hizo Ávila sirvió para que calibraras uno de esos casos que dan a la Suprema Corte su razón de ser: "Si liberamos a las asesinas, como propone Arriola, estaremos enviando un mensaje a policías y a agentes del Ministerio Público para que, en adelante, trabajen apegándose al debido proceso. No es poca cosa. Si, por el contrario, nos declaramos incompetentes, como sugiere tu tío, estaremos enviando a la sociedad el mensaje de que, ocurra lo que ocurra, el responsable de un delito debe ir a prisión, lo cual tampoco es trivial". Quisiste saber qué posición adoptaría Ávila, pero él reconoció que aún no tenía claro el sentido de su voto.

Lo que más te ha agradado, sin embargo, fue el viaje a Culiacán al que tu jefe te pidió lo acompañaras. Fue un viaje relámpago, derivado del asunto de la Guardería Ábaco, en la que murieron quince niños calcinados. El juez federal determinó que los dueños y las autoridades no tenían responsabilidad alguna en aquel "desgraciado accidente", pero Ávila insistió en que existía una negligencia que debía sancionarse. ¿Cómo iba a ser posible que nadie tuviera que rendir cuentas por la muerte de aquellos chiquillos? Alguien tenía que dar la cara para así enviar un mensaje a la sociedad: los dueños y los administradores deben involucrarse, les guste o no. ¿Para qué servía el Derecho, para que servía la Corte, si no? Había que dar una lección. La mayoría de sus colegas había tratado de disuadirlo. "El papel de un ministro no es acudir al lugar de los hechos como un policía", le dijo Mayte Carreón, pero tu jefe no desistió.

En cuanto el avión aterrizó en Culiacán, una empleada del aeropuerto informó al ministro que el procurador de Justicia de Sinaloa lo esperaba en la terminal. "Esto no me gusta", renegó Ávila. El funcionario local los recibió con efusión y, sin quitarse el sombrero, anunció que el señor gobernador deseaba que aceptaran su invitación a comer. En Sinaloa, contó, se comían los mejores mariscos y el mejor pescado del país. Antes, él mismo los escoltaría a la guardería —o, más bien, al sitio *donde había estado la guardería*—, para que pudieran efectuar su trabajo sin que nadie los molestara. Más tarde, si el ministro no tenía inconveniente, los conduciría al sitio donde se rendía culto a Malverde —santo patrono de los narcotraficantes— y, si aún quedaba tiempo, les presumiría el viejo malecón o el parque de las Riberas, al lado del río Humaya. Decenas de familias pasaban los fines de semana en este lugar paradisíaco, refirió.

No había ido a visitar el altar de Malverde "a pesar de su interés sociológico", el parque de las Riberas o el viejo malecón, recordó Ávila, sino a conversar con los testigos del siniestro, con algunos periodistas y con las mujeres que habían perdido a sus hijos, víctimas del incendio. "No podemos dejar que esto quede impune ¿verdad?". Después de haberte presentado como su asistente, "la licenciada Miaja", subieron a una de las camionetas que les aguardaban. Afuera hacía un calor húmedo y sofocante. Agradeciste el aire acondicionado. Al atravesar una avenida rodeada de palmeras, resolviste que los urbanistas se habían lucido al crear aquellas zonas con tanta personalidad. A diferencia de otras ciudades del norte del país, donde te han referido que el miedo se siente en cada esquina, en Culiacán todo se te antojó cálido, pacífico, cordial. Te costó trabajo admitir que aquel era el estado que más narcotraficantes había aportado al país.

Por las calles, entre los automóviles, viste innumerables personas que se desplazaban en bicicleta. El procurador les explicó lo que ya debía ser un lugar común: Culiacán tenía seiscientos cincuenta mil habitantes y ahí no sólo se consumían los mejores mariscos del país, sino que vivían las mujeres más bonitas de México. Eso se debía, aclaró, a que en alguna época, cientos de familias europeas habían emigrado a la ciudad. De hecho, dijo, tenía la impresión de que tú eras de Culiacán. Tú te limitaste a sonreír, disimulando la contrariedad que te provocó el pobre concepto de belleza que tenía su incómodo anfitrión.

Éste anticipó, en seguida, que el gobernador también deseaba que probaran la mejor carne del país —originaria de Sinaloa, de dónde más— y que, al finalizar la visita, les obsequiaría una caja de chilorio. No paró de hablar durante la jornada y aprovechó la visita para rogar a Ávila que le echara la mano para que las sentencias que emitían los tribunales de su estado, y de todo el país, en general, no tuvieran que ser revisadas por el Poder Judicial de la Federación. "Eso viola la soberanía, ¿no lo cree usted, señor ministro? ¿De qué sirve que nos esmeremos en tener jueces honestos y preparados, si la Federación enmienda la plana cada vez que se le ocurre?". Ávila aprovechó una oportunidad en la que se distrajo el procurador para confiarte que, mientras los gobernadores siguieran controlando a su antojo a los jueces de sus estados, el Poder Judicial de la Federación jamás renunciaría a revisar esas sentencias.

Ese mismo día, luego de una jornada intensa, a su regreso a la Ciudad de México, Ávila estaba ceñudo. Habían ido a inspeccionar un terreno baldío, donde un muro carbonizado apenas anunciaba que ahí había estado un edificio. El procurador no se separó de ustedes un instante y los testigos a los que interrogó el ministro repitieron lo que decían los diarios: el incendio se había producido en un almacén aledaño, del que tampoco quedaban restos que pudieran dar indicios. Enfermeras y nanas habían salido despavoridas, huyendo de las llamas y salvando a una docena de los veintisiete niños que estaban ahí en el momento en que estalló el fuego. No se les podía reprochar nada. Por la magnitud del siniestro, coincidieron, habría sido imposible rescatar a los otros. Nadie en su sano juicio podría culpar a nadie, insistieron.

La guardería cumplía con las normas mínimas de seguridad e higiene, pero un accidente era imposible de prever. "¿Imposible?", preguntó Ávila una y otra vez. "Imposible", repitieron otras tantas. Por otra parte, los periodistas con quienes pretendía dialogar, habían tenido que salir a cubrir un evento en Mazatlán. En cuanto a las madres de familia, por alguna razón inexplicable habían cancelado su encuentro con el ministro. Durante la comida, el gobernador se limitó a contar anécdotas y a referir que el rostro de Malverde no correspondía al del adalid original.

"Fue un viaje inútil", bufó Ávila apenas se sentaron en el avión. "Con estos datos, no podré exigir que se responsabilice a nadie". Se sentía, refunfuñó, como uno de esos detectives de las series cómicas de televisión que salen en busca de algo que no saben qué es y, por supuesto, no lo encuentran. "No seas tonto", musitaste colocando la mano sobre su rodilla. Sorprendida de la confianza que acabas de tomarte, y como para remediar tu imprudencia, te explayaste: "El gobernador se quedó preocupado. El hecho de que un ministro de la Suprema Corte venga a hacer una inspección ocular es para quitarle el sueño a cualquier político. El gobernador tuvo que alterar su agenda para comer con nosotros y el procurador dedicó el día completo a acompañarnos. Quizás no hallamos nada concreto, cierto, pero en Sinaloa les queda claro que la Suprema Corte no sólo está integrada por sabihondos exégetas que viven en una torre de marfil. Ahora saben que, al menos uno de ellos, no va a dejar pasar ningún abuso de la autoridad. Esto fortalece la imagen de la Corte. Le otorga su dimensión como Máximo Tribunal". El apretó los labios y asintió. Sin que tú pudieras preverlo, el gesto te hizo ir más allá: "Además, la fotografía que nos tomamos junto al busto de Malverde y las latas de chilorio que nos dieron justificaron el viaje, Carlos".

Ávila no acusó recibo de la broma, o pareció no hacerlo. Lo cierto es que no volvió a abrir la boca sino hasta que su chofer se estacionó frente a tu casa. Entonces descendió del automóvil para abrirte la puerta. "¿Qué vas hacer si me enamoro de ti?", preguntó. Lo dijo con tal seriedad, que no pudiste evitar la sorpresa. "Eres muy grande para mí", protestaste con una mueca que develó tu contrariedad. "Además, tengo novio". Pero acababas de decirlo cuando te percataste del desabrimiento. Quizás el ministro sólo quería ser amable contigo. Tu reacción fue desproporcionada. Desproporcionada e infantil. Mortificada por tu torpeza, agradeciste su invitación y le diste un beso en el aire para despedirte. Ya en casa, descubriste que estabas furiosa. Ávila no merecía aquél desplante. Es tu jefe; ha sido amabilísimo contigo, ¿por qué le diste, entonces, una respuesta hostil? Repasaste las clases que habías perdido ese día para acompañar a tu jefe y te tranquilizó confirmar que no había sido nada importante. Antes de cenar con tu madre, que te mareó con una reflexión sobre el amor infinito de Dios y la misericordia con la que perdona a todos aquellos que lo ofenden, tuviste tiempo de responder las tres llamadas de Fer y las cinco de Rosario.

Al día siguiente, aprovechando que, para variar, no apareció el profesor en la Libre de Derecho, llegaste más temprano a la Corte. Cuando te disponías a sentarte en tu escritorio, tu vecina te entrega un sobre que contiene una tarjeta, escrita de puño y letra de Ávila. La abogada no puede evitar hacer un comentario ponzoñoso: "Se ve que le encantas al ministro". Tú la miras con fastidio: "Podría ser mi padre". "¿Y eso qué?", musita ella: "Ten cuidado". Te preguntas, de modo inevitable, si en verdad no te habría gustado haber tenido un padre como tu jefe. Abres el cajón de tu escritorio y colocas, frente a ti, el marco de plata con la fotografía de Fournier: "Este es mi padre", recuerdas a la abogada. Cuando la mujer da media vuelta, abres el sobre con curiosidad. El mensaje es lacónico:

> Me invitó a cenar De Angoitia. Me gustaría que me acompañaras. Quiere contarme cómo va el asunto que le planteaste. Si puedes, la cita es en Au Pied de Cochon, a las nueve de la noche.
> Carlos

A las nueve… imposible: Fer quiere verte a esa hora. No toleraría que le cancelaras. A menos, claro, que faltaras al seminario sobre Acciones Colectivas que tanto te ha interesado y le cayeras de sorpresa en su despacho para explicarle el asunto. Sí, es lo mejor que puedes hacer. Al salir de la Corte, pasas a comer a casa. Resuelves que un encuentro con un senador de la República y un ministro del Máximo Tribunal exige un atuendo diferente, así que sustituyes tu discreto traje sastre por un vestidito negro. Hace calor, por lo que te quitas las medias que en un principio pretendías llevar. Rumbo al despacho de Fer, concluyes que debes reivindicarte ante Carlos Ávila, demostrarle que eres una mujer sofisticada y no una niña imbécil como la que ayer le soltó una respuesta tan absurda ante su inocua coquetería. Si hay algo que te joroba, eso es que las personas te consideren inmadura. Y ayer actuaste como párvula.

Cuando Fer te ve entrar a su oficina, tarda en darse cuenta de que eres tú. Está abstraído, regañando a un pasante —"¿Quién va a creernos que en el tribunal cobran mil doscientos pesos por cada copia fotostática?"—, y no es sino hasta que éste sale, amoscado, que él hace caso de tu presencia. Echa una ojeada a su reloj y advierte que son, apenas, las siete y media. "Quedamos que pasaría por ti a las nueve", se queja. De pronto, comparada con la de Carlos Ávila, la oficina de Fer te parece pequeña. La otra es amplia, con sillas de cuero y piso de nogal. Por todos lados hay libros empastados. Esta, con sus sillas ergonómicas y un vidrio que pende de un tubo cromado que hace las veces de escritorio, se antoja estrecha. "No voy a poder acompañarte", explicas: "El senador De Angoitia va a contarme cómo va la investigación del caso de Lucero Reyes y me citó a las nueve". Notas que dijiste: *va a decirme* y no *va a decirnos*; *me citó* y no *nos citó*. Fer frunce el ceño: "¿De qué hora a qué hora va a rendir su informe nuestro ingente legislador?", pregunta burlón. "No sé pero…". "Hagamos algo", interrumpe él con tono magnánimo, al tiempo que escribe en una hoja del block que tiene frente a él —único objeto del escritorio además de su computadora—: "Cuando termine tu cita con De Angoitia, me alcanzas en esta dirección. Es la casa donde ofrecemos una cena en honor del magistrado Zaragoza". "Muy bien", respondes tomando la hoja: "Gracias". Ignoras por qué dijiste *gracias*, pero lo dijiste. Te acercas para darle un beso antes de salir, cuando él te detiene con una pregunta: "¿Cómo sé si vas a llegar?". Su duda te incomoda. "¿Que cómo sabes si voy a llegar…? Porque acabo de decirte que voy a llegar". Él alza los hombros. "¿Qué tanga traes puesta?". La pregunta te desconcierta. "La del moñito lila que me regalaste", respondes de todos modos. "¿Por qué?". Fer extiende la mano. "Déjamela en prenda", dice. "Te la devuelvo cuando me alcances". Tu corazón late rápido. Aquella es una insolencia. No hay tiempo, ni estás de ánimo para jugar. "Creo que hoy no es buena idea", te rebelas. Pero Fer mantiene su mano extendida y se pone a mirar la pantalla de su computadora. No podrás negarte. Tampoco discutir. Casi por instinto, volteas a ver si no hay nadie detrás de ti; si la puerta está cerrada. Levantas una pierna, la otra y, en dos movimientos, le entregas lo que pide. "Te espero", masculla Fer sin mirarte. "Y te aconsejo que te sientes con recato cuando estés frente a De Angoitia... Dicen que batea del otro lado, pero uno nunca sabe".

Mientras desciendes por el elevador del edificio, entras a tu automóvil y conduces hasta el Pied de Cochon, te preguntas por qué Fer te trata de ese modo. ¿Porque así han estado de acuerdo los dos en llevar la relación? ¿Porque ambos disfrutan ese juego? Hoy, sin embargo, hubo algo que te incomodó y te humilló. Pero cuando llegas al restaurante y la recepcionista te conduce hasta la mesa donde aguarda Carlos Ávila, descubres que estás excitada. Terriblemente excitada. Le das la mano al ministro y le pides un minuto para pasar al baño. No puedes sentarte a la mesa como estás. Regresas más serena, más limpia, pero en lugar de intentar una plática cordial, lo único que se te ocurre es preguntar con altanería dónde está el senador. "Debe estar por llegar", responde él sin traza de haberte tendido una trampa, como lo sospechas de repente. De hecho, hay otro servicio en la mesa.

Transcurre un minuto en el que puede advertirse la tensión, pero Ávila pone frente a ti tres libros y, con ello, la rompe. "El otro día me preguntaste si un juez podía ser objetivo a la hora de emitir un fallo, ¿te acuerdas?". "Claro", respondes, con la intención de dar inicio al ejercicio de reivindicación. "Te contesté que eso era imposible. Todos los jueces, a la hora de resolver, echamos mano de los artículos y la jurisprudencia que, de algún modo, refuerzan nuestras convicciones o nos llevan a la sentencia que queremos emitir". "¿Todos?", alzas la ceja. "Algunos lo sabemos, como Vanesa Erazo, Yolanda Contreras o yo. Otros lo ignoran, como Juan Arriola, que se siente profeta de la *verdad constitucional*, siempre por encima de juzgadores y leyes". "¿Mi tío?", preguntas advirtiendo que eres capaz de restaurar el tono cordial del diálogo que, imprudentemente, habías interrumpido. Ávila te clava una mirada dubitativa: "¿Puedo confiar en ti?", pregunta cauteloso. "¡Claro!", exclamas. "¿Tu tío?", Ávila hace la pregunta para sí mismo. Pero tú la respondes audaz: "Sí", insistes: "¿él sabe dónde está parado?". Ávila muerde su labio inferior y entonces te brinda la más grande muestra de confianza que te ha dado hasta el momento: "Tu tío está donde está para defender los intereses de quienes lo pusieron ahí". No te ha dicho nada que tú no imaginaras, pero te duele escucharlo. Para evitar comentarios adicionales, tu jefe anuncia que te trajo de regalo esos tres libros, seguro de que te podrían interesar: *How Judges Think*, de Richard Possner, *Izquierda y derecho,* de Duncan Kennedy, y uno titulado *Jerome Frank*. "Cuando los leas, podemos comentarlos, si quieres".

Te dispones a informarle que vas a tardar un poco, puesto que has descuidado la escuela y necesitas ponerte al corriente, cuando aparece el senador De Angoitia. No sabes por qué pero, en ese momento, hubieras preferido que no llegara; que se hubiera disculpado y los hubiera dejado solos a ustedes dos. Te habría gustado que tu jefe pidiera una botella de vino y que se la hubieran tomado juntos. Una o dos. Pero el senador ya está ahí, envarado, con su traje mandado hacer a la medida en Saville Row. Ávila se incorpora para darle un abrazo y, aunque la etiqueta no te obliga a hacerlo, te levantas también. Es un hombre seguro de sí mismo, nimbado por un aura indescifrable que te impone. O quizás, más que imponerte, te llama la atención que, a diferencia de la mayoría de los hombres que conoces, a él le tiene sin cuidado tu belleza. Su efigie cabelluda es una reminiscencia de la de Thomas Jefferson, determinas. "El operativo para detener al asesino de Lucero está listo", anuncia: "mañana lo aprehenden a primera hora".

21

Todo ocurrió hace un mes. Hace un mes que los pinches remordimientos no me dejan en paz. Hace un mes que vivo de la chingada y no puedo dejar de pensar en Jessica y en lo que esa jija de su rechingada madre me obligó a hacer… hace un mes. Pero ¿remordimientos?, ¿remordimientos de qué? Castigué a quien tenía que castigar. Hice justicia. Soy libre. Pero ¿por qué entonces se me vienen encima los recuerdos? Un cliente tras otro. Todo iba bien, hasta que entré al Periférico. Con esto de las obras del segundo piso se ha improvisado un camellón donde están estacionadas un chingo de grúas, bulldózers, excavadoras, perforadoras y palas mecánicas. Hay bloques de cemento y redes de plástico, castillos de alambre y bloques de concreto. De algunas columnas de cemento brotan varillas de acero, como si fueran helechos. Por todos lados hay máquinas extrañas, que quién sabe para qué chingados sirvan. Mientras avanzo a vuelta de rueda, veo carros con plumas larguísimas, que parecen dinosaurios de fierro, y otros con cuatro lámparas, poca madre. Como para explorar la luna. Por fin salgo a Revolución. El tráfico sigue de la chingada. A la altura de Barranca del Muerto me doy cuenta de lo que pasó: un tráiler se descompuso. Yo no sé cómo estos cabrones del gobierno dejan que circulen los tráilers por las calles céntricas y no sé cómo el pendejo del conductor no revisó la máquina antes de salir. Un pasajero me contó, un día, que eso no pasa en Alemania ni en Japón. Ahí hay libramientos, carreteras especiales para los vehículos de carga. Pero eso a los del gobierno les vale madres. Yo no sé si los comercios les pagan las campañas políticas o qué, pero todo mundo se hace de la vista gorda para que estos cabrones se apoderen de la calle. Como si fuera de ellos. Lo pienso y, como si el diablo siguiera mis pensamientos, de pronto ya traigo una pipa de gas de un lado y un camión de redilas del otro. Atrás, una pinche revolvedora. Nomás que me haga tantito a la izquierda o tantito a la derecha, nomás que disminuya un poco la velocidad o que el de la revolvedora meta el acelerador, me hacen mierda. Logro escabullirme y me hace la parada un tipo encorvado. Me pide que lo lleve a Altavista. Doy vuelta en U. Voy de regreso. Qué tráfico de hueva. Pinche hueva de la chingada. El lisiado se baja y me paga con puras monedas de a peso. Hijo de su putísima madre. Qué voy a hacer con tanto cambio. Doy vuelta en Altavista. Salgo de nuevo al Periférico. Entonces, me doy cuenta de que ya no traigo atrás una revolvedora sino un carro donde vienen unos tipos que parecen guarros. Mi corazón late con una pinche furia que me hace sudar. El carro jala para otro lado, pero yo me quedo temblando. Es como si el destino quisiera hablarme, recordarme algo. Así fue hace un mes, cuando me agarraron. ¿Hace un mes? Qué rápido pasa el tiempo. Pero, sí, fue hace un mes cuando noté que un carro me seguía. Un carro lleno de guarros que aceleraba cuando yo aceleraba. Pensé en meterme por una callecita de la colonia Doctores y, cuando ya estaba listo para hacerlo, se me cerró otro carro gris y dos tipos se bajaron. Eran tiras. Acordarme de aquello me provoca ganas de guacarear. Había llegado a pensar que, si esto pasara algún día, podría aventarle la máquina a los que me cerraran el paso y, aunque me llevara a uno, me podría pelar. Pero la cosa no salió. Comencé a tocar el claxon, pero de atrás se bajaron otros dos. Venían por mí. Ahora sí me llevó la chingada, pensé. Eran cuatro. Cuatro, más los que manejaban. Seis. Ya no me pelé. Busqué el desarmador que traía bajo el asiento, pero cuando uno de los tiras golpeó el vidrio me di cuenta de que no había nada que hacer. Mejor lo escondí. Puse los seguros. Los cuatro traían pistolas y se encargaron de que me diera cuenta. Estuvo de la chingada. Policía Federal, anunció el que golpeó el vidrio. ¿Qué traen?, pregunté. El tira volvió a golpear el vidrio mientras, a un lado, otro forcejeó con la puerta. Antes de que pudiera hacer nada, sentí el cristalazo. Los pedazos de vidrio cayeron a mi derecha y el jijo de su puta madre ya estaba a mi lado, jaloneándome. Ni siquiera me di cuenta del momento en que ya estaba en el asiento trasero de una patrulla, donde los tiras me aventaron. Órale, dije, pinches cabrones, ¿qué se traen? Se me sentó uno a cada lado. ¿No sabes qué nos traemos?, preguntó el que golpeó la ventana: te venimos a arrestar por haber asesinado a Lucero Reyes. ¿Lucero Reyes? No la conozco, dije. Déjenme estacionar el taxi, sacar mis papeles. Se rieron y la patrulla arrancó echa la mocha. El taxi se quedó abandonado. Les pregunté adónde me llevaban. Me están confundiendo, dije, yo no tengo idea de quién es Lucero Reyes. Entonces me enconché. No sé para qué chingados lo hice, pero lo hice. Uno de los tiras me enderezó y me dio un codazo que todavía me duele. Y ni cómo defenderme. Vuelves a hacerlo y vas a saber lo que es bueno, cabrón. Me quedé callado, quieto, respirando fuerte para ver si así disminuía el dolor de mis costillas. Quiero un abogado, dije. Tengo derecho a un abogado. No mames, me cagoteó el que me dio el madrazo: los asesinos de niñas no tienen derecho a abogados ni a ninguna chingadera. Por las partes altas de los anuncios y uno que otro edificio, noté que la patrulla salió por Doctor Vértiz, rumbo a Reforma. Volví a hacer un intento por resistirme, pero esta vez recibí un puñetazo entre las piernas. ¿No entiendes, cabrón? Nosotros no somos una niña indefensa como a la que le torciste el cuello y fuiste a aventar a la Alameda de Santa María. Vuelve a portarte mal y te arrancamos los huevos, hijo de la chingada. No me di cuenta a dónde habíamos llegado. De pronto, ya estaba en una casa como esas que aparecen en las películas y, todo adolorido, me obligaron a caminar hasta un cuarto donde me dejaron cinco, seis horas. Nunca supe. Era un cuarto cerrado por todas partes, pero en el techo había agujeros. Por eso supe que me espiaban. Debía haber cámaras. Cuando ya no aguantaba el hambre, llegó un tipo pelirrojo. ¿Por qué la mataste, granuja? Quiero un abogado, respondí. No estás en condiciones de exigir nada. ¿Por qué mataste a Lucero?, repitió. Pensé lo que iba a decir. Si me detuvieron era porque sabían algo. O porque sabían todo. Pero ¿cómo podían saberlo? Yo no conozco a ninguna Lucero, insistí. Nada más recordar aquello se me hace un pinche hoyo en el estómago. Qué bueno que todo acabó pronto. Entonces creí que iban a matarme. Pero ¿qué les decía? Podemos hacerlo por la buena o por la mala, dijo el tipo pelirrojo. Esto puede ser rápido o lento y doloroso. Tú decides, granuja. Yo estaba temblando. No sabía si aquello era real o se trataba de una pinche pesadilla. Pero, bueno, un día tenía que pasar. Nunca me habían fichado. Pero estos tiras sabían cosas. Si digo la verdad, voy a ahorrarme una chinga, pensé. Sea lo que sea, había que acabar con eso. Cuando pienso que ya todo pasó, que soy libre y que se ha hecho justicia, que sólo fui una víctima más de este sistema corrupto, como dice el dueño del taxi, siento como si mi sangre circulara más rápido. A toda madre. Una motocicleta se me cierra. ¡Culero!, le grito al pinche repartidor de pizzas. Luego me calmo. Soy libre, pienso, ¿para qué hago corajes con un lamehuevos que reparte pizzas? Entonces vuelvo a recordar al cabrón pelirrojo que me interrogó hace un mes: ¿por qué la mataste, granuja?

22

El asesinato del hombre de la Santa Muerte confirmó las sospechas de Eric: nada era ahí lo que parecía. Hasta el médico, su jefe en la enfermería, como si estuviera al tanto de todo —como si él mismo fuera parte de todo—, le advirtió que se fuera con cuidado: El Hocicón estaba enterado de que Eric se había coludido con el grupo que quería matarlo. Para empeorar el escenario, dentro de ese grupo se rumoreaba que el enfermero había aceptado un encargo y que, lejos de cumplirlo, se había embolsado el dinero de sus socios. Eric no sabía ni quién era El Hocicón ni cuál grupo estaba peleado con cuál. Preguntó a quién debía devolver el dinero, pero el médico confesó que, de eso, él no tenía idea. Además, quizás ya era tarde, añadió, rehusándose a abundar en el asunto.

Eric pensó que, deshaciéndose del dinero, enviaría el mensaje de que él tenía las manos limpias. Pero ¿cómo se iba a deshacer de él?, ¿echando el fajo a un basurero? ¿Quién iba a recibir el mensaje en aquel pequeño mundo, donde todos vestían de gris, azul o caqui, y donde rabia y frustración permeaban todos los rostros? Uno de los cientos de orates que tocaban guitarras invisibles, aserraban troncos que sólo existían en su imaginación o discutían con sus víctimas muertas acabaría por hallar el dinero. Éste comenzaría a circular de nuevo en aquella peculiar economía donde lo que afuera costaba diez pesos, ahí costaba cien. Algo había entendido Eric cuando uno de sus compañeros le explicó el negocio que representaban las tarjetas telefónicas para los custodios, pero no sabía mucho más. En todo caso, no se separaba un momento del fajo de billetes.

La idea de traerlo siempre consigo, dormir con él y hasta colocarlo en una bolsa de plástico para tenerlo a la vista mientras se duchaba, llegó a formar parte de su existencia. En dos ocasiones advirtió que alguien había hurgado entre sus pertenencias en la celda, lo cual comenzó a enajenarlo. Cuando, por fin, pudo entrevistarse con el director para solicitar que se le confinara en una celda de protección, éste le explicó que no bastaba una corazonada para cambiar a los reclusos de zona: era precisa una amenaza concreta. Eric hizo hincapié en el individuo de la Santa Muerte que había sido asesinado, pero el director lo desestimó con su propio argumento: "Si el sujeto está muerto, ¿qué te preocupa?". Entonces Eric estuvo a punto de entregarle a él los quince mil pesos —ahora sabía que eran quince mil pesos—, pero temió que el director pudiera considerarlo cómplice de alguna fechoría y lo relacionara con uno de aquellos grupos que él no alcanzaba a identificar.

"En lugar de evadirte", le recomendó el director, "procura hallarle sentido a tu estancia en el reclusorio. Ayuda a tus compañeros. Eso hará tu alojamiento llevadero. No puedo darme el lujo de prescindir de un enfermero como tú". Eric salió de la oficina del director con aquellas palabras retumbándole. De regreso a la enfermería, al observar que los internos se desplazaban de un lado al otro, sin rumbo, sin sentido, coincidió con el director: era responsabilidad de cada uno de ellos inventarse una razón para seguir vivo. Y la suya mal que le pesara, no podía ser ir a refugiarse en el área de protección, sino contribuir a que la vida de los otros fuera más llevadera.

El director, sin embargo —aun teniendo razón—, no sabía nada de los motivos y miedos de Eric. No podía entender el sentir de los reclusos, por más que hubiera pasado su vida pastoreándolos. Incluso si, como se decía, él mismo había estado tras las rejas alguna vez, por haberse visto involucrado en la fuga de unos reos de la ignota prisión de la que había sido alcaide hacía años. No se le había podido probar nada, pero era vox pópuli que, en algún momento de su carrera, luego de que un centenar de reos se amotinaron debido a la mala calidad de los alimentos, había recibido un soborno para que una cuarta parte de los presos escapara. Pero ni siquiera esa experiencia era suficiente para que adivinara la permanente angustia de Eric y la idea que había empezado a incubar en la cabeza del enfermero.

Cuando, en un principio, se le condenó a cuarenta años por haber asesinado a su madre, Eric sentía que merecía el castigo; que los años que pasara recluido lo redimirían de algún modo, así hubiera tenido un motivo noble. Nunca se le ocurrió lamentar la sentencia ni considerar que aquella era una arbitrariedad. Pero, ahora, condenado por un delito que no había cometido, su estancia en el reclusorio le parecía indebida. Le indignaba que, a la menor provocación, sus compañeros le preguntaran qué se sentía quebrarle la cerviz a una niña, o que quisieran saber por qué había perdido la oportunidad de violarla, una vez que había resuelto privarla de la vida. "Esa fue una pendejada", llegó a decirle un sujeto con una cicatriz que le tapizaba un párpado: "Si ibas a echártela ¿por qué no te la cogiste primero?".

Contra lo que pensó en un principio, le parecía insufrible darse cuenta de que muchos estaban en aquel sitio por no haber podido pagar los honorarios de un abogado habilidoso. Aprendió que se podía salir bajo fianza si se robaba un dineral de manera discreta, pero no si se obtenían veinte pesos por medio de la violencia. Era comprensible, pero ¿era justo? De hecho, la mayoría de sus compañeros estaban ahí porque los habían detenido con las manos en la masa. Si hubieran logrado escabullirse después de cometer el delito, quizás ahora estarían disfrutando el botín.

Como el licenciado Godínez se lo machacaba en cada conversación, era obvio que el hilo se reventaba por lo más delgado. El caso de Godínez era el vivo ejemplo de aquella perogrullada. Sirvió con lealtad perruna a un grupo de jueces que se enriquecieron concediendo amparos a an-

tros y a cabarets de mala muerte, pero en cuanto
fue señalado por el gobernador de Aguascalientes
y la Unidad de Inteligencia Financiera lo denunció ante la Procuraduría de la República, todos
aquellos jueces que lo promovían le voltearon la
espalda. Un día recibió la visita de un antiguo colega en el tribunal, quien le hizo ver que cualquiera que hubiera intervenido a su favor se
habría convertido en sospechoso para la Procuraduría. El sentido común recomendaba guardar la mayor distancia posible de Godínez. Era
natural. Él tenía que entenderlo. Lo que le pareció un exceso fue cuando se enteró, a través
de un noticiero de televisión, que arremetía
contra él uno de aquellos jueces que firmaba los
amparos que él redactaba y recibía sus cheques
con regularidad. El Poder Judicial Federal,
afirmó el juzgador en aquella entrevista, es impecable. Casos como el del secretario Godínez,
puntualizó, eran lamentables excepciones que
confirmaban la regla. El aludido se retorció en
su catre al escucharlo. Tanto, que su compañero
de celda, un defraudador de alcurnia, quiso saber si aquello era un modo de protestar o un
calambre. Las declaraciones del juez resultaron
superiores a las fuerzas de Godínez, quien escribió una carta a la Procuraduría, dando pelos y
señales del modo en que operaban aquellos
malandrines: tienen esposas, hermanos o secre-
tarias que reciben las dádivas en su nombre, explicó airado; compran automóviles y bienes
inmuebles que algunos litigantes, para inclinar
la balanza a su favor, les venden a la centésima

parte de su precio real. Como respuesta a aquella carta, su colega del tribunal volvió a presentarse en el reclusorio para pedirle sensatez. Ya habían trasladado a tres de aquellos jueces a algunos sitios remotos para paliar el escándalo, ¿qué más quería? Mucha gente se estaba moviendo para sacarlo de ahí, pero él tenía que ser prudente. Como Godínez lo sabía mejor que nadie, en el Consejo de la Judicatura les aterraba el alboroto —"la ropa sucia se lava en casa", era su lema— y el reo había contribuido muy poco a resolver su penosa situación con aquella carta. Si el ejercicio se repetía, Godínez pasaría el resto de su vida en el reclusorio. Como señal de buena voluntad, el improvisado embajador le llevó de regalo un ejemplar de la novela *Un día en la vida de Iván Denisovich*, el cual acabó en manos de Eric.

Pero los miedos y reflexiones del enfermero se entrecruzaron produciéndole una conmoción el día que el médico del reclusorio le mostró la sección policíaca de un periódico: "Detienen al verdadero culpable del asesinato de la niña de Santa María". Eric soltó las gasas que estaba almacenando y, transido por la emoción, leyó la noticia sobre el taxista, sus declaraciones y las pruebas contundentes que lo señalaban. La leyó ocho veces, para asegurarse de entender bien el asunto, y para convencerse de que aquella no era ni una broma ni una pesadilla. Aquello significaba que todo mundo conocería su inocencia —sus compañeros, los custodios, el médico, los jueces y hasta Aarón Jasso— y que, pronto, se le dejaría en libertad. La pregunta era si podía o no decirlo, gritarlo, proclamarlo a voz de cuello. Habría que buscar al subprocurador Jasso para saber qué pensaba de la noticia y cómo iba a repercutir en su vida; cómo se iba a disponer su liberación. Porque —así lo suponía Eric— el pacto con Jasso carecía de valor una vez que el auténtico homicida había sido descubierto y aprehendido, ¿o no? En su lógica, su liberación resultaba inminente, pero ¿quién la iba a autorizar? Eric pensó en aquella mujer que había ido a visitarlo para decirle que la ONG a la que pertenecía estaba interesada en apoyarlo… ¿Cómo había podido dejarla marchar entonces? ¿Cómo contactarla ahora?

Asediada por Eric, la secretaria del director acabó revelándole que aquella "sobrina" que lo visitó había gestionado la cita a través de la oficina de Relaciones Públicas de la Suprema Corte de Justicia de la Nación. Ella no sabía más. Probablemente, aventuró, se trataba de una de aquellas visitadoras encubiertas que, de cuando en cuando, enviaban el Poder Judicial o la Comisión de los Derechos Humanos del Distrito Federal y, por ello, el director no había puesto reparo. El director, al que Eric abordó inoportunamente durante la visita que hizo al reclusorio un grupo de universitarios, tampoco tenía idea de aquello. Le rogó al enfermero que eligiera otro momento para solicitar la información. Aun así, con periódico en mano, el enfermero le participó su publicitada inocencia —de la cual nadie parecía enterado en el reclusorio—

pero obtuvo otra respuesta similar del director: ese no era el momento de hablar de aquello. Además, el tema de las liberaciones anticipadas no le concernía a él. Acto seguido, el funcionario dio media vuelta y se concentró en las explicaciones que daba a los visitantes sobre aquel centro, "donde cientos de hombres tenían la oportunidad de reinsertarse en su comunidad".

Donde Eric obtuvo mejores resultados fue en la entrevista que consiguió con el defensor de oficio. A éste se le iluminó el rostro en cuanto leyó la noticia. Quizás iba a obtener su primer éxito profesional. Por supuesto que se podría "hacer algo". Por supuesto que se iba a hacer algo, prometió. No, no; el subprocurador Jasso no tenía por qué ser consultado. Ni siquiera se le tenía que notificar. Una vez detenido el auténtico asesino, una vez comprobada la inocencia de Eric, el trámite no pasaba por la Procuraduría. Lo que procedía, musitó el defensor de oficio hojeando su código de procedimientos penales, era el indulto. Lo que no sabía bien a bien, pero lo estudiaría, era si éste se tramitaba ante el gobierno del Distrito Federal, en la Secretaría de Gobernación o la Consejería Jurídica del Ejecutivo Federal.

Pero la confianza de Eric en el defensor no fue suficiente para evitar que. Una madrugada, fueran a sacarlo de su celda. Uno de sus compañeros tenía apendicitis y urgía dar la orden para trasladarlo a un hospital donde pudieran intervenirlo en las instalaciones adecuadas. Con los ojos lagañosos y frotándose el rostro para espabilarse, Eric llegó al consultorio, donde el médico, con gesto afligido, palpaba el abdomen de uno de los internos. Éste, que no llegaba a los veinte años, tenía una sonrisa bobalicona que hacía ver más grandes sus labios, ya de por sí hinchados, y dejaba entrever unos incisivos despedazados. "¿Tú eres Eric?", preguntó, "Dios te bendiga". El médico extendió un documento al enfermero, donde ambos declaraban que, ante la emergencia, el recluso debía salir, de inmediato, bajo estricta vigilancia. Eric firmó, sin entender por qué no bastaba la responsiva de su jefe.

Dos días después, los custodios hicieron circular algunos ejemplares del periódico donde se anunciaba que El Hocicón había aparecido colgado de un puente, a la entrada de Cuernavaca, "luego de haberse fugado del Reclusorio Norte". Sobre su espalda habían escrito, con picahielo, el nombre del joven al que, se suponía, había secuestrado y mutilado. A diferencia de la noticia sobre el verdadero asesino de Lucero Reyes —que no interesó a nadie dentro del reclusorio—, la ejecución de El Hocicón se convirtió en el tema de todos los reclusos. En cuanto Eric comprendió quién era aquel muchacho de los dientes despedazados, reunió todo el aplomo del que fue capaz para presentarse en la oficina del director. Lo único que tenía en la cabeza era su próxima liberación. No iba permitir que aquella firma imprudente lo dejara más tiempo tras las rejas. En esta ocasión, el director lo recibió de inmediato. Eric se limitó a acusar al médico de estar coludido: era el médico el que lo había ido a sacar de su celda para obligarlo a firmar una responsiva, cuando él ni siquiera conocía a El Hocicón, ni le constaba que tuviera apendicitis. Era al médico al que había que interrogar y, eventualmente, al que había que sancionar, acusó.

El director lo escuchó comedido y le hizo saber que no tenía de qué preocuparse. La participación del médico estaba comprobada. Desde el día anterior se le había detenido. De cualquier modo, sería necesaria la declaración de Eric. Él lo buscaría esa misma tarde, o al día siguiente, para acompañarlo a rendir su testimonio. ¿Esto va a ayudar a que mi asunto se agilice?, preguntó. El director asintió, repitiendo que lo buscaría esa misma tarde a través de "la estafeta", que era como se conocía a los mensajeros dentro del reclusorio. Como esperaba el llamado, a Eric no le extrañó que "la estafeta" se presentara al consultorio, donde la ausencia del médico se hizo sentir de inmediato, para decirle que al director le urgía verlo en los juzgados. El enfermero se lavó las manos y siguió al mensajero. Antes de llegar al largo corredor que separaba el reclusorio del juzgado, sin embargo, tres hombres lo interceptaron. Así que al fin conocemos al enfermero violador, le saludó el más alto de los tres. Eric iba a protestar, a repetir que él no era ningún violador, cuando sintió la mano del agresor apretándole el cuello. Pudo ver, en su bíceps, un tatuaje de la Santa Muerte. ¿Dónde tienes el dinero, hijo de puta? Aunque la falta de aire le impedía advertir qué era lo que ocurría, sintió cómo otras manos palpaban sus bolsillos y escuchó que otro de los asaltantes sacaba de su bolsillo los quince mil pesos. Aquí están, anunció a los otros.

Lo que ocurrió después le pasó a Eric casi desapercibido. Tuvo conciencia del puñetazo sobre el abdomen y también de los que cayeron sobre la mandíbula y su ojo derecho. Este último, adivinó, le había cortado la cara. Por alguna parte empezó a manar la sangre... Los demás ya no logró contabilizarlos. Encogido en el suelo, hecho un ovillo para evitar las patadas sobre cara y genitales, apenas advirtió que le bajaban los pantalones. También tuvo la vaga sensación de que mientras unos brazos lo colocaban, semiinconsciente, sobre una superficie elevada, otros le abrían las piernas. ¿Van a violarme?, se preguntó más preocupado por los golpes que llovían por doquier que por la posible violación. Pero más que el impacto de los puños y los jaloneos, de repente tuvo la clara sensación de la desgarradura y el empujón que le perforó el ano. Sí, decidió: van a violarme... me están violando. Le sorprendió su propia capacidad para ignorar, por un momento, porrazos y tumefacciones, para concentrarse en la forma en que sus agresores entraban y salían con brutalidad.

23

Casi no cruzas palabra con el ministro durante el vuelo. Primero, porque llegaste tardísimo al aeropuerto y estuviste a punto de perder el avión rumbo a Ciudad Juárez. Tu jefe te recibió con una mirada de reproche. Luego, porque te mostró la sección del periódico que había terminado de leer y tú te abalanzaste sobre ella, estupefacta: el enfermero al que se le había imputado el homicidio de Lucero Reyes, el pobre diablo al que tú habías ido a visitar al Reclusorio Norte, había resultado ser cabecilla de una banda de secuestradores y había sido golpeado por los integrantes de la banda rival. A resultas de ello, sus agresores fueron estrangulados por órdenes suyas. Según la nota, el sujeto era de alta peligrosidad. Entre otras ejecuciones, era responsable de la de El Hocicón, a quien Eric logró sacar del reclusorio sólo para que lo ultimaran. En cualquier caso, la fiscalía de homicidios de la Procuraduría capitalina ya lo había consignado y el enfermero había sido trasladado al Reclusorio Oriente, donde purgaría sus nuevas fechorías. En una entrevista que figuraba al lado, el procurador Federico Ballesteros celebra la nueva condena del enfermero. "No tengo la menor duda de que este depravado fue quien privó de la vida a Lucero Reyes, a pesar de las declaraciones que hizo ayer el coronel Zamudio". Cuando quisiste comentar aquello con Ávila, éste se había enfrascado en la revisión del discurso que se disponía a leer ante los jueces y magistrados que le aguardaban en Ciudad Juárez. Era, por lo que te había dicho, una reflexión sobre las reformas que debían emprenderse para que algunas fracciones de ciertos artículos de la Ley de Amparo se ajustaran al texto constitucional y para limitar las causales de improcedencia en el juicio de amparo. Ávila estaba embebido en su tarea. Dilató, al menos, media hora.

Apenas guarda las cuartillas en la carpeta con la que siempre viajaba, se encienden los focos que advierten turbulencia y el ministro endereza su asiento, toma aire y cierra los ojos… Terminada la turbulencia, expresas tu indignación: "Ballesteros es un cretino", bufas. "¿Por qué hace esto?". "No le queda otra", replica él, impasible: "Desdecirse lo haría parecer un fabricante de delincuentes. Esa riña del reclusorio fue lo mejor que le pudo ocurrir". Tú te revuelves en el asiento. "No vamos a dejar que se salga con la suya ¿verdad?". Hasta ese momento adviertes en su expresión juguetona, que te ha perdonado por llegar tarde: "Esa es tarea tuya, Emilia". "En cuanto volvamos a la Ciudad de México voy a llamar a Zamudio y a conversar con Rosario", anuncias. "Voy a necesitar tu apoyo". "Lo has tenido en todo momento", replica él, adoptando un tono de gravedad que tú sabes impostado. "Sí, pero ahora te voy a necesitar más que nunca". Dejas pasar unos segundos y regresas con un tema nuevo: "¿Crees que podamos hallarle un trabajo a la madre de Rosario ahora que todo concluya? Lo va a necesitar". "Le hallaré un trabajo a esa mujer", responde él, advirtiendo que es lo que tú esperabas oír. "Te lo prometo". Pero, entonces, te asalta un temor: "¿Crees que Ballesteros haya planeado este sainete?". Esperas un *no* terminante, contundente, pero en esta ocasión tu jefe te desilusiona. "No tengo idea de cómo se manejen en esos ámbitos", dice encogiendo los hombros. "Ballesteros tiene fama de hombre decente, pero está rodeado de colaboradores de la peor calaña". Su respuesta te frustra. Te agrada su empeño en que las leyes cuadren con la Constitución y en que sean más accesibles para los ciudadanos, pero te disgusta que le tenga sin cuidado la forma en que se aplica la justicia día a día. Quieres reprochárselo, pero no te atreves. Quizás no sea el momento. Pero lo harás. Claro que lo harás en la primera oportunidad. Ahora, por lo pronto, es él quien cambia el tema:

"¿Leíste la nota sobre los niños a los que acribillaron ayer en Ciudad Juárez en el centro donde, se supone, se estaban rehabilitando?", pregunta al tiempo que toma el periódico que tú habías guardado en la bolsa del asiento. "No", confiesas. "Léela", pide. "Quiero que visitemos ese centro al llegar". Dos horas y media después de haber salido de la Ciudad de México, el avión aterriza en Juárez. En la sala de espera están tres hombres trajeados que, apenas ven al ministro aparecer, se adelantan comedidos. Uno de ellos, un magistrado conocido de Ávila, presenta a los otros dos: el presidente del Tribunal Superior de Justicia de Chihuahua y un magistrado federal del estado. Los tres comienzan a deshacerse en zalamerías. Qué bueno que los visite el señor ministro; qué bueno que pueda corroborar que todo está en orden en ese estado; qué bueno que tú lo hayas acompañado...

En cuanto abordan una camioneta del Tribunal Superior de Justicia, el presidente ordena que los conduzcan al hotel, donde los jueces locales y federales ofrecen un desayuno en honor de tu jefe. Entonces, Ávila solicita que se desvíen un momento hacia el centro de rehabilitación donde acribillaron a los adictos. Quiere conocer el lugar de los hechos, tener más elementos para entender lo que está ocurriendo en México. Los anfitriones se voltean a ver entre sí. Uno de los magistrados explica que el centro está a más de media hora de ahí. Un desvío alteraría el programa. El otro subraya que la conferencia en la Universidad Autónoma de Juárez viene inmediatamente después del desayuno. Acto seguido, se tiene previsto recorrer los tribunales federales. Lo que pueden hacer es enseñarles el Parque del Chamizal, aquel territorio que el presidente John F. Kennedy "devolvió" a México, pero Ávila insiste en su petición, lo que provoca una retahíla de explicaciones. Se complicaría todo el programa, sin olvidar la comida con la gobernadora de Chihuahua. Además, significaría un embrollo acceder al centro, dado que la policía lo ha aislado para iniciar la investigación. El presidente del Tribunal va más allá: ¿qué ocurría si, por cualquier motivo, ese asunto llegara al Máximo Tribunal? Ávila tendría que excusarse, pues no faltaría quien adujera algún interés tan sólo por haber visitado el lugar de los hechos. El argumento apenas convence al ministro, pero entiende que debe renunciar a su propósito.

En cuanto entran a la zona urbana, por uno y otro lado empiezan a aparecer vehículos atestados de soldados que patrullan la ciudad. Los tripulantes los miraban con recelo. Tú tienes la sensación de que, en varios casos, llevaban puesto el dedo en el gatillo de sus armas, como si en cualquier momento tuvieran que verse obligados a echar mano de ellas. La polvareda que se levanta a su paso les confiere un aspecto siniestro. Te alegra dejarlos atrás y descubrir las estatuas de diversos próceres. Intentas leer sus nombres, pero las letras en los plintos parecen borradas. El único que alcanzas a ver dice Coca Cola. Supones que el jinete en su caballo —o la restauración de dicha estatua— ha sido cortesía de la refresquera. Te cuesta trabajo creer que el desierto que rodea aquella ciudad de polvo y viento sea el escenario de tantos homicidios, del clamor para que la ONU envíe cascos azules y de un reciente dictamen de la Corte Interamericana de Derechos Humanos.

"También podríamos ver el río Bravo", sugiere de repente el primer magistrado, como para compensar el hecho de no haber accedido a ir al centro de rehabilitación. "¿Lo conoce usted, señor ministro?". Sin esperar la respuesta, la camioneta cruza la plaza principal, desde donde la estatua de Benito Juárez simula contemplar el antiguo Paso del Norte. Mirándolo ahí, en una columna rodeada de cañones y laureles, es curioso imaginarlo gobernando al convulso México de sus tiempos. La camioneta llega frente al río y se detiene.

Bueno, decir *río* resulta pretencioso. Lo que tienen ante sí es un embalse. Un embalse vacío. Bajan del vehículo y avanzan unos pasos, por un camino terroso. Del lado de Estados Unidos, a través de un gigantesco enrejado, una camioneta de la Border Patrol avanza hasta colocarse frente a ustedes, como si el conductor temiera que se les pudiera ocurrir deslizarse por el embalse, trepar por el enrejado y dejarse caer del lado norteamericano. Unos meses antes, a otra altura de la línea fronteriza, un agente de la Patrol había disparado contra un niño que le lanzó piedras. Lo mató. Aun detrás de la reja te sientes vulnerable.

El viento arrecia. Para evitar que la arena vaya a metérseles a los ojos, más de una vez tienen que cerrarlos. En cuanto puedes, divisas los edificios de Brownsville y te animas a hacer a tus anfitriones la pregunta obligada: "¿Por qué ellos han crecido tanto y nosotros no?". Recibes la respuesta obligada: "Nuestro vecino nos robó las mejores tierras. Sólo nos dejó el desierto", responde un magistrado. "El más desolado e infértil desierto", añade el presidente del

Tribunal. Pero divisando aquellos edificios, aquellas estructuras que se perfilan del otro lado, tienes la sensación de que aquella respuesta es excesivamente simple. "Por cierto" —dice el ministro de pronto—, "¿dónde está el agua del río? ¿Por dónde pasan nadando nuestros compatriotas a Estados Unidos?". Uno de los magistrados refiere que sólo en épocas lluviosas puede verse lleno el embalse. La región donde algunas personas se exponen a ahogarse está más allá, pasando las maquiladoras que, en otra época, habían dado su razón de ser a Ciudad Juárez y que ahora explican su debacle. "Sí", coincide el presidente del Tribunal: "por las maquiladoras fue que los niños crecieron lejos de sus madres, protagonizando una desintegración familiar que ahora se refleja en el consumo de drogas y la formación de pandillas al servicio de los narcotraficantes". Ante la violencia y el clima delictivo, muchas familias han abandonado la ciudad. Antes de que tú puedas continuar la conversación, el otro magistrado anuncia que ya no queda tiempo: el desayuno está por empezar.

Organizado en un salón del hotel más grande de la ciudad, el evento reúne a unas cien personas, entre jueces, magistrados y personal de juzgados y tribunales. En cuanto aparece el ministro, la concurrencia aplaude. Te gusta estar ahí, conociendo de primera mano aquel mundo. Para expresarlo, intercambias una sonrisa con Ávila. En cuanto toman asiento, el presidente del Tribunal Superior hace uso de la palabra. Evoca aquellos tiempos en que la visita de un ministro era temida. Ahora, aclara, se aguarda con regocijo. A tu lado, uno de los magistrados federales te confía en voz baja que a los que ahora se recibe con terror es a los consejeros de la Judicatura Federal, pues son ellos los que administran el Poder Judicial: "Obtener nuevas computadoras, otro vehículo o más personal", susurra, "depende de los consejeros. También de ellos dependen traslados y sanciones".

El presidente del Tribunal Superior continúa con sus palabras de bienvenida y, abruptamente, abre fuego: "El mayor de los desafíos que ahora enfrentamos", truena en el podio, "no es la violencia ni la inseguridad. Estas siempre se han dado, en mayor o menor medida. Lo que debe preocuparnos es la reforma constitucional que nos obliga a desmantelar nuestro aparato de justicia penal y a instaurar procesos de justicia alternativa y juicios orales, tal y como lo exigen Europa y Estados Unidos… El sistema acusatorio no está dando resultados en Chihuahua y no los dará en el resto del país. ¿Y saben ustedes por qué? Porque si carecemos de una policía eficaz que aporte pruebas contundentes, será imposible condenar a los malhechores. Quiero decirlo y decirlo fuerte: no es haciendo shows, a la manera de las películas norteamericanas, como vamos a entregar mejores cuentas a la sociedad". Proporciona datos estadísticos, refiere anécdotas que confirman su postura, dibuja un escenario caótico…

Apenas acaba de hablar, un aplauso desigual llena la sala. Entonces ves cómo tu jefe dobla las cuartillas de su discurso, que acababa de sacar de su carpeta, y se dirige resuelto al pódium. Va a improvisar. Ante todo, elogia al presidente del Tribunal y aplaude su entusiasmo. "Debo decir, sin embargo, que diferimos en lo que a los juicios orales se refiere", apunta desafiante: "Lo que tenemos, colegas, ya no es presentable. La oscuridad nos ahoga. Nadie confía en nuestro sistema de justicia penal. Ni mexicanos, ni extranjeros". Explica que no son los juicios orales el eje del sistema acusatorio —que ya no es un proyecto sino un mandato constitucional— sino la justicia alternativa: "Lo que se busca es que la mayoría de los casos penales se resuelvan mediante un ejercicio de conciliación y no a través de un proceso tenebroso". Eso sí, cuando haya que ir a juicio, éste debe ser público, oral, "para que la sociedad entera sepa que no se le oculta nada y confíe en nosotros... Dice el presidente del Tribunal que sin una policía eficaz no habrá pruebas convincentes en el sistema acusatorio. ¿Significa esto que el sistema actual puede condenar sin estas pruebas?". Cuando concluye, sin haber dicho nada de las causales de improcedencia, de las que iba a hablar, el aplauso se repite, también desigual.

La opinión de los jueces de Chihuahua está dividida. Aunque tú entiendes que algunos de los anfitriones esperaban que el ministro se abstuviera de hacer pronunciamiento para dejar dudas sobre su postura y, de algún modo, alentar así a quienes apuestan por volver al viejo sistema, te gustó que tu jefe hubiera adoptado una posición tan clara. Tan vanguardista. No, no te gustó: te entusiasmó. De repente, te sientes orgullosa de él. Puedes admirarlo. Por ello, no se borra la sonrisa de tu cara ni cuando Ávila diserta en la universidad sobre las causales de improcedencia del amparo, ni cuando recorre las oficinas de juzgados y tribunales. Menos aún cuando te pide que te sientes justo frente a él durante la comida que le ofrece la gobernadora. Ésta, que ya debe acercarse a los setenta años, no permite que nadie hable mientras ella enumera las calamidades que ha padecido su estado, sin que el gobierno federal se haya apiadado de los chihuahuenses. Denuncia ejecutados, secuestrados y traficantes de armas. Refiere las penosas circunstancias en las que detuvieron a un asesino que disolvía en sosa cáustica los cadáveres de sus víctimas y la pusilanimidad de los jueces que no se atrevieron a condenarlo. En tu cabeza estalla, entonces, el segundo movimiento del octavo cuarteto de Shostakovich. Es algo que sólo te ocurrió una vez antes, y lo atribuiste a que habías bebido demasiado. Pero ahora ni siquiera has rozado con tus labios la copa de vino que tienes enfrente. La música en tu cabeza es frenética, alucinante... Por eso no sabes en qué momento se te ocurre quitarte el zapato y estirar tu pierna, hasta colocarla frente a la de Ávila, quien finge escuchar a su anfitriona con interés. Tampoco sabes por qué lo haces, pero estás segura de que necesitas hacerlo: colocas tu pie desnudo sobre el zapato de tu jefe y lo deslizas suavemente hacia arriba, buscando el sitio donde termina el calcetín. Te divierte constatar la forma en la que Ávila reprime su sorpresa. Disfrutas el hecho de que no haga ningún movimiento. Ninguno, al menos, que pueda advertir la gobernadora. Su mirada de lince alebrestado se vuelve, por momentos, la de un cordero alelado. Está a tu merced. Tú alzas las cejas, como si te maravillaran las desgracias con las que la gobernadora hilvana su discurso.

Quizás, como se lo espetaste a tu vecina de escritorio en la Corte, Ávila podría ser tu padre, pero a él tienes que demostrarle que no eres la niña imbécil que seguramente pensó que eras cuando rechazaste su coquetería. Además, quieres expresarle que lo admiras, que te encanta que, en medio de aquel océano de alambicados trámites en el que navegas desde que ingresaste a la Libre de Derecho, existan abogados como él, comprometidos con los derechos humanos y la modernización de nuestro marco legal y constitucional. Ungiendo su pantorrilla con tu sudor, quieres agradecerle, a tu manera, el apoyo que te ha brindado para resolver el asunto de Rosario Sánchez, que tú has adoptado como propio. Quizás ya no se logre que el enfermero quede libre, como te habría gustado, pero no hay duda de que sobre el culpable del homicidio de Lucero Reyes va a caer todo el peso de la ley.

En el vuelo de regreso, Ávila no puede contener su júbilo. "Voy a darte un beso", aproxima su rostro al tuyo. Tú te repliegas: "Un ministro de la Suprema Corte no puede besar a su asistente en público", protestas: "¿Qué va a decir la gente?". "Nadie me conoce", dice él ufano, haciendo un nuevo movimiento para cercarte. "Si lo haces", adviertes convencida de que ahora tu jefe puede pensar cualquier cosa de ti, salvo que eres una niña, "me pongo a dar de gritos y vas a ver cómo te conoce más gente de la que crees". El amago surte efecto. Tu jefe se incorpora. "¿Por qué hiciste lo que hiciste en el momento más inoportuno?", te reconviene. "Quizás porque quería que me besaras", dices tú. "Entonces, ¿por qué me rechazas?". Aprietas los labios y lo observas coqueta. "No sé… Quizás tengas que ganarte el premio. "¿Qué tengo que hacer para ganarlo?". "Que el juez dicte sentencia contra el padre de Rosario".

24

Cuando llegaron los paramédicos y cortaron la cuerda con la que lo habían atado a la reja, cuando lo colocaron en la camilla y lo subieron a la ambulancia, el maleante no pensaba en los golpes que le habían propinado en las costillas que debían haberle roto o en la gravedad de las quemaduras que el fuego debía haberle dejado en las caderas. Sólo pensaba en su error. En su fatídico error. Éste no había consistido en asaltar la miscelánea donde compraba golosinas cuando era niño, ni tampoco en haberle dado un balazo al anciano que la atendía e intentó resistir. Su error había sido llevar desatada la agujeta de uno de sus tenis, pisarla cuando escapaba y rodar por el suelo, dando tiempo a que uno de los vecinos lo jaloneara del suéter y llegaran los demás.

Lo que vino después fue algo que tenía merecido por ese descuido imperdonable: lo molieron a palos y rociaron de gasolina. "Eso no se hace, canalla". "Eres un ingrato, cabrón". "Yo siempre dije que iba a acabar así". Lo llevaron a rastras hasta una reja del parque —del mismo parque donde jugaba cascarita cuando era adolescente— y, a pesar de que dos gendarmes intentaron impedir que acabara en manos de la turba, alguien le arrojó un cerillo. Hubo un momento en que pensó que no le quedaban fuerzas, pero cuando experimentó el calor que lo carcomía, un grito largo, agónico, le brotó de las entrañas y estalló en su garganta. Comenzó a revolverse enloquecido… No supo cuánto duró aquello. No debió ser mucho, pues ya estaría muerto a esas horas —¿no lo estaba de algún modo?—, pero mientras escuchaba el ululuar de la sirena de la ambulancia que se abría paso entre el tráfico para conducirlo al hospital más cercano, resolvió que los errores se pagaban caro. Así había pagado él aquella agujeta desatada.

Lo que ya no supo fue que, alertados por los gendarmes, un grupo de policías judiciales, que por casualidad se hallaban a tres cuadras del linchamiento, había intervenido oportunamente a su favor. Algo debió decir el jefe a la multitud, algún arma desenfundada debió ver alguien, el caso es que de repente abrieron paso a los rescatistas y uno de ellos apagó las llamas con una manta, golpeando una y otra vez sobre el cuerpo del asaltante. Tampoco se enteró de la llegada del doctor Ballesteros, que haciendo gala de un valor poco frecuente en un servidor público se enfrentó a la turba enardecida y comenzó a perorar sobre la justicia. Lo que hizo este hombre, dijo, es reprobable. Pero si queremos un México más justo, un México mejor, este no es el camino para conseguirlo. Una mujer de rostro rubicundo, ataviada con un delantal grasiento, refutó al procurador: aquel malvi-

viente había sido detenido dos veces por los vecinos —una por violar a una mujer y otra por
golpear al mesero de una fonda— y las dos lo
habían dejado libre a la semana. ¿De qué diablos hablaba el funcionario? Ballesteros guardó
la calma y se comprometió a que, apenas saliera
del hospital, el muchacho sería debidamente
procesado y condenado. Pero, repitió, aquella
no era la manera de proceder en un país civili-
zado. ¿Para qué estaban entonces las instituciones? ¿De qué servían si no, policías, agentes del
Ministerio Público y jueces? Si cada persona se
hacía justicia por propia mano se volvería a la
selva, al caos. Nadie estaría a salvo de nadie. El
discurso de Ballesteros terminó en ovación y el
procurador volvió a convertirse en adalid de periódicos y noticieros de radio y televisión.

Había sido un golpe de suerte que él y
sus policías se hallaron cerca del lugar del incidente, pero nadie negaba la oportunidad de su
intervención. Varios periódicos sugirieron que
algún partido lo postulara como candidato a
diputado o senador. Muchas estaciones de radio
se apresuraron a hacer lo mismo. Por donde se
le mirara, Ballesteros volvía a ser el apóstol del
Derecho que había sido. En las entrevistas, él se
mostraba humilde y llegó a pedir que se le considerara como lo que era: un servidor público
comprometido con la justicia. Eso sí, nunca
negó aspirar a otro cargo, ni desechó su futuro
político. Tuvo un resbalón cuando, en la colonia Belisario Domínguez, aparecieron, embuti-
dos en un tambo de cemento fraguado, los

cadáveres de seis jóvenes centroamericanos, presuntos secuestradores de un ganadero del Soconusco, pues él no había sido contundente al negar la intervención del gobernador de Chiapas. Éste le lanzó entonces una bravata. Pero en cuanto alabó al político, los elogios regresaron en los medios. Su seguridad resultaba apabullante: "Serviré donde quiera que sea útil a mi país y a mi ciudad", repetía a la menor provocación.

Por ello, aquella mañana los reporteros no dieron crédito cuando, a la salida de un acto universitario, Ballesteros comenzó a desvariar:

—¿Qué va a hacer la Procuraduría si se demuestra que no se presentó el recurso de revisión?

—¿Podría repetir la pregunta?

—¿Qué va hacer la Procuraduría si se demuestra que no se presentó el recurso de revisión?

—¿Perdón?

Los reporteros que cubrían la fuente intercambiaban una mirada de incredulidad.

—Digámoslo de otra forma —accedió uno de los reporteros—: ¿va usted a aprehender al obispo Echegaray?

—Si el juez lo ordena —el procurador titubeó—, desde luego, tendremos que actuar... sí, que actuar.

—¿Así sea un jerarca de la iglesia católica, doctor?

—Que monseñor Echegaray nos explique el origen de esos ciento treinta millones de dólares y quedaremos satisfechos. En México nadie está por encima de la ley.

Otra reportera cambió el tema:

—¿Y qué nos puede usted decir del comandante Alegría, señor procurador? Se le ha hallado culpable de extorsión y, aun así, sigue chambeando con usted.

—¿Podría repetirme la pregunta?

La noticia de que el coronel Zamudio había capturado al asesino de Lucero Reyes y de que la Procuraduría General de la República había atraído el caso no había perturbado en lo absoluto a Ballesteros. Su nueva aureola de héroe estaba por encima de aquellas maniobras de sus enemigos; su prometedor horizonte político bastaba para conjurar habladurías. Si esto no hubiera sido bastante, la consignación de Eric Duarte por el homicidio de El Hocicón y el traslado del enfermero al Reclusorio Oriente le habían caído como anillo al dedo: ya no tenía que despertar a media noche, sudando, con el temor de que, en un ataque de inspiración, el enfermero pudiera irse de la lengua. Esa mañana, sin embargo, acababa de enterarse de algo que lo abatió: las pruebas periciales habían demostrado que la ropa interior que se halló en el cuartucho de la azotea que alquilaba el taxista pertenecía a Lucero Reyes. Para colmo, una de las pantaletas estaba impregnada del semen del detenido. Ante la opinión pública, aquello revelaría que Zamudio había hecho lo correcto. Aquel taxista era, en efecto, el homicida que, de acuerdo con la Procuraduría capitalina, ya estaba preso. Además, la hija del taxista había referido la relación de su padre con la desgraciada adolescente a la que éste le torció el cuello. En un principio, Ballesteros respondió que pronto iba a quedar demostrado quién mentía. Pronto habría evidencias, prometió. Pero las evidencias ya se habían generado. Y se habían generado en su contra.

En cuanto logró escabullirse y entró a su vehículo, revisó su Nextel, que no había dejado de vibrar. Anunciaba un mensaje urgente del subprocurador Jasso: "Buenas noticias, jefe". ¿Qué buenas noticias podía tener ese cretino que lo había metido en el mayor embrollo de su vida? Aunque no: era él mismo quien se había clavado en aquel cepo por su candidez. Ahora no sólo sería inhabilitado por su pretendida negligencia en el Romanova, sino encarcelado por aquella afrenta a la justicia. Recordó con nostalgia su época de académico en el Instituto Nacional de Ciencias Penales...

En cuanto llegó a su oficina se olvidó de los peritos que lo aguardaban para presentar los pormenores del homicidio del basquetbolista Ampudia en la Trattoria Fellini, así como de los testigos colaboradores con quienes tenía que entrevistarse para consignar a unos comerciantes de Tepito por narcomenudeo. Mandó llamar a Jasso, quien apareció con un tufo alcohólico más acentuado que de costumbre. Llevaba la corbata con el nudo aflojado y, por sus ojeras, era obvio que había pasado una mala noche.

—¿Cuáles son las buenas noticias, Aarón?

—Una redada espectacular. Filmamos a unos jóvenes vendiendo heroína.

—¿Esas son las buenas noticias? —farfulló Ballesteros—. Por mí, que se vayan a su casa ahora mismo. Lo del pillo de Echegaray ha opacado en los medios al tipo al que lincharon en Tláhuac y a las versiones sobre mi candidatura al gobierno de la Ciudad de México... pero lo del taxista asesino va a hacer que olviden hasta al obispo Echegaray. Ya lo verás.

—Creo que no me expliqué, jefe.

—Te explicaste perfectamente. Pero oye lo que te digo: antes de que salga la orden de aprehensión en su contra, el obispo fingirá un ataque al corazón, como lo hizo el año pasado, y se irá "a curar" a Houston o a cualquier otra ciudad, lejos de aquí. Lo del taxista, en cambio, pondrá en evidencia el montaje que hicimos. Nos revelará como unos ineptos. Peor: como unos corruptos.

—Eso podría haber ocurrido ayer en la noche. A partir de esta madrugada, lo podemos evitar.

—¿Ah, sí? ¿Cómo? Las declaraciones de la hija del taxista fueron contundentes. La chiquilla llevó a su amiga a casa para hacer una tarea escolar, donde le echó el ojo el padre y la empezó a cortejar. La jovencita, a la que le encantaba que el taxista le comprara vestidos y zapatos, no opuso resistencia, hasta que el asesino se hartó. Pero lo de ahora, lo de los calzones de la niña...

—Aun así, jefe, tenemos una salida.

—¿Cuál, Aarón? ¿Cuál? ¿Las pruebas periciales? Las de nosotros son ridículas en comparación con las que presentó Zamudio. Los laboratorios de la Procuraduría General de la República confirmaron el dictamen de los de la Policía Federal. Esto no tardará en conocerse. ¿Qué salida tengo, pues? ¿Fingir un ataque al corazón como Echegaray?

—Me gustaría que viera usted los videos que filmamos con orden del juez.

—Tus videos y la carabina de Ambrosio… Si eso es todo, voy a recibir a los peritos del caso Ampudia —respondió Ballesteros mientras sacaba un bolígrafo de la bolsa interior de su saco y se disponía a revisar el expediente que estaba sobre su mesa de trabajo.

Jasso no se arredró.

—Sabe usted quién es el principal protector del coronel Zamudio, ¿verdad?

La pregunta del subprocurador le obligó a desviar la mirada.

—Por supuesto —respondió mirando con escepticismo a Jasso—: el senador De Angoitia.

—¿Y sabe usted a quién filmamos vendiendo heroína? A Marlon Domínguez, el noviecito de De Angoitia.

Ballesteros apartó el expediente de la Trattoria Fellini.

—¿Tienes al muchacho?

—En una celda especial del Reclusorio Norte, jefe. Atendido a cuerpo de rey. Él mismo fue quien advirtió a los policías que no sabían con quién se metían; que en cuanto De Angoitia lo supiera, los iban a cesar a todos.

Ballesteros mordisqueó su bolígrafo y tamborileó con él sobre el escritorio. Eso, en efecto, podía cambiar el escenario.

—¿Qué propones?

—Para empezar, hacer contacto con De Angoitia.

Ballesteros caminó unos pasos por la oficina y presintió que su capacidad de concentrarse regresaba.

—Él me pidió un favor hace unos días. ¿Recuerdas? Se lo negué…

—Usted no va a pedirle ahora ningún favor, jefe. Vamos a negociar con él. Es un hombre que sabe hacerlo: la pérdida de las evidencias contra su noviecito a cambio de que Zamudio reconozca que se equivocó.

—Sin embargo —balbuceó Ballesteros frunciendo el ceño—, Zamudio no va a quedar en ridículo con tanta facilidad, aun si se lo pide De Angoitia. Los hechos parecen contundentes y…

—Zamudio no está pasando por su mejor momento —se atrevió a interrumpirlo Jasso—. La Comisión Nacional de Derechos Humanos y la Corte Internacional de Justicia le tienen echado el ojo por las arbitrariedades de sus policías. Si convencemos a De Angoitia, todo se reducirá a urdir una buena historia para no mancillar a Zamudio.

—¿Urdir una buena historia?

— Los tribunales internacionales exigen que se juzgue a Zamudio, y más de un país extranjero ha clamado por su destitución, jefe.

Zamudio necesita, más que nunca, a sus amigos. Y, más que a ninguno, a De Angoitia.

—Sí, sí, eso lo entiendo. Lo que no alcanzo a asimilar es lo de la historia.

—Si se dice que el enfermero era enemigo del taxista y que entró al cuartucho para incriminarlo…

—Claro…

La idea no se antojaba descabellada, concluyó Ballesteros. Pero una apuesta tan alta exigía que el senador estuviera encaprichado con el muchacho. ¿Quién le aseguraba al procurador que De Angoitia accedería a la propuesta? ¿Y si el senador montaba en cólera y acusaba al procurador de intentar chantajearlo? El senador no dispondría de prueba alguna para sustentar su acusación pero, aun así, eso arruinaría a Ballesteros.

—¿Tú hablarías con el senador?

—¿Para qué estoy aquí si no, jefe?

—Lo que yo no podría hacer es contar la historia a los medios de comunicación. Eso le tocaría a usted. No tenemos nada que perder.

—¿Y cómo le planteamos el asunto a De Angoitia?

Jasso sacó del bolsillo interior de su saco un papel doblado en cuatro que le entregó al procurador. Era, dijo, una carta que el muchacho rogó se entregara a De Angoitia.

Ya sé que soy de lo peor y por eso seguro ya no te importo, pero quiero pedirte una disculpa, papito; quiero que me perdones por todo lo que te he hecho pasar, porque sé que no me porté bien contigo y porque sé que hice todo lo que tú detestas que haga, pero si me sacas de esta, te juro que regresaré contigo y nunca, nunca, nunca más volveré a portarme mal contigo y no te haré pasar corajes con mis pinches drogas.

Por las drogas estoy aquí, pues me filmaron cuando las compraba y las vendía y en la procu dicen que esto me puede costar veinte años de cárcel y no quiero que eso vaya a pasar pues me daría un chingo de miedo quedarme aquí y hacerme viejo aquí, encerrado entre tantos criminales.

Ya me dijeron que si tú quieres puedes hablar con el procurador o con los jueces o con quien tengas que hablar pero, porfa, sácame de aquí, pues me tienen como perro, encerrado en una celda de mierda.

Hasta ayer estuve con Motombo, el músico jamaiquino al que una de las bailarinas de su staff acusó de haberla querido violar, pero Motombo salió hoy y ya estoy solo, aunque ya me avisaron que a partir de la próxima semana me van a pasar a las celdas con otros y tengo miedo, muchísimo miedo, porque la gente de aquí es horrible, no te imaginas.

Me chiflan y me dicen de cosas y, el otro día, le di un trancazo a un tipo que me agarró las nalgas y, si no llegan los custodios, el tipo me parte la madre, así que por favor, ayúdame y, si lo haces, no te volveré a defraudar, lo juro.

Mar

25

—No importa, vuélvemelo a contar.

—Ya no quiero hablar de eso, Emilia, ya…

—Vuélvemelo a contar.

—¿Qué quieres que te vuelva a contar? Ya sabes todo: el día que invité a Lucero a mi casa para hacer una maqueta que nos encargaron en la escuela…

—¿Una maqueta de qué?

—De una célula. De plastilina. Ya te dije. ¿Para qué quieres que lo repita? Mi papá se acercó y se puso a platicar con ella. Lucero era una coqueta. Ya sé. Pero era una niña buena. Era coqueta. Nada más. Él le preguntó cómo se llamaba. Ella dijo que Jessica. Cuando la miré intrigada, ella me cerró el ojo. No vi mal seguirle el juego. También mintió cuando mi papá le preguntó cuántos años tenía. Respondió que dieciséis. Pero no era cierto: tenía quince. Uno más que yo. Mi padre le dijo que estaba muy guapa. Que nunca había visto una chava tan guapa como ella. Lucero se rió. Yo estaba enojadísima. ¿Con qué derecho se metía mi papá con mis amigas? Además, apenas habíamos comenzado a amasar la plastilina. No sabíamos ni qué le iba a tocar a cada una. Como Lucero ya ni caso me hacía, le dije que yo haría el núcleo y ella el aparato de Golgi y las mitocondrias. Pedí a mi papá que, como teníamos que acabar el trabajo, no nos interrumpiera. Pero, como si le hubiera dicho lo contrario, él se sentó en la mesa del comedor y comenzó a contar chistes. Uno tras otro. Así es él. Lucero se reía más y más, hasta cuando los chistes empezaron a ser groseros.

—¿Por ejemplo?

—Ya te dije que me da pena.

—Cuéntame uno. Quiero que cuando estés frente al juez nadie vaya a confundirte, Rosario.

—No entiendo.

—Repíteme alguno de los chistes que contó tu padre esa tarde.

—Bueno… un señor va al médico… No. Me da pena.

—¿Qué pasó después?

—Que comencé a hacer el trabajo sola. A amasar la plastilina, a hacer el núcleo, el aparato de Golgi y las mitocondrias, mientras mi papá seguía contando chistes y Lucero, muerta de risa. Cuando acabé, estaba furiosa. Y más me enojé cuando mi papá ofreció llevar a Lucero a su casa. Se la llevó en el taxi. Jamás se había ofrecido a llevarme a mí a ninguna parte… Me puse a llorar. No tenía derecho.

—¿Qué más?

—Al otro día, Lucero me contó que mi papá le había pedido su teléfono. ¿Para qué quiere tu teléfono mi papá?, pregunté a gritos. Ella me dijo que a lo mejor la llevaba a comer por ahí. Le conté que ni mi hermano ni a mi mamá ni a mí nos llevaba a comer nunca. Pero a mí sí me va a llevar, respondió Lucero. Le dije que entonces ya no era mi amiga. Pero ella me calmó. No te preocupes, mi Chayo: nada ni nadie hará que tú dejes de ser mi mejor amiga. Entonces nos abrazamos y le dije todo lo que la quería; lo importante que era ella para mí. Que al que odiaba era a mi papá, porque él no nos quería ni a mi hermano ni a mi mamá ni a mí. Ella prometió que si mi papá la invitaba a comer, se iba a hacer su amiga y le iba a decir que tenía que querernos, que éramos su mundo y que si no nos quería y no nos daba nuestro lugar, ella no iba a acompañarlo a ningún lado.

—Continúa.

—Comenzaron a verse más seguido… Lucero me contaba todo lo que platicaban. Me dijo que mi papá le había confesado que nos quería mucho, pero que no sabía cómo decírnoslo. Era una buena amiga, te digo: una gran amiga. Lo que pasó no fue justo.

—¿Cómo te diste cuenta de lo que pasó? ¿Tu padre te dijo algo?

—Claro que no: yo jamás hablaba con mi papá. Ni de Lucero ni de nada. Un día, Lucero no fue a la escuela. Al otro día me contó que mi papá la había llevado al edificio donde vivimos y le había enseñado el cuarto que tenía en la azotea del edificio. Yo sabía que mi papá tenía ese cuarto, pero nunca había subido. Lucero me dijo que mi papá guardaba ahí una cámara y quería aprender fotografía para ganar más dinero y comprarnos una casa bonita a mi hermano, a mi mamá y a mí.

—¿Le creíste?

—No: si mi papá hubiera ganado más dinero, se lo habría gastado en él, o se habría ido de la casa a buscar otra familia. Siempre decía que él merecía otra familia… La verdad es que no me gustaba que fuera amigo de Lucero, que la tratara mejor de lo que trataba a mi hermano, a mi mamá y a mí; que le comprara zapatos, aretes y otras cosas, mientras a mi mamá le decía que no le alcanzaba ni para el pan. Pero me gustaba que Lucero me contara lo que platicaban, porque así me daba cuenta de que, aunque fuera grosero y nos dijera que no nos quería, la verdad era que nos quería aunque fuera un poco. Me contó, por ejemplo, que le tomó fotos y le escribió una tarjeta. Hasta me la enseñó. Era como su hija…

—A las hijas no se les besa en la boca, Rosario.

—De eso me di cuenta después. Mi papá la forzó.

—¿Cómo sabes que la forzó?

—Ella me lo contó. Lucero le dijo que si lo intentaba de nuevo no volvería a verlo. Ella sólo quería ser su amiga. La verdad es que le gustaba que le diera regalos y pasara por ella en el taxi… Por eso supe que él la mató: porque ese día, al salir de la escuela, me fui por otro camino para comprarme una paleta helada y descubrí el taxi de mi papá, estacionado. Adentro estaban él y Lucero, dándose besos. Quise acercarme pero me dio miedo. Estoy segura de que Lucero no quería. Mi papá la estaba forzando. Pero si él me descubría, me podía ir muy mal a mí y también a ella. Esa noche no dormí. Al día siguiente, antes de salir a la escuela, encontré a mi papá en la cocina. Como te lo conté cuando nos conocimos en la Corte, estaba muy pensativo. En sus dedos le daba vueltas al bilé de Lucero…

—¿Cómo sabes que era el bilé de Lucero?

—Porque sólo Lucero usaba un bilé morado como ese. Era el único que usaba. Me lo enseñó muchas veces. Yo…

—No llores. Ya pasó todo.

—No, Emilia, no ha pasado nada.

—Tu padre está en prisión.

—Pero tú me has dicho que aún no lo han sentenciado… Me da miedo que pueda salir y vaya a hacernos algo horrible. Tú no sabes cómo es él. No tienes idea…

—No llores. Ahora cuentas con amigos que te van a cuidar.

—Hay algo que no te he platicado…

—¿Qué?

—Hace un año, cuando yo estaba dormida, mi papá se metió a mi cama y comenzó a acariciarme el pecho. Yo desperté asustadísima. Él me advirtió que si gritaba o decía algo, mataría a mi hermano. Por eso no dije nada. Varias veces lo había chicoteado con su cinturón. Una de esas, el pobre se desmayó. Mi mamá…

—Prosigue. Es importante.

—Ni ella ni yo sabíamos qué hacer para que lo dejara de cuerear. Él se tiró al suelo y dio de gritos. Entonces mi mamá se le puso enfrente y mi papá siguió dando cinturonazos. Si quieres recibir el castigo que le toca a tu hijo, allá tú, dijo él, poniendo una cara de diablo.

—¿No contaste nada de lo que pasó la noche que te acarició el pecho?

—¿A quién se lo iba a contar? No me atreví a decírselo ni a Lucero. Me daba pavor que de veras mi papá fuera a matar a mi hermano, como casi lo había hecho aquella vez con el cinturón.

—Haber ido a la policía…

—Lo pensé. Pero ¿y si la policía no hacía nada y mi papá mataba a mi hermano?

—Entiendo.

—Siguió metiéndose en la cama otras veces y luego también me acariciaba entre las piernas…

—Estás temblando, Rosario.

—No me viste temblar entonces. Tenía pánico. Lo tengo ahora. Si estoy platicando esto ahora es porque sé que él está en el tanque, pero todavía tengo miedo. Mucho miedo.

—¿Pasó algo más, aparte de las caricias?

—No.

—¿Hasta cuándo dejó de meterse a la cama contigo?

—Hasta que conoció a Lucero. Estoy segura que ella le recomendó que tratara bien a su familia, y por eso comenzó a portarse mejor.

—¿Y tú…?

—Me volvió a advertir que si abría la boca se chingaba a mi hermano. Así me dijo.

Pero cuando asesinó a Lucero ya no quise seguir… ¿cómo se dice? Siendo su cómplice. Pero no se lo podía decir a cualquiera.

—Lo que aún no entiendo es por qué supiste que él había matado a Lucero.

—Ya te lo he dicho: porque antes de que los cachara besándose, Lucero me contó, asustada, que mi papá le había dicho que si no le daba besos la iba a matar. Además, el día que murió, Lucero llevaba en la muñeca una cinta que yo le había regalado a él esa mañana. Era una cinta que yo misma había decorado con las palabras *Para papá*. Se la regalé porque él había empezado a portarse mejor conmigo y aquello fue como un intento para hacer las paces con él. Y resulta que cuando vi las fotos que salieron en el periódico de las dichosas evidencias, la cinta estaba en la muñeca de Lucero. El único que podía haber tenido esa cinta era mi papá. Además, en esas fotografías, la palabrota que tenía escrita Lucero en el pecho estaba escrita con el bilé morado que mi papá traía al día siguiente. ¿De dónde lo había sacado?

—Aunque el bilé y los otros objetos que la policía halló en el cuarto de la azotea constituyen pruebas contundentes, creo que tendrás que repetir todo esto frente al juez. Sólo así lograremos que le pongan una condena larga y que no lo volvamos a ver en muchos años.

—¿Qué significa muchos años?

—No sé, veinte, treinta. Tú escuchaste lo que dijo Zamudio.

—Y cuando salga…

—Para entonces tú tendrás tu propia familia y estarás lejos de aquí. Muy lejos, Rosario. No te preocupes. Tienes que confiar en mí. Un ministro de la Corte, el secretario de Seguridad Pública y un senador muy picudo están dispuestos a ayudarte. El coronel Zamudio se ha comprometido a… Permíteme: parece que la gente adivina que estoy ocupada para marcarme. Es mi novio… No voy a contestar… Te decía que el coronel Zamudio me ha garantizado que tú, tu madre y tu hermano pueden quedarse en casa sin ningún temor. Le sugerí que asignara una patrulla para vigilar el edificio, pero me dijo que no era necesario. Además, la otra noche conversé con De Angoitia, que es un hombre al que respetan todos los jueces de este país, y me dio su palabra de que a tu padre van a darle muchos años de cárcel. Incluso, ha ordenado al abogado que le lleva sus negocios que se involucre en el caso. Yo mismo oí cuando se lo pidió. El ministro Ávila, por su parte, me ha dicho que él va a ayudar a tu madre a que encuentre un trabajo mejor. Sí… Permíteme otra vez… Perdona… Perdona, Fer: estaba en una reunión… ¿Hoy? ¿A qué hora? ¿Otra cena para los magistrados? Pero hoy no puedo, te dije que… Sí, claro. Cuenta conmigo… Perdón, Rosario, tengo que irme. ¿No te importa si nos vemos mañana para seguir conversando? No va a pasarte nada. Te lo juro.

26

Salí a chambear temprano. La ciudad está despejada. Ojalá siempre estuviera así. Por Calzada de los Misterios, desde las seis comienza el tráfico. Un chingo de gente sale del Distrito Federal. Otro chingo entra. Una señora embarazada con una niña y un niño uniformados me hace la parada. Va a una escuela cerca de la Villa. Por el camino trata de peinar al niño. Él no se deja. Vas hecho un asco, le dice. Deberías aprender a tu hermana. La mocosa va bien acicalada, con unos moños que la hacen parecer gato. Se ríe del niño. Acabo de dejarlos cuando las imágenes del pasado vuelven a asaltarme. Qué hueva. Pero ya me di cuenta de que no es tratando de olvidar lo que pasó como voy a olvidarlo. Lo que tengo que hacer es lo contrario. Pensar, pensar, pensar un chingo en eso. Un chingo. Así, de tanto acordarme, los recuerdos se irán desgastando. Acabarán por irse a la verga. Es el remedio. La mujer con los niños tenía que ser un pinche recordatorio. ¿Cómo si no? Cuando llegué a la Ciudad de México así conocí a mi vieja. Embarazada y con una niña de meses. Sepa Dios de quién hayan sido sus hijos. Me enamoré y acabé yéndome a vivir con ella. Eso sí, me pidió que le jurara que los niños nunca sabrían que yo no era su padre. Se lo juré porque la quería. Y cumplí. De haber sabido que ella y la mocosa tratarían de meterme a la cárcel años después, nunca me habría ido a vivir con ella. Nunca habría trabajado para mantener a esos dos cabrones que ni siquiera eran mis hijos. Pero cumplí mi promesa. Nunca dije una puta palabra de eso. Cerca de la Basílica, un hombre de cabello gris me hace la parada. Lleva un cuello de esos que usan los sacerdotes, por lo que debe ser cura. Le pregunto si lo es. Dice que sí. Cierra los ojos. Creo que va rezando. Me dan ganas de preguntarle algo más, pero ¿qué le pregunto? Si le cuento lo que me pasó y las cosas que he hecho, me va a decir que están de la chingada y que me voy a rostizar en el pinche infierno. A lo mejor hasta lo asusto. Pero junto fuerzas y me animo. ¿El fuego redime a los pecadores?, pregunto. Él abre los ojos y asiente. El fuego del purgatorio es para purificar, dice. El del infierno, para castigar. Cuando llegamos frente a un caserón que se cae de viejo, quiere saber cuánto me debe. Le digo que nada. Dios te bendiga, y me da una palmada en el hombro. De nuevo, dice, voy parriba. Regreso sin que nadie suba al taxi. Por ganas no queda. Pero no hay pasaje, ¿qué se le hace? En Insurgentes, veo un espectacular que dice Día del Policía Federal. Fue uno de esos policías el que me tuvo encerrado quién sabe cuánto tiempo, hasta que le conté todo. Ojete. Le conté que Jessica quería que mandara a la chingada a mi mujer y a mis hijos para que me fuera a vivir con ella. Un día me dijo que estaba embarazada y que si no le cumplía, me iba a denunciar. Pero yo fui quien se la jodió a ella. Además, si ella era tan puta, pensé entonces, ¿cómo podía estar seguro de que el niño era mío? Le conté que me encabronaba que me hablara tan mal de Rosario, que dizque era su amiga. Después de todo, yo conocí a Jessica por Rosario. No era justo que la puta se portara tan mal. Conmigo vas a tener hijos bonitos, me decía. No como los adefesios que tienes. Yo cumplí mi juramento. Nunca conté que no eran míos. Pero el tipo pelirrojo también me contó cosas. Me contó, por ejemplo, que la pinche puta se llamaba Lucero, no Jessica. La cabrona me mintió desde el principio. También me contó que no estaba embarazada. Que nunca lo estuvo. ¿Entonces para qué quiso engañarme? Para presionarme, claro. Jija de la chingada. A lo mejor, si no me hubiera dicho eso, no la mato. Nomás la mandaba a la mierda. Pero la cabrona se quiso pasar de lista. ¿Para qué me contó tanta mafufada? A ver, ¿para qué? Me complicó todo a mí y, luego, también se lo complicó a mi vieja y a sus hijos. Qué bueno que le pedí que platicáramos, la llevé a la Alameda a media noche y ahí le torcí el pescuezo. La cabrona dio tres brinquitos, como pescado al que sacan del agua... No le dio tiempo ni de gritar. Y, como en los viejos tiempos, saqué el bilé de su bolsa y escribí en su uniforme lo que era, para que quedara constancia. Cuando regresaba, unos polis huevoneaban por ahí. Uno hasta me saludó. Me metió un calambre. Pero ninguno se dio cuenta de nada. A lo mejor el chamaco era inocente y con las cuerizas que le había dado tenía bastante. Pero, bueno, a veces uno se atraviesa y le toca. Unos viejitos cargados de morrales me hacen la parada para que los lleve a la Central Camionera. Van a Durango, dicen. Huelen agrio. Se nota que no se han bañado desde hace un mes. Abro la ventanilla para que el olor se vaya. Cuando llego a la Central Camionera, me pregunto cómo saber si el fuego es de purificación o de castigo.

27

Comienza tu clase de siete y el profesor cavila sobre las reformas que hay que hacer al Código de Comercio, un mamotreto que se promulgó en la época de Porfirio Díaz y al que a nadie se le ha ocurrido redactar de nuevo en plena era de la globalización, cuando tu iPhone comienza a vibrar. Quien llama es tu jefe. ¿Qué puede ofrecérsele a esas horas? Decides esperar a que termine la clase para responder, pero entonces entra un mensaje: anoche, cerca de las doce, el abogado del senador De Angoitia le había telefoneado para anunciar un cambio de planes. Su despacho había solicitado que el juez ante quien se había puesto a disposición al taxista no dictara auto de formal prisión. Había habido arbitrariedades durante la detención y las presuntas evidencias resultaban precarias. El juez, por tanto, se había negado a dictar dicho auto. Un actuario del juzgado se había presentado al reclusorio para exigir que se pusiera a su cliente en libertad… El taxista estaba libre. El Ministerio Público no iba a apelar. Ya el senador hablaría más tarde con el ministro para darle una explicación detallada del cambio.

Al principio te parece que se trata de una broma. Luego te niegas a creerlo. "No puede ser",

murmuras… "No puede ser". Tu corazón comienza a latir a una velocidad que desconocías.
Tu respiración se corta. Tratas de comunicarte
con Ávila, pero ya puso el buzón. Tienes el pre-
sentimiento de que éste va a ser uno de los peores días de tu vida. No, no uno de los peores: el
peor. Pero no vas a quedarte cruzada de brazos.
Sales discretamente del salón de clases, haciendo
un esfuerzo para que tus compañeros no adviertan
cómo flaquean tus piernas. Abordas tu auto
y te diriges al Reclusorio Sur. La credencial de la
Corte es suficiente para que te permitan meter
tu automóvil al estacionamiento —"voy a los
juzgados", dices—, pero no para que te reciba
el juez. Para eso hace falta decir que vas de parte
del ministro Ávila. El truco funciona y las puertas se franquean. Es temprano, pero el juez, al
parecer, ha pasado ahí la noche. Te recibe de inmediato.

"¿Me quiere usted explicar qué fue lo que
sucedió?", lo interpelas sin dar siquiera los buenos días. Él no sabe de qué le estás hablando. Lo
entiende, no obstante, cuando comienzas a vo-
ciferar: las pruebas eran claras, contundentes. El
semen pertenecía al acusado; la ropa que se halló
en el cuarto de la azotea era la de Lucero Reyes,
lo mismo que el bilé morado; el propio taxista
había confesado su delito; todas las piezas en-
cajaban… ¿Qué más se necesitaba para incriminar a una persona? ¿Por qué demonios se había
negado el auto de formal prisión? Aquello no
tenía pies ni cabeza. Era absurdo. Más aún, criminal. El juez está otorgando la libertad a un

asesino. ¿Por qué? ¿Le habían pagado? ¿Cuánto? ¿Lo habían amenazado? ¿Cómo?

Él te mira sin saber qué tono adoptar y, al final, prefiere tratarte como lo que eres: como la colaboradora de uno de los ministros de la Suprema Corte. "Usted conoce la ley", se acomoda sobre la cara unos anteojos que le dan aspecto de aviador: "el Ministerio Público no presentó las pruebas en tiempo y forma". "¿Qué tiene que ver el Ministerio Público?", saltas. "Un juez íntegro no puede salir con esa batea de babas. ¿No se supone que usted tiene que adoptar todas las medidas necesarias 'para mejor proveer'? Ese hombre es un homicida. Usted lo está poniendo en libertad para que siga matando. ¿Le parece una actitud responsable? ¿Considera que está usted actuando con justicia, según juró que lo haría el día que rindió protesta?".

Él no se altera. Vuelve a ajustar sobre su cara los lentes de aviador y te ruega que tomes asiento. Como tú agitas la cabeza, encrespada, él tampoco se sienta. Pero vuelve, impávido, con su argumento. "Como usted sabe, colega, hay tiempos procesales; hay formas; hay un proceso que estamos obligados a respetar. El sujeto fue detenido sin que se le respetaran sus derechos humanos y las pruebas que presenta el Ministerio Público no son suficientes para dictar la formal prisión". "¡Pero es un asesino!", bramas. "Eso debió entenderlo el Ministerio Público, que no tuvo ningún cuidado a la hora de presentar las evidencias en tiempo y forma". Se excusa él. "En lo personal, yo también lamento que haya hecho mal su trabajo".

Al advertir que no sacarás a ese burócrata judicial de su postura, se te ocurre algo. Algo que puede ayudar a evitar una tragedia. Tomas aire, intentas sonreír y le preguntas si es posible saber qué abogado tramitó el amparo, pues el teléfono de Ávila sigue apagado. Estás segura de que el juez no querrá darte esa información pues, después de todo, tú no tienes interés jurídico en el asunto. Por eso te sientes sorprendida cuando, después de tu poca cordialidad, de tu poco tacto, el hombre se acomoda una vez más los anteojos sobre la nariz y, con desconcertante precisión, toma entre sus dedos uno de los expedientes que se apilan sobre su escritorio. Sin revisarlo siquiera, te lo muestra. Por lo que entiendes, se trata del mismo despacho que iba cerciorarse de que el asesino de Lucero Reyes fuera a dar a la cárcel y purgara su delito. En el membrete de las hojas está la dirección.

Aunque te das cuenta de que tus manos tiemblan y agradeces en silencio que el juez se retire discretamente, mientras tú examinas las páginas de la carpeta, logras serenarte. Trazas un plan de acción. Sacas el iPhone de tu bolsa y marcas a Ávila. Sigue apagado. "No puedo creerlo", tartajeas. Marcas a la oficina, donde la secretaria te dice que tu jefe está reunido con los otros ministros, por lo que ruegas a la mujer que, en cuanto se desocupe, lo comunique contigo. "Urge", añades. Entonces marcas a Fer, que a esas horas debe estar en el sauna, o saliendo del gimnasio. Responde de inmediato. "¿Conoces a Víctor Manzano?" "¿El de Graham, Manzano y Salcido? Por supuesto. Llevamos juntos un par de asuntos" "¿Puedes pedirle que me reciba?… Sí, hoy; sí, ahora mismo". Guardas el iPhone, dejas la carpeta sobre el escritorio del juez y le das las gracias. "Para servirle", responde él, satisfecho de saber que volverá a casa sin haberse enemistado con la colaboradora de un ministro. Antes, sin embargo, repite su cantaleta: "Lamento que el Ministerio Público haya hecho tan mal su chamba". Lo que tú lamentas es que estos supervisores de expedientes siempre tengan a la mano un argumento para condenar o liberar sin hacerse responsables de nada.

En el camino a Las Lomas de Chapultepec, Fer marca para avisar que Víctor Manzano te espera. Ya frente al edificio, a unas cuadras de la Fuente de Petróleos, das cincuenta pesos a uno de los franeleros que infestan la calle para que cuide tu coche. Mientras el elevador te conduce al despacho, resuelves que no puedes volver a actuar con la altanería con la que te portaste frente al juez. Después de todo, él es un chupatintas que no hace sino palomear según el instructivo. No tiene ni las facultades ni la vocación de ir más allá y, si lo continúa haciendo así el resto de su vida, podrá llevar algún caso en que alguna de las partes, agradecida, le consiga una casa de campo o becas para que sus hijos estudien en el extranjero. Tu descortesía no abona al caso.

En la antesala de Graham, Manzano y Salcido, te acicalas; miras tu rostro en el espejito de mano y retocas tu maquillaje. En cuanto te anuncian, Manzano sale a recibirte. Debe ser de la edad de Fer, pero la cara embotada, cara de bebedor consuetudinario, lo avejenta. "Me dirigía a tribunales cuando llamó Fernando", explica. "Pero a una mujer tan hermosa como tú no se le niega jamás una cita. Me da gusto verte de nuevo, Emilia". *¿De nuevo?* Es la primera vez que te encuentras con aquel abogado. "Nos presentó Fernando hace unos meses, en la cena de la Barra", te dice Manzano. "¿Te acuerdas?". Fer te ha presentado a tantos amigos que sería imposible precisar si, en efecto, aquel es un nuevo encuentro con el litigante. De todos modos asientes.

"¿Por qué solicitaron al juez que no dictara auto de formal prisión contra el asesino de Lucero Reyes?", te sublevas apenas entras a su privado. La pregunta lo tumba en un sillón, justo debajo de su título profesional y otros diplomas enmarcados que adornan la pared. "Porque el asesino ya fue detenido y juzgado", dice él con simpleza. "Además, no estuvo claro por qué atrajo el asunto un juzgado federal, cuando a todas luces era local". Tú rechinas los dientes: "Ese hombre es inocente. Si estudiaste el caso, debes saberlo. El taxista fue el asesino. Todas las pruebas lo incriminan". Manzano toma aliento y te mira suspicaz, cuidando de elegir las palabras apropiadas: "A eso nos dedicamos", responde. Para ser amable —para dar la impresión de que eres amable, de que estás siendo amable con el amigo de tu novio—, te sientas en el si-

llón de enfrente. "Tenía entendido que el senador De Angoitia había contratado a tu despacho
para garantizar que el asesino fuera a dar a la
cárcel. No para que saliera libre, ¿me equi-
voco?". "Eso fue al principio, sí", admite. En su
gesto adivinas cómo él procura saber qué buscas, a qué has ido. "Pero antes dime, ¿quieres
tomar un café? Tengo poco tiempo, pero…"
Vas directa: "Lo que quiero es que me digas por
qué tu despacho solicitó al juez que no dictara
el auto de formal prisión. Sólo dime eso. Necesito entender qué hay detrás de todo esto. Se
dejó libre a un asesino que no tardará en matar
a otros inocentes. ¿Por qué?".

Manzano parpadea atónito, con el mismo
gesto que habría hecho un médico si alguien le
hubiera preguntado por qué aceptó operar del
apéndice a un falsificador de moneda. "A eso nos
dedicamos", repite: "Nos pagan por eso. Nosotros no decidimos qué hacer. Eso lo deciden
nuestros clientes". "Pero es injusto", farfullas.
Él se siente apenado, casi conmovido por tu impotencia, pero es evidente que no tiene mucho
que explicar. Se pasa la lengua por los labios.
Hace una pausa. "Eres abogada, ¿no?". "Voy a
serlo", respondes con resignación. "Entonces
debes entender algo", replica Manzano, satisfecho de haber hallado, al fin, el modo para comunicarse contigo: "Los abogados somos como
los taxistas. Vamos a donde nos piden que va-
yamos. Representamos los intereses de nuestros
clientes. Si alguien te paga para que defiendas,
defiendes; si alguien te paga para que acuses,

acusas". "Pero tienen ética", protestas. "La ética del abogado", explica, "se relaciona con las reglas del juicio, no con la moralidad del asunto que gestionas. Un taxista no debe cobrar más de lo que marca el taxímetro, pero no puede decirle a un pasajero que está mal que vaya a una cantina. Ese es asunto de cada cliente, ¿no?". Entonces haces un último intento para refutar algo que intuyes perdido: "Si tú sabías que el tipo era un rufián; si sabías que…". "No", Manzano mira su reloj y te detiene en seco: "Lo único que yo sabía era que había anomalías en la detención de esa persona y así lo hice valer. Ni siquiera conozco al sujeto del que me hablas. No tengo ni la más remota idea de quién es o qué hizo". Tomas aire y tratas de formular una pregunta adecuada, la última: "¿Hay algo que yo pueda hacer al respecto?". Él se levanta, acomedido: "No lo creo, Emilia. Fue la decisión de un juez y, como se presentó el asunto, creo que ni siquiera el M. P. podría apelar". Hay un incómodo silencio. Él lo rompe al fin, incorporándose. "Me apena no poder ayudarte".

Salen juntos, pero él se precipita hacia los elevadores, mientras tú te quedas en la amplia sala de espera del despacho. Amilanada, te desplomas en el sillón de dos plazas que alguien colocó en un rincón, aislado de los otros muebles. Te acongoja que la vida de una persona, de tres personas, corran peligro… Tú le aseguraste a Rosario que no tenía nada que temer. Ella confió en ti. ¿Con qué cara vas a comunicarle, ahora, que su padre está libre? Como si las energías negativas del universo se confabularan, el tremor de tus piernas y manos invade el resto de tu cuerpo.

De cualquier modo, tomas aire y haces lo único que se te ocurre en ese momento: marcas el número del teléfono privado que te proporcionó el coronel Zamudio. Él es tu última esperanza. Tienes que pedirle, que suplicarle, que tarde lo más que pueda en liberar al asesino. Para tu mala suerte, él no contesta. Un ayudante te informa que el coronel acaba de salir a Washington y que, por razones de seguridad, será imposible que te comuniques con él los próximos tres días. El ayudante dice, sin embargo, que está a tus órdenes. Sin nada que perder, le explicas el asunto. "Sí", dice él del otro lado de la línea, "conozco el caso, pero la verdad es que esa persona ya está libre. Incluso, el senador De Angoitia habló anoche con el coronel para pedirle que acelerara el asunto".

Una dolorosa languidez sustituye los temblores. Se adueña rápidamente de tus dedos, tus brazos, tu espalda, tu cuello... "No, te dices; no puede ser. De Angotia es un criminal ¿Por qué ha hecho eso? ¿Lo sabía Carlos Ávila? Pero no, no es tiempo de reposo. Mientras Zamudio aparece, hay que llevar a Rosario, a su madre y a su hermano a un lugar donde el asesino no pueda encontrarlos. Hay que ponerlos a salvo. El único sitio que se te ocurre al efecto es —no faltaba más— Xalapa. Ahí no podría encontrarlos. Seguramente Zamudio te dará una respuesta a su regreso pero, en el ínterin, hay que actuar. Intentas levantarte, pero te pasma advertir que el cuerpo no responde. Haces un segundo intento… Entonces ocurre algo imprevisto: todas las fuerzas que has perdido se concentran en el pecho, en la garganta, en las fosas nasales, en la cabeza, y salen convertidas en un espasmo, en otro… estallan las lágrimas, sin que tú puedas controlarlas.

No sabes si han pasado treinta segundos o dos horas cuando adviertes que, frente a ti, un joven impecablemente vestido te observa. "¿Emilia?", pregunta. Te avergüenza que alguien te sorprenda en ese estado. Pero la sorpresa es saludable. Vuelves a ser dueña de ti misma.

Sorbes la nariz y te limpias las lágrimas con un pañuelo que, quién sabe cómo, sacaste de tu bolsa y volviste a guardar. Miras al hombre que tienes enfrente y lo identificas. Es un antiguo compañero de la Libre de Derecho que salió tres años antes que tú y que, desde que coincidía contigo en los lúgubres pasillos de la Escuela, te invitaba a salir, te regalaba flores y te decía que estaba enamorado de ti. "No lo puedo creer…". Adivinas que tu hálito vital ha regresado. Lo confirmas incorporándote. Hasta te alegra recordar el nombre de tu antiguo pretendiente. "¿Qué haces por aquí, Ray?". "Aquí trabajo. Me acaban de nombrar asociado del despacho. Ahora, por fin, soy alguien". Su declaración te parece ridícula, pero la efectúa con tanta sinceridad, con tanta candidez, que sonríes en muestra de solidaridad. "Pues qué gusto. Felicidades, Ray". "¿Cuándo comemos?", pregunta él, al tiempo que te entrega una tarjeta grabada, donde consta que es abogado asociado de Graham, Manzano y Salcido, S.C. "Ahora ya no será como antes, Emilia: pasaré por ti en un BMW". Ante tus ojos, su candor se convierte en estupidez. Guardas la tarjeta y prometes llamarlo pronto.

Mientras bajas por el ascensor, sólo te preocupa que el taxista no vaya a causar daño a Rosario o a su familia. ¿Qué van a hacer cuando vean aparecer al asesino? Y, ante todo, ¿qué va a hacer él? Marcas el número del teléfono de Rosario una, dos, tres veces, pero nadie responde. Y no tienes otra forma de comunicarte con ella. "Quizás debí haberlo intentado antes", te dices inquieta. Pero, bueno, suspiras, no es cuestión de llamarla: hay que ir a sacarla de su departamento e impedir que el taxista vaya a caer ahí de sopetón. Y hay que hacerlo ya. En el camino se te ocurre que sería mejor llegar acompañada por un par de policías, pero eso tardaría horas. De cualquier modo, en el camino volverás a marcarle al ayudante de Zamudio y se lo exigirás. ¿O debes detenerte en el camino y pedirle a la primera patrulla que veas que te acompañe? No, no confías en los patrulleros. Quizás deberías pasar a la Corte, poner al tanto al ministro Ávila de lo que ha ocurrido y… no. Primero hay que poner a salvo a Rosario y a su familia. Por lo que ella te platicó, el sujeto es violento. No hay tiempo que perder.

Llegas a San Cosme, cruzas Fresno y te detienes un momento al ver la Secundaria Ernestina Salinas, que Rosario te enseñó orgu-

llosa, el día que la llevaste a su casa. Atraviesas la
avenida Flores Magón y llegas a la colonia At-
lampa, hasta la calle Crisantema, por donde pasan las desmedradas vías del ferrocarril. Dejas tu
automóvil en la esquina de Pino y avanzas por
detrás de las casuchas de lámina que se constru-
yeron a lo largo de aquellas vías. Por todas partes
hay basura: cajas de madera, un colchón con los
resortes salientes, restos de una silla, latas… Llegas hasta el edificio donde vive Rosario. Hay algo
más que deprimente en el entorno. Algo tenebroso. Se trata de un pequeño inmueble de tres
pisos, pero los vidrios de la planta baja están ro-
tos y todos los muros, alrededor, pintados con
grafiti. Sientes cierta zozobra. No, no es zozobra: es miedo. Tanto, que antes de atreverte a
entrar, sólo para cerciorarte, preguntas al hombre que está sentado en el escalón de la entrada
si él sabe si ahí vive la familia Reyes. El sujeto
te mira con una mezcla de lascivia y curiosidad.
"Departamento cuatro", masculla. Ahora ya no
tienes pretexto. Subes por la escalera, maldi-
ciendo los tacones que decidiste ponerte esa
mañana. Tu corazón late de prisa y temes que,
de repente, pueda abrirse una puerta y alguien
te jale al interior. "¿Qué estoy haciendo aquí?",
te preguntas. Para darte valor, piensas en Xalapa, en Matilde y Fermín, con quienes pronto
reunirás a Rosario. En el primer piso, el olor a
marihuana es insufrible. En el segundo hay dos
puertas de lámina, idénticas salvo por los distintos letreros pintarrajeados en ellas. Una tiene
el número que corresponde al departamento de

Rosario. Ni timbres ni campanas. Golpeas con la palma de la mano y esperas. ¿Y si aparece el taxista armado con un cuchillo?, imaginas. No, te dices; no es probable que haya regresado, ¿o sí? Aunque, ahora que lo piensas, ni siquiera sabes si llegó a pisar el reclusorio. Esperas. Llamas otra vez. "¡Rosario!", gritas. Nadie responde.

Se te ocurre que los vecinos podrían saber algo. Golpeas la puerta de enfrente. Te aflige que el resultado sea el mismo. Parece que no hay nadie en el edificio. "¿Dónde diablos está Rosario?", te preguntas. Al mirar tu reloj, compruebas que son las once. Debe estar en la escuela. Ahí tenías que haber ido a buscarla, sí. Su hermano también debe estar en clases y su madre habrá salido a hacer alguno de los trabajos domésticos por los que le pagan cualquier cosa. Diez minutos después, tu conclusión es que no vas a ganar nada. Sacas de tu bolsa un cuadernillo de *sticks* —qué suerte traerlo— para escribir una nota apresurada: *Me urge verte, Rosario. Llámame por favor… ¡urge! Emilia.* Pegas la nota en la puerta y, al salir, vuelves a marcar el teléfono de Rosario. Sigue apagado. El hombre que tomaba el fresco ha desaparecido. En el lugar solamente quedan dos botellas de cerveza vacías.

Pero no puedes darte por vencida. Un asesino está libre. Un asesino que no va a tener reparo en vengarse de quien intentó llevarlo a prisión, así se trate de su propia hija. Es un maniático. Lo que ahora tienes que hacer es hallar a Rosario, a su madre y a su hermano. Llevarlos a Xalapa. Sí, a los tres… ¿Qué va a ocurrir después? No lo sabes. Mientras manejas por Flores Magón para salir otra vez a San Cosme y tomar Fresno, imaginas cómo vas a explicar a Rosario que su padre ha quedado libre. Pasas por la Alameda de Santa María y miras, de reojo, el quiosco morisco, coronado por el águila republicana, a punto dde emprender el vuelo. Te cuesta trabajo imaginar que fue ahí donde encontraron el cadáver de Lucero Reyes. Vuelves a marcar a la oficina de Ávila, pero la secretaria te repite que el ministro continúa en una junta de trabajo. Bajando la voz, te revela el motivo: la Comisión de Ética del Poder Judicial está discutiendo si los jueces, magistrados y ministros pueden participar en Facebook y Twitter o no. Te ruega que seas discreta; si el señor ministro llega a enterarse… "Dígale que me urge hablar con él", interrumpes sin que te importe un bledo el motivo de la sesión. Ella promete que lo reportará en cuanto salga.

Ávila es un buen tipo, resuelves, pero es un ministro de la Suprema Corte. Un ministro con miras más amplias que las de la mayoría de sus colegas, pero un ministro acotado por incisos y fracciones. Nada más. No está en sus manos asumir las responsabilidades que la sociedad esperaría que asumiera. No, te dices, estás siendo injusta con él, pero ¿qué razón tendrías para ser benévola? ¿Su discurso sobre la necesidad de contar con juicios públicos y orales en México? ¿Su intención fallida para castigar a los responsables de cuidar a unos niños que acabaron calcinados? Te ha dejado sola en el peor momento.

"Te odio", concluyes. Pero ¿por qué te empeñas en cargarle a él toda la responsabilidad? Él sólo es una parte de una maquinaria colosal, absurda… No puede hacer más.

Apenas entras a Fresno, te encuentras con un tráfico caótico. Las alumnas de la Secundaria Ernestina Salinas acaban de salir y los automóviles avanzan a paso atosigante. ¿No es muy temprano para la salida?, te preguntas. Por la ventanilla de tu automóvil abordas a un grupo de estudiantes que avanza por la calle. "¿Conocen a Rosario Sánchez?". Las tres mueven la cabeza para negarlo. Repites la pregunta a otra adolescente que camina desgarbada por la calle. "¿Rosario Sánchez…? No". Avanzas unos metros. Vuelves a detenerte: "¿Conocen a Rosario Sánchez?", detienes a otras dos alumnas. Ellas te miran jocosas. "Qué padre coche", chancea una. "¿Conocen a Rosario Sánchez?", repites. "Sí", dice la otra. "¿Por qué?". "Me urge verla". "Por ahí anda", responde. Las dos se alejan conteniendo una risita.

Ignoras lo que harás cuando encuentres a tu amiga, pero sigues buscándola. Cuando te das cuenta de que no será desde tu coche como podrás hallarla, piensas en estacionarlo. ¿Qué harás en aquel sitio? ¿Entras a la escuela para ver si Rosario sigue ahí? ¿Sentarte a esperar que ella te vea? Una vez más, marcas el teléfono de Rosario y, una vez más, confirmas que está apagado. ¿Por qué no puedes hablar con ella? ¿Dónde está? ¿Sabrá algo? ¿La tendrá secuestrada su padre? A lo largo de Fresno, hacia Flores Magón, divisas a algunas alumnas pero, al aproximarte, descubres que ninguna de ellas es a la que buscas. ¿Debes volver a su casa y esperarla? No, te dices: ya dejaste el mensaje. Esperarla sería arriesgado... ¿Qué hacer? Si al menos supieras dónde hallar a la madre o al hermano... Vuelves a marcar el teléfono que te dio Zamudio y del otro lado responde el mismo ayudante: "Quiero que envíe policía al departamento de Rosario Sánchez", suplicas: "Su vida corre peligro". "¡Ah caray!", exclama el otro aturdido: "el senador De Angoitia no nos dijo nada de eso". "Pero se lo estoy diciendo yo". "Tengo que consultarlo", responde el policía después de un rato.

28

Cómo da vueltas la vida, Mar. Quizá por ello los antiguos representaban a la diosa Fortuna trepada en una rueda. Hace unos días, luego de celebrar que la Suprema Corte no hubiera declarado inconstitucionales unas reformas que, desde mi punto de vista, iban a contribuir a crear una sociedad donde se distribuyera mejor la riqueza, me reuní con algunos abogados que me hicieron ver lo fácil que va a ser esquivar estas medidas. Mi esfuerzo fue inútil, al parecer.

Luego cené con el ministro Carlos Ávila y con Emilia, la sobrina del ministro Miaja, a quienes prometí que no descansaría hasta que el inocente que ellos querían sacar de la cárcel quedara libre y el culpable del homicidio de Lucero Reyes fuera a prisión. Ahí mismo, frente a ellos, le marqué a uno de mis abogados para pedirle que fuera preparando tanto la defensa de uno como la acusación para el otro.

Como lo he escrito en cartas anteriores —cartas que tú nunca llegarás a leer—, la idea de hacer justicia me ilusionaba. Me ilusionaba reivindicarme ante mí mismo y reivindicarme ante ti, no sólo luchando para que un criminal fuera a la cárcel y un inocente quedara libre, sino encargándome de que Federico Ballesteros quedara exhibido como el truhán que es. Quizás, lo admito, en ello campeaba mi afán de venganza, pero digamos que iba a ser una venganza personal que contribuiría a fortalecer esa sociedad justa de la que tú siempre hablaste.

Pese a mis buenas intenciones, hoy me enteré de un hecho demoledor: te sorprendieron vendiendo drogas y —peor aún— te grabaron con orden de juez. El procurador, que calculó bien la magnitud del golpe, envió a uno de sus esbirros para proponerme un trato: tu libertad y la desaparición del video que te incrimina, a cambio de que yo convenciera al coronel Zamudio —"obligara", fue lo que dijo el esbirro— a admitir que se había seguido una pista falsa y que el asesino de la niña de Santa María no era sino el que Ballesteros había consignado.

¿Qué me habría aconsejado Mar que hiciera si se hubiera tratado de otra persona?, me pregunté. Mar siempre hablaba de la justicia e integridad; Mar me echaba en cara las componendas políticas que hacía para lograr beneficios para unos a cambio de perjuicios para otros... ¿Qué debo hacer pues? Tú, que presumes de ser un muchacho noble, que siempre ha elogiado la justicia y denostado la corrupción, aunque no seas más que un desdichado adicto, ¿qué me habrías aconsejado?

Para que sepas qué hice yo, antes debo contarte algunas cosas. Contarte, por ejemplo, que el deterioro de mi salud ha avanzado más rápido de lo que había previsto. Anoche y antenoche estuve volviendo el estómago. Hoy en la mañana, tuve un vahído... Mi médico y otro experto al que consulté me vaticinan un período muy duro. Y si a esto sumo que, haga lo que haga, ya no podré reivindicarme contigo —me dicen en el Tribunal Superior de Justicia que tu amigo estará otros quince días tras las rejas— y que tú nunca volverás a mi vida, la respuesta es fácil de anticipar.

La noche que cené con Ávila, Emilia se levantó tres veces al baño y el ministro aprovechó esos momentos para confirmar lo que yo sospechaba: está perdidamente enamorado de la muchacha. Me preguntó si yo creía que, a sus cuarenta y tres años, él pudiera tener alguna posibilidad con aquella jovencita de veintitrés. Adopté un tono circunspecto y le recordé que los intereses de una joven de esa edad son muy distintos a los de un hombre de la suya. ¿Qué podría usted ofrecerle que le resulte atractivo?, inquirí. Si el ministro hubiera sabido que yo, a mis sesenta y dos, estoy encaprichado con un mancebo de diecinueve, ni siquiera me lo habría preguntado.

Te cuento esto para que adviertas algunos aspectos sobre la naturaleza humana que, en ocasiones, con tu juventud y tus ímpetus, sueles desdeñar. O quizás no te lo escribo por ello, sino para justificar lo que hice. Para dejar bien claro, no ante ti, sino ante mí mismo, que a unos días de morir —porque mañana salgo rumbo a Oregon, donde tengo reservada una habitación en uno de los mejores hospitales del Estado— sé lo que hago y por qué lo hago. Antes de marcharme, eso sí, presionaré la tecla Delete.

Otro factor que me ayudó a adoptar la decisión fue enterarme de que el enfermero que, sin deberla ni temerla, estaba en prisión, se había asociado con otros criminales para asesinar a un secuestrador y así hacerse de algún dinero. Todo indica que de ésta ya no saldrá el pobre diablo. Ha sido trasladado al Reclusorio Oriente, donde están los criminales más peligrosos de la ciudad. La cárcel destruye, contra todo lo que afirman sus apologistas. Y, ¿sabes?, no quiero que tú estés en la cárcel un día más.

Por eso hablé con Zamudio. Le rogué que diera marcha atrás al asunto. Contra lo que imaginé, se resistió. O ya está envejeciendo, como yo, o está perdiendo el piso después de haber ocupado el cargo tantos años. Tuve que recurrir a argumentos poco jurídicos para convencerlo. Me aseguró que tenía un compromiso con las jóvenes que lo habían ido a ver, por lo que me vi obligado a recordarle la naturaleza de los favores que me debía.

En los últimos momentos de mi existencia, prefiero marcharme con mi pasado de político corrupto, pero con la esperanza de haber hecho algo atinado por quien más amo, que haberle arruinado la carrera a Ballesteros, otro político tan miserable como yo, a quien desprecio. Ojalá que tu vida sea más larga y venturosa que la mía. A partir del momento en que te dejen salir del reclusorio, tendrás que buscarte otro protector influyente... ¡Buena suerte!

D. D. A.

29

Hoy es una mañana de poca madre. Es el primer día que voy a tener el taxi en la mañana y en la tarde. Qué a toda madre. Qué chingón. El dueño repitió que le daba coraje que hubiera sido una víctima del sistema corrupto y que le cagaba que me hubieran detenido. Te ha llovido, me dijo. Primero, los ojetes del gobierno te acusan de un asesinato que no cometiste. Luego, se te quema la casa y tu familia se te muere. Me cae que te ha llovido, carnal, y yo quiero ayudarte. Ya no tendré que estar viviendo, como lo hago desde hace un mes, arrimado en casa de un cuate. Con la lana que voy a ganar, voy a poder pagar la renta de un cuarto nuevo. Voy a trabajar de sol a sol en esta pinche ciudad de mierda, donde a veces hay pasaje y a veces no. Si por mí fuera, seguiría en Reynosa, pero ¿qué voy a hacerle? Ya estoy aquí. Se sube una chava linda que me dice que la lleve a una pastelería del centro. Una de estas chavas quiero. Morenita, menudita, sin aires de grandeza. Trato de hacerle conversación, pero ella apenas responde. No importa. Me gustan recatadas. No como la pinche Jessica. La dejo a una cuadra y le digo que hasta ahí, porque luego no puedo dar vuelta. De todos modos me paga y se baja sin pedir cambio.

Sí, debí haberme quedado en Reynosa, pero la pura neta es que habría sido imposible. Si me vine a esta jodida ciudad fue porque mis colegas la regaron. Nomás por eso. Nuestro trabajo era quemar los casinos, discotecas y negocios que no pagaban su cuota. Ahora, en los periódicos que de cuando en cuando dejan los pasajeros en el taxi, he leído que en muchas ciudades ya no hay artistas del fuego: ahora entran a los casinos, armados hasta los dientes. Arrojan granadas, matan a los polis y ahí, frente a todos, rocían gasolina y prenden fuego. Pendejos, jijos de su puta madre. Así no se hacen las cosas. Los artistas sabemos que hay modos. Que hay estilos, chingá. Mejores modos de actuar.

¿Para qué estábamos nosotros, si no? Ahora, todo se ha pervertido. El trabajo tenía que hacerse en silencio, con discreción, para que sólo se enteraran los ricos jijos de su rechingada madre, que no pagaban las cuotas. Nomás. El trabajo se hacía con cuidado, con amor. En la noche, para que pareciera accidente. Los dueños sabían que no era accidente, pero no tenían forma de probarlo. Para no trabajar, los polis les decían que había sido un corto circuito y, para no pagar el pinche seguro, los cabrones de la aseguradora les decían que no habían tomado precauciones. Por eso éramos Los Artistas del Fuego. Pero esos jodidos putos lo echaron todo a perder. Yo tuve que salir pitando, rogando a Dios que no fueran a dar conmigo. Me vine a comenzar una nueva vida.

Y la cosa iba bien. Me casé con una vieja a la que quería, aunque tuviera una hija y estuviera embarazada. Conseguí chamba en una fábrica que me permitió pagar la renta del departamento que me dejó mi primo Manolo. La cosa duró hasta que apareció la pinche Jessica. Jija de su reputa madre. Me arruinó todo. Pero, ahora sí, voy a comenzar una vida chingona. Con tiempo completo en el taxi, podré rentar un departamento más chido.

Lo que nunca voy a saber es lo que ocurrió después. El tipo pelirrojo me mandó al reclusorio y, a los dos días, un actuario se presentó para decir que estaba libre. ¿Merecí todo esto? Eso sólo Dios lo sabe. Jessica me engañó. Era justo que la castigara. La castigué porque quería que mandara a la chingada a mi familia, que acabó volviéndose contra mí, en pago de mi lealtad. Pinche mundo de mierda. Por eso estamos como estamos. Y nadie hace nada. Bueno, yo sí lo hice. Hice justicia. Apenas me dejaron salir, corrí al edificio para sacar las cosas que no quería que se quemaran y las puse en el taxi. Luego esperé a que estuvieran juntos mi vieja y sus hijos y los encerré en el clóset de la recámara. Lo hice para que no fueran a morir quemados sino asfixiados. Luego regué la gasolina y prendí el cerillo…

Pero bueno, hay que pensar hacia delante, como decía un pasajero. Tengo que encontrar otra vieja. Sencilla, buena, como la que llevé a la pastelería del centro. Esta vez la voy a encontrar sin hijos. Lo juro. Si Jessica hubiera

sido más viva, si me hubiera tenido más paciencia, seguro la cabrona se sale con la suya y mando
a la chingada todo lo demás. No me habría im-
portado tener casi dos veces su edad. Pero la jija
de la chingada me presionó, me amenazó, me
engañó. No sólo se cambió el nombre, sino juró
que estaba embarazada. Cabrona de mierda. Se
pasó de lista. Así le fue.

Salgo por Paseo de la Reforma, a la altura del Ángel que, la verdad, es ángela. Tiene
unas chichis poca madre. Un pasajero me dijo
que se puede subir por la columna. Voy a estacionar el taxi y averiguar si de veras se puede y,
desde ahí, contemplar esta pinche ciudad. Hoy
quiero sentirme dueño de ella. Dueño del mundo.
Dueño de mi vida.

30

Confrontar a tu madre no fue difícil, a pesar de que entró en pánico cuando le anunciaste que irías a pasar unos días a la casona de Xalapa para decidir qué hacer con tu vida. "Eso ya lo sabes", sollozó. "No, no lo sé", fue tu respuesta. A estas alturas, adujo, no podías tener dudas sobre tu vocación y, si las tenías, tu tío Jorge iba a poner el grito en el cielo. Particularmente ahora, que sólo te faltaban unos meses para concluir la carrera. "Él ha sido muy generoso con nosotros. Me aconsejó que te inscribiera en la Libre de Derecho, te orientó y consiguió un trabajo en la Suprema Corte de Justicia. Ahora que te recibas, me ha prometido que va a hablar con un magistrado, amigo suyo, para…". "Mamá", interrumpiste, "¿qué harías tú si estuvieras a punto de llegar a Nueva York y descubrieras, de repente, que tu destino es Buenos Aires?". "¿Qué tienen que ver Nueva York y Buenos Aires?", lagrimeó. Volvió a esgrimir el argumento de tu tío y la familia, por lo que tuviste que recurrir a una amenaza: "Toda mi vida he tenido que padecer tu miedo al qué dirán… Ya me harté. Tienes que optar entre mi tío o yo. Si no me apoyas, te juro que me iré muy lejos de aquí y no volverás a verme el resto

de tu vida". Eso bastó para que la pobre palide-
ciera, ahogara un llanto y no volviera a decir esta
boca es mía. Te vio preparar tus maletas, subirlas
a tu automóvil, al lado de tu chelo, y marchar sin
que se atreviera a poner pega.

Platicar con Fernando, sin embargo, no
fue tan fácil. Aunque te sorprendió la facilidad
con la que le comunicaste, por teléfono, que su
relación había terminado —quizás nunca empezó, dijiste— y no devolviste ninguna de las
llamadas que te hizo, te incomodó que se presentara en Xalapa. Llegó atrabilario. De algún
modo, había dejado de ser Fer. "No eres lo que
busco", fuiste tajante cuando te pidió cuentas.
"Y ¿sabes? Yo tampoco soy lo que tú necesitas".
"No merezco este trato", bufó. Quizás tenía razón. Pero ¿qué otro trato podías ofrecerle en tus
circunstancias? Si los cargos que se hicieron al
enfermero y la liberación del asesino de Lucero
Reyes te habían abatido, la muerte de Rosario
Sánchez y su familia, cuyo departamento ardió
el mismo día que tú fuiste a buscarla, te preci-
pitó en una depresión en la que nunca imagi-
naste que podías haber llegado a caer. Mientras
tú te esmerabas en conseguir una custodia poli-
cial para Rosario, el asesino se adelantó y pren-
dió fuego al departamento. Así tuvo que ser.

Si no, ¿por qué todos los inquilinos del
edificio salvaron la vida, a excepción de Rosario, su madre y su hermano? Incluso, las casuchas que estaban enfrente del inmueble, sobre
las vías del tren, no sufrieron daño alguno. Los
bomberos aparecieron diligentes y salvaron la

zona. Los peritos de la Procuraduría capitalina determinaron que se había generado un corto circuito y que la familia Sánchez se había encerrado en un clóset en un fútil intento de escapar del fuego. Los tres cadáveres aparecieron carbonizados… Imaginar los últimos instantes de tu amiga te enfureció, te deprimió. Te ha quitado el sueño desde entonces. En un principio, decidiste emprender una investigación a fondo de lo que había ocurrido, pero casi de inmediato perdiste los bríos: ¿para qué?

Por eso fuiste a Xalapa. Para estar cerca de lo que más quieres. Sólo Xalapa podría haberte ayudado a superar la tragedia. Y ahora empiezas a lograrlo, aunque adivinas que vas a cargar con las secuelas el resto de tu vida. Quizás por ello no te escandalizó descubrir, cuando volviste al Museo de Antropología de Xalapa y te hallaste, cara a cara, con *La dualidad,* que ya no tenías nada que ver con ella. Tu visión del mundo se ha hecho diáfana. Esto, naturalmente, no le importa a Fer. Tú, para él, sólo eras sexo y presunción. Él, para ti, sólo sexo.

"Dejas la Libre, la Corte, un futuro prometedor en el campo del Derecho para dedicarte ¿a qué?, ¿a tocar el chelo?", te increpó. "Es ridículo, Emilia". Nada de esto te hizo ceder: "Tienes razón. Perdóname. Me equivoqué con la Libre, con la Corte, con la carrera… contigo". El caminó impaciente de un lado al otro; se ajustó las mancuernillas y echó una ojeada a su reloj. Luego te preguntó qué había ocurrido con tus uñas. "Me las mordí", respondes impasible, pero colocas tus manos tras la espalda, para que no las siga inspeccionando. Él mueve la cabeza contrariado. Adivinaste, entonces, que lo que le preocupaba, lo que realmente le preocupaba, era cómo iba a justificar ante sus amigos y socios, ante los magistrados a los que tanto gusta festejar, que tú lo hubieras cortado. "Son las hormonas", tronó. "Ya se te pasará". En otras circunstancias la acusación te habría indignado. Ahora, te divirtió. Y si darle la razón iba a hacer que te dejara en paz, le diste la razón: "Sí, Fer. Tú mereces una mujer que te sepa valorar. Que no se conduzca de acuerdo con sus hormonas". Tu ex-novio subió a su Mercedes con la satisfacción de haber ganado la batalla, seguro de que en unos días, pasado el efluvio hormonal, volverías a buscarlo. Espléndido. Tú querías ganar la guerra. La has ganado. Aunque vas a extrañar el sexo que te daba —*estupendo*, no hay por qué escatimar el adjetivo—, sabes que, para una mujer como tú, será relativamente fácil conseguir a otro hombre como él cuando lo desees. El mundo está lleno de Fers.

Con lo que no contabas —y cuando Matilde te dice que acaba de llegar, experimentas un sobresalto— fue con la visita de Carlos Ávila. ¿El ministro estaba ahí? ¿Para qué? Quizás el mail que le enviaste presentando tu renuncia no había sido muy cortés, pero al menos había sido claro. ¿Qué quería él entonces? Cuando lo miras cruzar el jardín y ahuyentar con las manos a las abejas que se cruzan en su camino, cuando lo ves entrar, con una sobria guayabera, tienes la impresión de que se ha encogido. No es que esté más bajo, ni más delgado. Simplemente se ha encogido. No entiendes por qué te causa esa sensación —¿será la guayabera?—, pero lo ves más pequeño que la última vez. ¿O será que nunca antes lo habías visto sin su corbata de moño? Al percatarte de que has salido a recibirlo descalza y con el arco del chelo en la mano, no experimentas vergüenza, pero te enfada la idea de que vaya a reparar en tus uñas mordidas o en las ojeras que se han abultado bajo tus ojos. ¿Tendría él que saber por qué están ahí?

"¿Qué pasó?", pregunta a modo de saludo. No vas a extenderte en explicaciones. Te encoges de hombros: "Decidí que lo mío no era el Derecho, Carlos. Nada más. Quiero retomar mis estudios en el Conservatorio y creo que, si me aplico, podré hacerlo. Lo mío es la música". Él se muerde el labio inferior y hace un esfuerzo por elegir sus palabras. "Te fuiste sin decir adiós", te reprocha. "Soy una grosera", admites. "Pero si alguien puede comprenderme, eres tú. Ofrezco una disculpa. Después de todo lo que hiciste por mí…". Le muestras el sillón de mimbre blanco que está en el vestíbulo, junto a las macetas de helechos, y él se sienta con desenfado. "Yo no hice nada por ti, Emilia. Fuiste tú la que hizo mucho por mí. Por ello, he venido a darte las gracias y a preguntar si hay algo que yo pueda hacer para que reconsideres tu decisión", dice sin mirarte a los ojos.

"Si reconsiderar mi decisión significa volver a ese mundo de fórmulas ininteligibles,

principios, artículos y horribles textos de jurisprudencia", suspiras, "la respuesta es no. El Derecho no es lo mío". Ahora él emplea uno de
sus recursos más eficaces: la mirada de lince alebrestado, que te clava inmisericorde: "¿No se te
ha ocurrido que depositaste demasiadas espe-
ranzas en lo que la ley y sus operarios podemos
hacer? La Constitución y las leyes sirven para
orientar a una sociedad, para repartir deberes y
obligaciones, para dirimir algunos conflictos.
En ocasiones, se castiga a alguien para poner un
ejemplo o enviar una advertencia... Pero nada
más. El Derecho no puede cambiar al mundo,
ni garantizar que éste funcione a la perfección".

Su argumento es contundente, admites:
"Y supongo que para ser un buen litigante, un
buen fiscal o un buen juez, tienes que tener una
enorme capacidad de frustración, que es lo que
yo no tengo". "Se consigue con el tiempo",
murmura él como para sí. "Con la práctica". Es
lo mismo que enseñaba Mr. Woodworth respecto al chelo, por lo que tu refutación es sutil:
"De acuerdo, Carlos. Generé demasiadas expectativas en los códigos y en quienes los aplican,
pero me alegra haber descubierto a tiempo que
yo no estaba hecha para ese mundo de simula-
ción, donde los más fuertes se salen siempre con
la suya, escudándose en la ley". "No siempre",
protesta él. "Hoy en la mañana, mientras venía
en la carretera, escuché que el senador De Angoitia, nuestro amigo..." "*Tu amigo*", aclaras.
"*Mi amigo*", acepta Ávila, "murió en un hospital de Oregon. Había ido a ese estado para en-

trevistarse con un legislador de Estados Unidos". "Qué pena", suspiras con afectación, para dejar claro que el deceso de ese canalla te tiene sin cuidado. "Supongo que fue un ataque al corazón. Algo inesperado". "Qué pena", repites, sin que él se percate de tu ironía. Formula, incluso, algunas consideraciones sobre De Angoitia: "Era un hombre atormentado, impredecible. Nos hicimos amigos cuando él me apoyó para ser ministro de la Suprema Corte, cuando descubrimos que nos hermanaba el abandono de nuestras esposas. Él buscaba en la política algo que, quizás, nunca iba a hallar ahí".

Aunque quisieras acabar con el diálogo de una vez por todas, hay algo que te complace en el hecho de que uno de los más altos jueces del país esté ahí, a tu lado, rindiéndote cuentas. "Haya ocurrido lo que haya ocurrido con De Angoitia", aduces, "el culpable de un homicidio está libre y el inocente está en prisión, justamente al revés de lo que dice la Constitución que tú juraste defender". Ávila se siente cercado. Juega su última carta: "Aunque no debería contártelo, quiero que sepas que el juez que negó la formal prisión está en la mira del Consejo de la Judicatura. No es la primera vez que sostiene que el Ministerio Público está actuando políticamente y así ha dejado ir a varios pájaros de cuenta. Aunque yo, como ministro, no puedo inmiscuirme en los temas del Consejo, he conversado con algunos de los consejeros y creen que su juzgado prácticamente trabaja para el despacho que llevó el asunto. Te prometo que

voy a hacer lo que está en mis manos para…"
"Carlos", interrumpes afectuosa, "ya no me importa". "Tiene que importarte", dice él. "Hay que hacer que el Ministerio Público apele la decisión y…" "Carlos", vuelves a interrumpir, "¿quién va a querer que lo relacionen con un criminal al que inventaron el mote de *despiadado* y le atribuyen haber mandado estrangular a El Hocicón? Para mí, la muerte de Rosario dio el caso por terminado". Esta vez lo has dejado en estado de indefensión. Guarda silencio, baja su mirada, quizás para no lastimarte, y refiere, como para sí, que su padre, ahora en retiro, fungió también como ministro de la Suprema Corte. Aunque no lo logró, el viejo hizo lo que estuvo en sus manos para que él no estudiara Derecho. "Supongo que me lo aconsejó porque conocía este mundo", aventura Ávila. "Él asegura, hasta la fecha, que la práctica del Derecho no es sino la de las relaciones públicas. Pero yo no comparto esa opinión. El mundo del Derecho es lo que tú quieres que sea. Ofrece un sinfín de trincheras. En ocasiones, repito, es complicado. Como lo de la guardería Ábaco, asunto que resolví abandonar por carecer de los elementos para sostener mi proyecto, pero en otros…". Te conmueve su actitud. Sabe que no hay mucho que añadir. "Créemelo", aduce él cortando sus argumentos, "no todos los jueces actúan como los que te ha tocado conocer. Te sorprendería descubrir los casos de mística que yo mismo he atestiguado, el heroísmo con que se conducen muchos de los operarios de la jus-

ticia en México. Sí, es cierto que falta mucho. A mí mismo me llega a desesperar la falta de visión de mis colegas en la Corte, pero me repito que esto mejorará paulatinamente. Claro, si las personas que, como tú, pueden hacer la diferencia, prefieren renunciar a dar la batalla… La perfección no existe". "¿Tú crees?", preguntas desafiante. "Quizás todo sea cuestión de buscarla". "¿Dónde?", pregunta Ávila con un dejo de amargura. Contrasta con el optimismo que te ha querido vender. Sonríes de oreja a oreja mientras le muestras el arco del que no te has desprendido un instante. "Nunca te he escuchado tocar", dice él. "¿Quieres oírme?", inquieres. Antes de que él pueda responder, lo tomas de la mano y lo llevas al cuarto contiguo, donde has estado practicando desde que llegaste a Xalapa.

El lugar está desordenado. Hay partituras sobre los sillones de cuero, ya ajado, y sobre la mesa. Pero es un desorden que disfrutas. Lo que podría inquietarte es no hallar lo que necesitas en ese momento, pues no tocarás nada fácil. Quieres que Ávila comprenda que la música puede ser aún más profunda y compleja que el Derecho. Examinas una pila y otra. No está sobre los sillones ni sobre la mesa. Por fin hallas la partitura en el piso. Te acomodas en tu silla, levantas cuidadosamente el chelo, que dejaste reclinado sobre ella cuando te avisaron que el ministro quería verte, y te cercioras de que la espiga encaje en el agujero que, desde hace años, marcó en la duela del cuarto. "¿Todas estas son huellas del chelo?", inquiere Ávila mirando las picaduras en la madera. "Todas", respondes ufana. "Un piso intacto daría qué pensar sobre una chelista, ¿no crees?". Le muestras con la mano un banco, invitándolo a sentarse, pero él observa un momento el retrato de Fournier que está sobre la mesa y resuelve sentarse en el suelo. Te divierte verlo ahí. "Eres hermosa", dice, "quiero que regreses a la Corte". "¿Lo quieres tú o lo quiere mi tío?", preguntas mientras acomodas las hojas de la partitura en el atril. "Lo queremos ambos, pero por razones distintas. Pretendo que atiendas las mías". Colocas tu mano izquierda en el diapasón y sientes la tensión de las cuerdas. "¿Ah, sí? ¿Cuáles son?". Él se desenmascara: "Me gustaría tenerte cerca de mí". Frotas levemente las crines del arco en el cubo de brea, que conservas envuelto en un lienzo, y acaricias las cuerdas de tu instrumento. "Para eso no tengo que volver a la Corte". Luego, antes de que él pueda volver a abrir la boca, tu brazo hace una arcada que se antoja espasmódica, como si no dependiera de ti. El sonido es impecable.

La presencia de Carlos Ávila tiene un efecto benéfico sobre tus brazos, muñecas y manos. Tú misma te sorprendes de que, por primera vez en tu vida, no estás tocando para ti. Pero, paradójicamente, no eres tú quien guía al arco, sino el arco el que te guía a ti. Es insólito. Cuando, al principio de la pieza, pulsas las cuerdas en pizzicato, te das cuenta de que ni siquiera cuando tocabas frente a Mr. Woodworth tocabas para alguien: eran tú y tu chelo, aunque alguien los estuviera observando. Hoy lo estás haciendo para alguien. ¿Por qué? Pero, de nuevo, no doblas tu cuello para sentir el alud de notas sino que tu cuello sucumbe ante ellas. Te gusta sentirlo así. Cierras los ojos y dejas que los dedos de tu mano izquierda suban y bajen, presionando cada una de las cuatro cuerdas, mientras el arco, en la derecha, da sentido a aquel rito que se adapta a tu respiración. Sólo consultas la partitura como una formalidad, pues la melodía ya está en tu cabeza. Poco a poco empiezas a alejarte del lugar, a sumergirte en la música, a olvidar el universo o, en el mejor de los casos, a dejar que éste se reduzca a ti y a tu chelo... entonces vuelves. Ahora sientes cómo los dedos de tus pies desnudos obligan a los talones a levantarse del piso. Puede parecer un lugar común, pero aquello es como hacer el amor. Hay mucho de sexual al interpretar aquellas notas. Cuando acabas, doce minutos después, estás sudando, exhausta. Pero feliz. No alcanzaste la perfección pues cometiste tres, cuatro errores, pero tu público no los pudo advertir. No tuvo forma de hacerlo.

"¿Qué fue lo que interpretaste?", pregunta Ávila boquiabierto. "*Tema y variaciones de Sibelius*", dices, segura de que él no habría tenido forma de constatar si aquella pieza era, en efecto, la que tú afirmas que es. "¿Sabías que Sibelius también quiso ser abogado en su juventud?" Bisbisea un *no*, se levanta, echa una nueva mirada al cuarto, al chelo, al desorden y al retrato. "¿Quién es?", pregunta sin atreverse a confesar qué le ha parecido tu interpretación. Y por primera vez —otra primera vez ese mediodía— dices la verdad: "Pierre Fournier, mi chelista favorito". Adviertes que él busca en su cabeza algunas palabras para expresar lo que le has transmitido. Adivinas que no las va a encontrar. Pero las encuentras y a ti te resulta estimulante: "No regreses a la Corte, Emilia. No regreses". El halago es inmenso. Por ello, cuando él revela su derrota al dar media vuelta y disponerse a volver, lo detienes. "¿No te gustó?", preguntas zalamera. "Claro que me gustó", confiesa aturdido. "Me encantó". "Bueno", dices, "si has hecho un viaje tan largo, creo que sería una descortesía que no te invitara a comer. Quédate otro rato". Él ha rendido sus armas. Te contempla con la seguridad de que te has percatado de ello. "¿Estás segura de que quieres que me quede?", pregunta. "Bueno", aclaras, "siempre y cuando México pueda seguir en pie si uno de los ministros está ausente de la Suprema Corte". "No creo que ocurra gran cosa en mi ausencia", responde él. Te solivianta descubrir que, en ese momento, en tu cabeza comienzan a gestarse los acordes de la *Pavana* de Fauré...